CONSTANTIN MELNIK

présente

LE NEUVIÈME COMPAGNON

DU MÊME AUTEUR

Les Combattants du mauvais choix (éd. B.M.).
Le Baroudeur (éd. Grasset et Livre de Poche).
Fusiliers marins et commandos (éd. Copernic).
Les Fusiliers marins de la France libre (éd. Grasset).
La Pêche à pied (éd. Pen Duick/Ouest-France).
Le Guerrier (éd. Grasset et Livre de Poche).
Le Ier Régiment de chasseurs parachutistes t. 1, 2 et 3 (éd. Lavauzelle).
Le Para (éd. Grasset).
Le Commando (éd. Grasset).
Adieu Sergent (éd. Grasset).
Mourir à Lang Son (éd. Grasset).
Djebels en feu (éd. Grasset).
Le Sous-off (éd. Grasset).
Le Pêcheur à pied (éd. E.M.O.M./Ouest-France).
Bérets-Verts en Algérie (éd. Albatros).
Donnez-moi la tourmente (éd. Grasset et Livre de Poche).
Le Grand Courage (éd. Grasset).
Le Combat des harkis (éd. Les 7 Vents).
Khéops (éd. Grasset).
Nageurs de combat, avec Bob Maloubier (éd. La Table Ronde).
Koumbala (éd. Grasset).

GEORGES FLEURY

LE NEUVIÈME COMPAGNON

BERNARD GRASSET
PARIS

« Vous avez pris la tête de l'immense et magnifique cohorte des fils et des filles de France... »

GÉNÉRAL DE GAULLE,
préface au Mémorial des Compagnons.
Grande Chancellerie
de l'Ordre de la Libération. 1961.

AVERTISSEMENT

Pierre Delsol, le héros de ce livre, était un humble Marsouin de l'armée coloniale. Il s'est révélé dès juin 1940 comme le plus irréductible des irréductibles. Choisissant la désertion pour rejoindre les Anglais dans la guerre, il n'a connu dès lors, et plus encore depuis son intronisation dans l'Ordre de la Libération par le général de Gaulle le 27 mai 1941, en Palestine, d'autres préoccupations que le combat, pour que la France survive.

J'ai voulu comprendre en fouillant dans la masse de ses souvenirs, en questionnant ses pairs, ce qui avait pu pousser un homme déjà mûr (il avait trente ans au moment du choix) à préférer le chemin de l'honneur à celui du renoncement. Je me suis rendu compte que ce n'était pas tant pour obéir à un homme qu'il ne connaissait pas, mais pour la patrie, cette patrie qu'il ne tolérait pas de voir asservie. Un peu avant sa mort, alors que Claude, un peu plus âgé que ses deux autres fils, Roland et Robert, lui demandait ce qu'était la patrie, il avait hésité et, très vieil homme ayant à peine oublié la force de ses emportements, il avait murmuré :

— La patrie, mon fils? C'est la terre...

Pour que la terre soit un peu plus douce à vivre, il faudrait retrouver des compagnons pareils à ceux qui ont rejoint la France libre aux tout premiers jours. C'est pourquoi j'ai osé ce témoignage venu d'un autre univers, du monde de la grandeur, de l'honnêteté absolue, des passions pures et du parfait mépris de la politique mise au service d'ambitions discutables et de profits dérisoires.

Le hasard a voulu qu'un autre Compagnon de la Libération, le lieutenant-colonel Dimitri Amilakvari, apparaisse sur la couverture de ce livre. Je le trouve heureux car mon père, officier de la France libre, avait bien connu Amilakvari en Syrie et me parlait souvent de ce soldat d'exception. Je me réjouis de pouvoir ainsi lui rendre hommage.

Première partie

LE REBELLE

1

La désertion

10 juin 1940. Les Marsouins du 24ᵉ régiment d'infanterie coloniale cantonnent à Tripoli, à quatre-vingts kilomètres au nord de Beyrouth. Ils sont tous, du colonel Fanferrier qui les commande au plus jeune deuxième classe, aux aguets des nouvelles venues d'Europe où la tourmente fait rage.

— L'Italie vient de nous déclarer la guerre!

L'homme qui a parlé, le sergent Pierre Delsol, un chef de groupe de la 1ʳᵉ compagnie du 1ᵉʳ bataillon, est brun et pas très grand. Ce Gascon de trente ans s'est engagé dans la Coloniale à dix-neuf ans. Il est fils, petit-fils et arrière-petit-fils de paysans de Beaupuy, dans la région de Narbonne. Il a les yeux noirs, un nez droit et assez fort. Sa puissance physique est légendaire au bataillon, sa musculature d'athlète transparaît sous la chemise coloniale. Ses compagnons le considèrent comme un chef dont l'autorité ne s'affirme pas par quelques chevrons portés sur la manche, mais par une aura indéfinissable et un comportement exemplaire. Il fait preuve en toutes occasions d'une politesse rare parmi les sous-officiers. Le seul juron dont il use volontiers, *Malapeste*, est devenu son sobriquet.

— Les Italiens ne vont pas se priver d'attaquer le Levant, poursuit-il. Ils vont nous trouver sur leur route... Nous et les Anglais...

Le 24ᵉ R.I.C. reçoit peu après l'ordre d'essaimer. Le 3ᵉ

bataillon est envoyé en renfort à Chypre, le 2e va à Lattaquié, un port situé à deux cents kilomètres au nord de Beyrouth, tandis que le 1er reçoit l'ordre de défendre Tripoli.

Les Marsouins, qui avaient cru combattre tout de suite, rongent leur frein. La section de Delsol, commandée par le sous-lieutenant de Laborde-Noguez, un Landais de grande taille, s'est installée dans une école. Le sous-officier feuillette *L'Orient-Le Jour*, le quotidien du cru.

— Je me demande bien ce que nous foutons là? fait-il remarquer à ses hommes. D'après ce canard, rien ne va plus en France... Les Boches sont partout...

Un ordre de rassemblement, hurlé, le ramène à la réalité. Il houspille ses hommes. Le bataillon, rangé par compagnies, est regroupé dans la cour d'une école. Le colonel Fanferrier a la mine fermée. Il tapote sa cuisse à petits coups de stick.

— L'issue de la bataille est proche en France, lance-t-il de sa voix habituée au commandement, et, sans l'ombre d'un doute, notre pays va être contraint de signer un armistice...

Un grondement de dépit parcourt les rangs des Marsouins. Delsol crispe les mâchoires.

— Mais, enchaîne le colonel, le général Mittelhauser, en accord avec le général Noguès qui commande en chef en Afrique du Nord, a décidé de continuer la lutte contre les Allemands auprès de nos Alliés...

Le sergent reprend espoir pendant que l'officier supérieur achève son discours.

— Je veux donc, en leur nom et au nom de notre patrie, vous demander de jurer de ne pas abandonner la lutte!

Bouleversés, les Marsouins s'engagent d'une seule voix. Un gradé entonne *la Marseillaise*. Toute la compagnie reprend l'hymne. Le chœur, d'abord timide, se déchaîne. Ses échos filent vers la mer. Puis la troupe s'égaille.

Delsol, la gorge douloureuse à force d'avoir hurlé le chant patriotique, se remémore un slogan d'avant la défaite. « Nous vaincrons parce que nous sommes les plus forts! »

— Foutaises! grommelle-t-il en faisant voler un caillou d'un coup de pied rageur. Au lieu de pérorer comme ils le faisaient, nos hommes d'Etat auraient mieux fait de nous donner un armement aussi conséquent que celui des Allemands...

Les journaux du lendemain paraissent avec d'énormes manchettes. « *La France a perdu une bataille, l'Empire continue!* lit Delsol. Si seulement ça pouvait être vrai! »

La 1re compagnie est relevée le 26 juin par la 2e.

— Nous allons défendre les dépôts de pétrole, annonce son capitaine.

— Toujours défendre, marmonne Delsol. Quand est-ce qu'on recevra l'ordre d'attaquer?

Il ramène son groupe au camp Legouilt, la caserne du 24e R.I.C., où il apprend le lendemain que les hostilités sont terminées.

« L'Empire n'aura combattu qu'avec des mots, rumine-t-il. Je ne veux pas y croire... »

Un ordre de regroupement de toutes les compagnies tombe à 17 heures. Le moral est bas dans les sections. Delsol tente de remonter celui de ses hommes.

— Nous n'allons pas obéir! Ça ne serait pas digne de nos anciens.

Et, comme une demi-douzaine de Marsouins se range à son avis, il poursuit :

— On attend la solde... Dans trois jours on prend un taxi, et on file à la frontière de Palestine pour rejoindre une unité anglaise!

Le plan est peaufiné. Les candidats à la désertion ont déjà retiré leurs cantines et leurs valises au magasin de la compagnie quand le sous-lieutenant de Laborde évente le projet.

— D'après ce que je crois comprendre, annonce-t-il à Delsol, vous auriez l'intention de passer en Palestine?

— Mais non, mon lieutenant... Loin de nous cette idée!

Le sergent ment mal, beaucoup trop mal. Sa réponse balbutiée ne satisfait pas l'officier.

— Delsol, ne vous moquez pas de moi! Vous n'avez rien

à craindre... Moi aussi j'ai envie de me battre... Faites-moi confiance...

Le sergent consulte du regard les six conjurés.

— Bon, accepte-t-il, voilà ce que nous avons décidé de faire...

Laborde écoute, réfléchit un instant, et lâche :

— Votre truc tient debout... Mais je vais tout de même aller voir le capitaine Folliot à la 2e compagnie qui nous a remplacés au dépôt de carburant... C'est un vrai soldat... Il nous donnera peut-être une meilleure idée. Si ça ne marche pas avec lui, nous nous en tiendrons à votre plan...

Folliot est l'archétype de l'officier de troupes coloniales. Vétéran décoré de la Grande Guerre, il est très proche de ses hommes. Si proche que, aux soirs de paye, il les veille à leur retour de bordée dans Beyrouth, dormant alors sur un lit Picot, dans son bureau de compagnie, pour être là en cas de coup dur. Il rythme les marches de sa compagnie en chantant son refrain préféré : « Madeleine a des pieds de cochons... »

— S'il est d'accord, fait remarquer Delsol, tout ira bien !

Après le dîner, les conjurés guettent le retour de leur chef de section. Ce dernier ne les rejoint qu'après 21 heures. Il est tout sourire et explique que le commandant de la 2e compagnie ne se contente pas de vouloir les aider à passer chez les Anglais.

— Il a réuni ses hommes... Ils sont soixante-quinze, avec le lieutenant Roux, à vouloir tenir le serment fait au colonel... Nous partirons avec eux en Palestine !

Delsol explose.

— Formidable, mon lieutenant ! C'est pour quand ?

— Cette nuit même ! Je suis officier de service... Ça nous facilitera les choses... Voilà ce que le capitaine a prévu...

Suivant à la lettre les plans de Folliot, le sous-lieutenant établit des ordres de mission tout ce qu'il y a de plus officiels.

— En principe, confie-t-il à Delsol, il y aurait des troubles à Saida... Nous allons donc y rétablir l'ordre...

Puis il emmène les conjurés dans les garages du bataillon.

— Il me faut, déclare-t-il au sous-officier de permanence,

quatre camions avec chacun deux cents litres d'essence... Avec leurs chauffeurs... Nous partons de suite sur Saida avec la compagnie du capitaine Folliot...

Le sergent se prépare à obéir sans poser de questions. Delsol fait embarquer ses compagnons dans le premier véhicule. Le convoi franchit sans problèmes les limites du camp Legouilt. Les hommes de Folliot sont au rendez-vous à la porte des entrepôts. Ils s'entassent dans les camions, avec armes et bagages. Il est 23 heures quand le capitaine donne l'ordre de filer vers le sud.

Delsol sent son cœur se serrer lorsque les rares lumières de Tripoli s'estompent derrière la colonne.

« C'est tout de même une désertion, songe-t-il. Même si nous voulons rejoindre les Anglais pour nous faire tuer face à l'ennemi... »

Peu après le départ, le convoi est arrêté par une patrouille de la prévôté. Les gendarmes inspectent les faux ordres de mission dans le faisceau de leurs lampes torches.

— Tout est en ordre, lance leur chef au capitaine Folliot descendu de son véhicule. Bonne chance !

Les camions ne parcourent que quelques kilomètres. Folliot les fait stopper sur le bord de la route déserte. Des chacals dérangés dans leur quête de charogne fuient dans la montagne en criaillant acide. Le capitaine chuchote à l'oreille de Laborde :

— L'adjudant-chef qui n'a pas voulu nous suivre a promis de ne pas donner l'alerte avant l'aube... Mais je me méfie...

Et, indiquant du bras les poteaux téléphoniques qui jalonnent la route, l'officier donne l'ordre de saboter la ligne.

— Et voilà, commente-t-il lorsque deux Marsouins grimpent comme des singes à l'assaut des fils, si l'adjudant donne l'alarme trop tôt, le message n'arrivera pas à la frontière !

La colonne de déserteurs traverse Saida sans être contrôlée. Delsol connaît bien la région.

— La frontière n'est plus très loin... C'est là que tout va se jouer !

Les Marsouins font le plein des véhicules avec l'essence réclamée par Laborde puis, quelques kilomètres plus loin, deux silhouettes en uniforme barrent la route.

— Des douaniers libanais, reconnaît Delsol, il faut les emmener avec nous, sinon ils vont donner l'alarme...

Les deux fonctionnaires n'ont pas le temps de poser des questions. Ils sont débarrassés de leurs armes et embarqués dans un camion.

Le poste frontière de Nakoura, au bord de la mer, n'est plus qu'à deux kilomètres.

— Six heures, constate Delsol.

Descendant des monts de l'est, un vent coulis caresse le convoi. Le soleil rosit le massif de l'Hermon.

— Relâchez les douaniers, ordonne Folliot. Rendez-leur les pistolets mais pas les cartouches...

Les deux prisonniers détalent vers le nord après avoir promis de ne rien dire de leur aventure.

— Maintenant, avertit le capitaine, gare aux gendarmes... Ça risque d'être plus dur !

Alertée par les bruits de moteurs, la garde frontière jaillit de son baraquement. Le brigadier qui la commande refuse de laisser passer le convoi.

— Les chevaux de frise ! hurle-t-il.

Les gendarmes, mousquetons en bandoulière, mettent le dispositif en place. Le capitaine Folliot descend de son véhicule et parlemente avec le gradé de gendarmerie.

— Vous ne voulez pas nous laisser passer ? Venez voir ce qu'il y a dans les camions...

Les deux hommes marchent le long des véhicules. Le brigadier découvre les cache-flamme ajourés de quelques fusils-mitrailleurs 24.29 pointant vers ses hommes qui courent dans tous les sens pour bloquer la frontière. Il fixe le capitaine, devine sa détermination, se retourne vers le poste et hurle :

— Laissez passer !

Delsol pousse un soupir de soulagement.

« Nous aurions bien mal commencé notre guerre si nous

avions été obligés de tirer sur ces braves pandores... Ce sont des soldats comme nous... »

Gagnés par l'ambiance, les gendarmes se mettent à chanter *la Marseillaise*, figés au présentez-armes.

— Vive la France ! crie leur brigadier lorsque le dernier camion a franchi la frontière.

Le convoi roule avec lenteur dans le no man's land. Les Marsouins ne parlent plus. Delsol serre très fort sa mitraillette à canon court et crosse en bois.

« Nous ne pouvons plus reculer... Nous avons renié le passé... Comment vont réagir les Anglais ? En frères d'armes ou à coups de fusils ?

2

Le colonel de Larminat

— Les Anglais ! souffle un voisin de Pierre Delsol.

Une vingtaine de cavaliers enturbannés de chèches se tiennent immobiles au bord de la route. Les petits chevaux arabes piaffent en baissant l'encolure pour brouter une herbe rare et sèche. L'officier anglais les entraîne au galop. Le capitaine Folliot fait stopper les camions. Les cavaliers reprennent leurs montures.

— Personne ne bouge ! ordonne Folliot avant de se diriger vers eux.

Accompagné par Laborde et Roux, il marche d'un pas tranquille. La tension monte dans les véhicules dont les moteurs ronronnent au ralenti. L'officier anglais quitte ses étriers en souplesse.

— Que venez-vous faire en Palestine ? questionne-t-il après les présentations.

Folliot risque un sourire.

— Combattre auprès de vous...

Le cavalier se retourne vers ses hommes braquant de courts fusils vers les intrus.

— Ce sont des amis ! hurle-t-il.

Les armes s'abaissent. Un formidable charivari de hourras éclate, tout de suite suivi de « Vive la France » déformés par l'accent anglais. Les cavaliers mènent leurs montures au pas vers les camions d'où s'échappent de vibrants « Vive l'Angleterre ! ». Le vent léger qui souffle de la mer proche et déshabille peu à peu le paysage désolé de ses brumes nocturnes émiette les vivats vers les montagnes en pente douce qui ferment l'horizon à l'est. Les Marsouins sautent des camions pour fraterniser avec les cavaliers.

— Mais, s'étonne l'officier anglais, comment se fait-il que vous ne soyez pas plus nombreux ?

Folliot hausse les épaules. Le cavalier n'insiste pas.

— En tout cas, lâche-t-il, bienvenue en Palestine libre...

Les camions reprennent la route, escortés par les cavaliers qui ont lancé leurs montures au petit galop. Le convoi arrive bientôt à Ahmeria où sont établies les bases du régiment anglais.

— Vous êtes ici chez vous, s'entendent annoncer les Français. Allez faire votre toilette...

Harassés par la nuit blanche, Delsol et ses compagnons se délassent sous la douche. Leurs hôtes les conduisent ensuite vers un réfectoire où les attend le traditionnel breakfast.

— C'est un vrai repas, se réjouit Delsol en entamant les œufs et le bacon fumant.

Le Marsouin fait la grimace en goûtant le thé qui accompagne le copieux petit déjeuner.

— Un bon petit coup de rosé passerait mieux...

Son voisin de tablée n'a pas le temps d'opiner. Le capitaine Folliot est là, qui annonce :

— Nous restons ici...

Les déserteurs s'installent sous des guitounes à douze places dans lesquelles ils dorment comme des loirs dès la nuit tombée.

Au matin du samedi 29 juin 1940, de nouveaux candidats à la poursuite des combats se présentent au camp anglais. Delsol court à leur rencontre.

— Ce sont des gars de ma compagnie ! se réjouit-il. Je le savais bien qu'ils n'étaient pas des dégonflés...

Les nouveaux venus, pressés de questions, parlent de ce qui s'est passé au régiment après le départ de la première vague.

— Ça a fait un drôle de foin, précise un sergent, vous êtes

considérés comme déserteurs... Certains en ont profité pour piller vos affaires...

Les chauffeurs réquisitionnés par Laborde ne tiennent pas à rester en Palestine. Pris de scrupules tardifs, le lieutenant Roux décide de repartir aussi. Harent, un sergent de la première bordée de déserteurs, propose de profiter de l'occasion pour aller aux nouvelles à Tripoli.

— Quand les copains apprendront comment nous avons été reçus ici, avance-t-il, ils voudront tous passer la frontière...

Folliot le laisse partir à contrecœur.

— Vous risquez gros, lui fait-il seulement remarquer. Les autres ne vous feront pas de cadeaux s'ils vous épinglent...

Harent ne rentre à Ahmeria que trois jours plus tard.

— J'ai eu chaud, avoue-t-il au capitaine Folliot.

Le sergent avait quitté les chauffeurs après les avoir menacés de représailles au cas où il se ferait épingler. Puis il s'était terré chez des civils acquis à l'idée de résistance. Il rencontra quelques sous-officiers du régiment.

— Il faut, leur affirma-t-il, que vous nous rejoigniez... Les Anglais sont prêts à se battre... Vous ne pouvez pas les laisser faire la guerre à notre place !

Quelques gradés promirent d'étudier la question. Mais l'un d'eux, un adjudant, courut au bureau du colonel pour dénoncer Harent.

— Ils m'ont fait aux pattes avant que j'aie eu le temps de filer ! Le colonel Fanferrier m'a passé un savon en me faisant remarquer que l'armée serait foutue si tout le monde faisait n'importe quoi...

— Il ne t'a pas mis au trou ?

Le sergent éclate de rire.

— Non ! Il m'a confié une moto pour que je revienne ici et vous fasse la morale... Je l'entends encore : « Vous devrez les convaincre de revenir sur leurs bases... Il n'y aura pas de sanctions... »

Delsol grimace.

— Il devait pourtant bien se douter que personne ne retraverserait la frontière...

— La frontière? Elle est maintenant trop bien gardée pour qu'il soit facile de refaire notre coup... Si je suis passé, c'est parce que j'avais un ordre du colonel...

Des tirailleurs se sont déployés aux abords de postes de gendarmes où ils veillent jour et nuit. Un convoi réussit pourtant à passer le 30 juin. Ses camions sont chargés d'obus.

« Mais d'où ce fourbi peut-il venir? » s'étonne le capitaine Folliot.

Interrogés, les chauffeurs ne sont pas capables de répondre. Ils ont reçu l'ordre de se mettre en route, et c'est tout. Les Anglais sont perplexes.

— On garde les camions, leur propose Folliot une fois la corvée de mise à terre terminée.

Un officier anglais refuse.

— Non, ceux qui ont eu l'amabilité de nous envoyer ces munitions en auront peut-être encore besoin.

Les véhicules filent vers le nord.

— Delsol, ordonne ensuite Folliot, puisque vous étiez sergent de tir au 24, vous aurez la charge de ce pactole... En espérant que nous aurons bientôt à l'utiliser...

Les Anglais distribuent le 1er juillet des uniformes britanniques à leurs protégés.

— C'est dommage de porter des vêtements étrangers, se dit Delsol en enfilant un battle-dress tout neuf, mais les nôtres étaient en fin de carrière...

Le capitaine Folliot, vêtu lui aussi à l'anglaise, vient donner quartier libre à ses hommes.

— Vous avez le droit d'aller vous détendre à Haïfa... N'en profitez pas pour faire les zouaves... N'oublions pas que nous sommes invités ici...

Le 3 juillet, alors que la petite troupe française s'est amalgamée à l'armée anglaise, une agitation inhabituelle à la porte du camp attire l'attention de Folliot.

— Rassemblez les hommes! ordonne-t-il ensuite à Laborde après avoir été aux nouvelles. Le colonel de Larminat vient de passer la frontière...

L'officier supérieur n'est pas venu pour faire la morale aux déserteurs. Tout au contraire.

— Je commandais l'état-major du général Mittelhauser, leur précise-t-il après les avoir félicités pour leur engagement. Comme je devais faire respecter les conditions d'armistice, je n'ai eu aucun mal à dérouter vers les troupes anglaises les munitions que vous avez reçues il y a quelques jours...

Delsol est aux anges.

« Il faudrait qu'ils soient tous comme ça, les colons ! On aurait peut-être un peu plus de chance de gagner la guerre... »

— On m'a mis aux arrêts de forteresse, poursuit de Larminat. J'ai trompé la surveillance de mes gardes... Je suis passé par la Transjordanie... C'est là que j'ai appris qu'il y avait des Français dans les environs de Saint-Jean-d'Acre...

L'officier supérieur parle longtemps de ce qui se passe, à Beyrouth, puis en Europe.

— Le général de Gaulle, précise-t-il, est à Londres pour organiser la lutte... Il ne faut pas baisser les bras... Je vais d'ailleurs le rejoindre et je lui parlerai de vous...

Delsol, comme tous les Marsouins entrés en dissidence, prend connaissance de l'appel lancé le 18 juin, à Londres, par le général de Gaulle sur les ondes de la *B.B.C.* mises à sa disposition par Winston Churchill :

Les chefs qui, depuis de nombreuses années, sont à la tête des armées françaises, ont formé un gouvernement. Ce gouvernement, alléguant la défaite de nos armées, s'est mis en rapport avec l'ennemi pour cesser le combat. Certes, nous avons été, nous sommes submergés par la force mécanique, terrestre et aérienne de l'ennemi. Infiniment plus que leur nombre, ce sont les chars, les avions, la tactique des Allemands qui nous font reculer. Ce sont les chars, les avions, la tactique des Allemands qui ont surpris nos chefs au point de les amener là où ils en sont aujourd'hui.

Mais le dernier mot est-il dit ? L'espérance doit-elle disparaître ? La défaite est-elle définitive ? Non ! Croyez-moi, moi qui vous parle en connaissance de cause et qui vous dis que rien n'est perdu pour la France. Les mêmes moyens qui nous ont vaincus peuvent faire venir un jour la victoire. Car la France n'est pas seule! Elle n'est pas seule! Elle n'est pas seule! Elle a un vaste Empire derrière elle. Elle peut faire bloc avec l'Empire britannique qui tient la mer et continue la lutte. Elle peut, comme l'Angleterre, utiliser sans limites l'immense industrie des Etats-Unis. Cette guerre n'est pas limitée au territoire malheureux de notre pays. Cette guerre n'est pas tranchée par la bataille de la France. Cette guerre est une guerre mondiale. Toutes les fautes, tous les retards, toutes les souffrances n'empêchent pas qu'il y a, dans l'univers, tous les moyens nécessaires pour écraser un jour nos ennemis. Foudroyés aujourd'hui par la force mécanique, nous pourrons vaincre dans l'avenir par une force mécanique supérieure. Le destin du monde est là.

Moi, général de Gaulle, actuellement à Londres, j'invite les officiers et les soldats français qui se trouvent en territoire britannique ou qui viendraient à s'y trouver avec leurs armes ou sans leurs armes, j'invite les ingénieurs et les ouvriers spécialisés des industries d'armement qui se trouvent en territoire britannique ou qui viendraient à s'y trouver, à se mettre en rapport avec moi. Quoi qu'il arrive, la flamme de la résistance française ne doit pas s'éteindre et ne s'éteindra pas. Demain, comme aujourd'hui, je parlerai à la radio de Londres.

Le Gascon soliloque après avoir relu près de dix fois le texte visionnaire :

« Si j'avais encore quelques doutes quant au bien-fondé de mon choix, j'en serais maintenant débarrassé ! »

Au soir l'enthousiasme se défait quelque peu, lorsque la nouvelle de l'attaque par les Anglais d'une flotte française à Mers el-Kébir filtre dans le camp. Les déserteurs évitent de commenter le coup dur dans les jours qui suivent. Des prisonniers tchèques et espagnols arrivent au camp.

— C'est en quelque sorte notre première mission de guerre, souligne Delsol en recevant l'ordre de monter une équipe pour relever les Anglais qui les surveillaient.

La discipline des premiers jours de garde se relâche vite. Les Anglais et les Français tuent le temps en organisant des matchs de football avec leurs captifs. De nouveaux déserteurs français passent la frontière. Le commandement du secteur dévolu à l'armée française est placé sous le commandement du capitaine de Soubirant, l'officier le plus ancien dans le grade le plus élevé. Puis un élément de spahis marocains rallie à son tour Ahmeria.

« Si ça continue, se réjouit Delsol, nous serons assez nombreux pour former un beau bataillon ! »

La moitié des Marocains décide de rentrer en Syrie dès le lendemain. Des lazzis saluent leur départ. Les Anglais ne font pas de commentaires.

— Dites-moi, mon capitaine, hasarde leur commandant en s'adressant à Soubirant, je n'ai pas l'impression que vos hommes roulent sur l'or... N'ont-ils pas perçu de solde avant de quitter la Syrie ?

Le Français est bien obligé d'avouer le dénuement de sa troupe hétéroclite. Pris en charge par la Couronne, les officiers français perçoivent cinquante piastres palestiniennes, leurs sous-officiers et hommes de troupe vingt.

— Vous serez payés tous les vendredis, leur annonce un officier fourrier.

« Ça ne fait pas lourd, évalue Delsol en touchant ses subsides. Tout juste de quoi se payer deux paquets de cigarettes à cinq piastres et de boire une bière à sept... Les trois piastres restantes pour le pourboire... Personne ne pourra jamais dire que j'ai déserté pour de l'argent... »

Le sous-lieutenant de Laborde vient trouver le Gascon au matin du dimanche 14 juillet, après une brève cérémonie lourde de signification.

— Qu'est-ce que vous diriez de venir avec moi à Haïfa ? lui propose-t-il.

— Je voudrais bien mais nous n'avons pas de véhicule...

Laborde sourit.

— Mais si, nous avons une voiture...

Et se retournant vers un légionnaire blond qui se tenait derrière lui, il lui lance :

— Pas vrai, Novac?

Le képi blanc parle un français épaissi d'un fort accent russe.

— Bien sûr, mon lieutenant, puisque j'en ai volé une pour passer la frontière...

Le trio s'engouffre dans la Renault dérobée à Beyrouth. Novac roule à tombeau ouvert dès qu'il a quitté Saint-Jean-d'Acre.

— Oh, le tempère Delsol, ne sois pas si pressé de mourir... La guerre n'a même pas encore commencé!

Les permissionnaires dépensent leurs piastres en quelques heures. Novac reprend son dangereux exercice sur le chemin du retour.

— Des avions, signale Delsol, ils viennent de la mer!

Novac ralentit pour suivre le ballet grondant de quelques biplans.

— Ce sont peut-être des Potez qui rallient la bonne cause, espère Delsol qui a du mal à distinguer dans le soleil couchant les cocardes ornant les appareils.

— Sûrement pas, lui rétorque Laborde, ils plongent sur le dépôt de pétrole! Ce sont des Italiens! Ils doivent venir de Rhodes...

Des réservoirs s'embrasent au second passage des avions.

— Les Anglais n'ont même pas de D.C.A. pour riposter! gronde Delsol.

Les Italiens n'insistent pas. L'escadrille se perd à l'horizon marin, en plein soleil couchant.

« Bientôt, leur promet Delsol, nous aurons ce qu'il faut pour vous accueillir... Ça ne sera plus aussi facile de venir tout faire sauter par ici! »

3

Le 1er bataillon d'infanterie de Marine

Les officiers anglais, guettant la frontière dans l'espoir de nouveaux ralliements, annoncent à leurs homologues français qu'ils doivent se préparer à faire mouvement sur l'Egypte.

— Là-bas, s'entend annoncer de Soubirant, vous serez armés et regroupés en unités autonomes... Nous avons besoin de vous!

Delsol et ses compagnons entassent dans un train leur matériel et les munitions déroutées par le colonel de Larminat. Accompagné par une fanfare britannique, le convoi quitte Saint-Jean-d'Acre au soir du 17 juillet. Il est au petit jour à El-Quantara.

— Nous devons attendre avant de repartir, vient annoncer le capitaine Folliot à ses hommes, d'autres Français doivent nous rejoindre... Ils sont passés par la Transjordanie...

Delsol rêve d'un renfort suffisant pour former un plein régiment de volontaires. Il déchante en ne voyant arriver que trois douzaines de soldats et quelques officiers.

« On est tout de même près de deux cent cinquante, se console-t-il, c'est déjà ça! »

Les Français franchissent le canal de Suez à Ismaïlia, quittent le train, et pénètrent en camion dans un immense camp de baraques établi à quelques kilomètres de la ville, à Moascar. Des pancartes en italien ornent l'entrée.

— Bon sang, grommelle Delsol, c'est un camp de concentration !

Ses compagnons qui ne savent pas lire la langue du Duce sursautent.

— Qu'est-ce que tu dis ? s'inquiète son voisin.

Delsol détaille le triste alignement de fils de fer barbelés qui ceinture le camp. Son regard brille en reconnaissant le drapeau anglais qui flotte en haut d'un mât.

— Nos copains ont chassé les Italiens il y a pas longtemps, explique-t-il à son compagnon inquiet, regarde un peu mieux, tu vois bien que ça ne ressemble pas à un bagne...

La pénible impression de l'entrée s'estompe lorsque les camions s'engagent dans une avenue. Delsol a le temps de repérer un cinéma placardé d'affiches.

Des Anglais guident les arrivants vers des baraquements meublés de lits à moustiquaires et de caissons métalliques. Puis les Français reçoivent un déjeuner froid.

— Messieurs, vient annoncer le capitaine Folliot à ses hommes, nous sommes invités à une réception offerte par la colonie française d'Ismaïlia... Ces braves gens nous attendent à 16 heures...

Delsol houspille ses compagnons.

— Tâchez de faire bonne figure, nous sommes l'armée française à nous tout seul ! Ça se mérite...

Avant de sortir du camp, le sergent et ses compagnons sont autorisés à envoyer des télégrammes en France.

— C'est un peu comme une bouteille à la mer, ironise le Gascon en sortant du bureau de poste anglais. Croix-Rouge ou pas, les Boches ne vont pas laisser les nôtres apprendre que nous voulons continuer le combat...

Après avoir, par des rues bordées de flamboyants et de filaos, longé de basses villas à terrasses, un peu intimidés, les Marsouins et leurs compagnons d'exil volontaire écarquillent les yeux devant le somptueux buffet préparé à leur intention au couvent Saint-Vincent-de-Paul. Rien ne manque, sandwichs, pyramides de gâteaux, des oranges, du raisin, des sodas et de la bière fraîche.

La gêne du premier contact s'envole vite. Les langues se délient. Les transfuges sont félicités.

« D'habitude, plaisante Delsol en enfournant un canapé au pâté de foie, ce n'est pas ainsi qu'on reçoit les déserteurs... On a choisi le bon camp... »

Les Marsouins du 24e R.I.C. se réunissent près du long comptoir. Delsol savoure l'ambiance. Quatre civils, encore jeunes, costume blanc et cravate crème, les abordent.

— Vous n'avez pas l'air de vous amuser, remarque l'un d'eux... Mais ici c'est un couvent... Venez avec nous, nous connaissons un endroit un peu moins solennel...

Delsol accepte. Il pénètre bientôt dans le Cercle du Canal, au milieu d'un jardin de rêve. Un immense Noir coiffé d'une chéchia à gland trône derrière un bar, devant des rangées de bouteilles et une grande carte d'Afrique sur laquelle s'étale en grosses lettres une profession de foi digne d'un Marsouin : « J'ai soif! »

Les verres de l'amitié se succèdent à bon rythme. La guerre est loin. Il n'y a plus devant le bar que des jeunes hommes gourmands de vie, de femmes, de rires et d'alcool.

Les Marsouins ont tous signé de bon cœur un acte qui les engage à « servir avec honneur et fidélité dans les unités relevant du Comité national français du général de Gaulle, sous les ordres du commandement britannique, à l'exclusion de toute opération contre les forces françaises ». Ils retournent chaque après-midi goûter au couvent et Delsol est souvent reçu dans une famille yougoslave, les Nicolas.

— Nous pensions être des rebelles, leur confie-t-il au cours du dîner, des déserteurs, des hors-la-loi... Et vous nous recevez comme des héros... Vivement qu'on se batte pour mériter votre confiance...

Le chef de famille hoche gravement la tête.

— Malheureusement, souffle-t-il à l'intention de ses cinq invités, ça ne se passerait pas comme ça en France... Votre pays est bel et bien vaincu... Et ils doivent être nombreux à ne pas croire en l'Angleterre et à de Gaulle depuis le drame de Mers el-Kébir...

— Tant qu'il y a de la vie, il y a de l'espoir! lâche Delsol en levant haut son verre.

Le truisme tombe à plat. L'assemblée se sépare un peu plus triste que les jours précédents.

Le camp de Moascar est très animé au matin du mardi 23 juillet.

— On file au Caire, s'entend annoncer Delsol, les Anglais vont nous donner notre armement...

Le sergent devine la guerre. Une fois le matériel perçu dans un joyeux brouhaha, un sergent-major anglais s'approche.

— Il n'est que midi, lui fait-il remarquer en un français vrillé d'accent londonien, que diriez-vous d'aller visiter les Pyramides ?...

Le sous-lieutenant de Laborde a entendu la proposition. Il se joint à Delsol et deux autres sergents.

— On grimpe sur la plus haute? propose-t-il une fois sous le Sphinx.

Les quatre Marsouins font la course. Le sable du vent leur fouette le visage lorsqu'ils s'immobilisent au sommet du monument. Ils ne plaisantent plus.

— C'est trop beau, laisse échapper Delsol.

Laborde acquiesce.

— C'est là que Napoléon aurait dit...

— On le sait ce qu'il a dit, le coupe Delsol soudain plus grave, mais ça ne compte plus... Les siècles qui contemplaient les grognards ne pèsent pas lourd devant la guerre qu'il nous reste à gagner...

Les Marsouins éblouis rêvent de batailles, de drapeaux victorieux, de retour triomphal en France.

— Je ne suis pas Napoléon Bonaparte, se laisse aller à promettre Delsol, le monde entier se foutra toujours de mes paroles, mais je jure de me faire démolir ou de la gagner, cette saloperie de guerre!

Un message radio annonce de nouveaux ralliements au soir du 25 juillet. Au milieu de la nuit, trois cent soixante hommes du 3e bataillon du 24e R.I.C. débarquent à la garde de Moascar. Ils sont commandés par le capitaine Lorotte de Banes.

— T'en as mis du temps à te décider ! plaisante Delsol en s'adressant à un sergent de ses amis.

Le sous-officier encore vêtu à la française relève la remarque.

— On aurait bien foutu le camp avant... Mais n'oublie pas que Chypre est une île...

Et il confie à Delsol que le capitaine Lorotte avait décidé de brusquer les choses le 11 juillet, en apprenant la signature de l'armistice entre la France et l'Italie.

— Mieux vaut tard que jamais ! le brocarde-t-il gentiment. Maintenant nous sommes assez nombreux pour monter un vrai bataillon...

Le Gascon en apprend un peu plus sur ce qui s'est passé à Chypre.

— Le capitaine Lorotte a eu des contacts directs avec le général de Gaulle, lui confie un sous-officier. Je crois que notre unité va s'appeler 1er bataillon d'infanterie de Marine...

— Mais pourquoi avez-vous un drapeau anglais ?

— Le 17, nous avons participé à une prise d'armes à Nicosie... Le général Wetherall, le gouverneur militaire de Chypre, nous a confié la garde de cet étendard... Il paraît que c'est la première fois que les Anglais agissent ainsi...

Une bague rivée sur la hampe de l'*Union Jack* porte une inscription rappelant les circonstances de sa remise à une troupe étrangère à la Couronne.

« *To the french volunteers by their military comrades in Cyprus in memory of the 11th July.* France toujours. »

Les officiers ralliés se partagent les responsabilités dans les jours qui suivent. Le capitaine Folliot garde le commandement de la 1re compagnie tandis que Lorotte prend la tête du bataillon en gestation.

— Nous allons être transformés en unité de reconnaissance, explique-t-il à ses gradés qui ont cousu leurs galons français sur les tenues anglaises.

La 1re compagnie s'organise en cinq sections. Quatre sont dotées de véhicules légers de type Morris et la dernière, celle du sous-lieutenant de Laborde, d'un camion et d'une camionnette.

Pour familiariser les chauffeurs avec leur nouveau matériel, des manœuvres de conduite se déroulent autour d'un monument aux morts commémorant la Grande Guerre. Les semaines passent vite, Delsol et ses compagnons de la 4e section de la 1re compagnie sont prêts au combat.

Le 25 août, le bataillon est réuni sur le plateau d'honneur du camp. Les Marsouins portent le casque colonial anglais. Ils ont collé sur la gauche de leur coiffure, là où les Britanniques frappent leur insigne d'unité, une cocarde tricolore à croix de Lorraine brodée par les élèves des sœurs de Saint-Vincent-de-Paul.

Les autorités anglaises, leur ambassadeur, Sir Miles Lampson en tête, passent les Français en revue sous un soleil de plomb. Le baron de Benoist, directeur général de la Compagnie du canal de Suez et, depuis l'armistice refusé, président du Comité national français d'Egypte, remet au capitaine Lorotte un drapeau français acheté par la colonie française d'Ismaïlia. L'officier rebelle transmet le symbole d'espoir au lieutenant Gourvez raidi en un garde-à-vous parfait au milieu de sa garde d'honneur. Des lames de sabre luisent dans le soleil. Des roulements de tambours, des déchirements de cuivres retentissent. Les couleurs de la France et de l'Angleterre montent ensemble à un mât. La *Marseillaise* éclate, puis le *God save the King*.

Le baron de Benoist, immense et large, toussotte derrière un micro sur pied.

— Le Comité national en vous confiant le drapeau que j'ai eu l'insigne honneur de vous remettre a voulu couronner l'acte de patriotisme que vous accomplissez en continuant la lutte... Il signifie que vous n'avez pas voulu céder, que libres de combattre, vous n'avez pas accepté la défaite et que vous continuerez à côté de nos amis anglais, jusqu'au succès final, la croisade contre les puissances de ténèbres et de ruine...

Delsol jette un coup d'œil au fanion de sa compagnie qui a été brodé par les sœurs d'Ismaïlia.

« *Vivre Français ou mourir!* détaille-t-il sur l'emblème frappé d'une ancre de Marine supportant une grenade de la Légion étrangère et un croissant de spahis. Sacré beau programme ! »

De Benoist poursuit son envolée lyrique :

— Soldats courageux et fiers, vous vous placez au-dessus des questions de politique intérieure... Winston Churchill vient de dire : « La mort et la ruine deviennent de petites choses à côté de la honte de la défaite ou du manquement au devoir ! »

Delsol prête moins d'attention au reste du discours.

— De belles phrases ne vaudront jamais quelques bons coups de canon, grommelle-t-il lorsque l'orateur se tait.

Des applaudissements jaillissent de la foule des civils, femmes et enfants mêlés dans un fleuve de couleurs. Sir Miles Lampson prend à son tour la parole, en français :

— Au discours émouvant que vous venez d'entendre je n'ai que quelques paroles à ajouter... Le général de Gaulle a été reconnu par le gouvernement britannique comme le chef des Français libres. Il s'est voué à la tâche de continuer le combat jusqu'au jour où le dernier Allemand sera chassé au-delà du Rhin...

Delsol sent un picotement courir le long de sa colonne vertébrale.

« Si les Anglais croient sincèrement en de Gaulle, nous gagnerons ! »

Le diplomate poursuit :

— Soyez sûrs que vous tous, militaires et civils, vous pouvez compter sur la sympathie, l'admiration et l'appui sans réserve de l'Angleterre... Faire renaître une France forte et libre, voilà l'un des premiers buts auxquels l'Angleterre consacre ses efforts. Elle paie de son sang... Surtout ne sous-estimez pas la haute importance de la décision que vous avez prise. A un moment où tout s'effondrait, où le découragement et l'angoisse avaient paralysé bien des volontés, vous n'avez pas désespéré. Votre décision de vous rallier au général de Gaulle est un acte de foi dans le destin de la France. Plus rapidement peut-être que vous ne le pensez, le jour viendra où chacun s'apercevra que c'est grâce à votre courage et à votre dévouement à vous, les soldats de la première heure, que la France a pu renaître. Tant qu'il y aura des Français qui se dévoueront, comme vous le faites, ils pourront compter sur une amitié qui, dans les mauvais jours...

« Ça, prend le temps de penser Delsol, c'est pour Mers el-Kébir ! »

— ... comme dans les bons, ne fléchira pas !

Un défilé clôt la cérémonie. Les soldats de la France libre, ivres d'espoir, marchent plus raides que jamais. Ils frôlent la foule qui les acclame. Au soir, Delsol ne trouve pas facilement le sommeil sur sa couchette étroite. Il repense à sa carrière de Marsouin entamée il y a près de huit ans déjà. Il se répète les mots d'espoir entendus au cours de la cérémonie, se promet de ne jamais faillir à l'engagement qui le coupe, sans doute pour longtemps, des siens et fait de lui un hors-la-loi en métropole.

4

Les Italiens attaquent

Coiffés de calots français bleu marine, affublés de longs shorts de toile et de chemises de combat de la Couronne, armés de fusils et de pistolets-mitrailleurs anglais, les Marsouins quittent le camp de Moascar le jeudi 5 septembre 1940.

— Nous allons rejoindre le front à Buq-Buq, précise le sous-lieutenant de Laborde.

L'ambiance est au beau fixe.

— Je vous ramènerai un collier d'oreilles italiennes, promet en riant Delsol à la famille d'origine yougoslave qui l'a choisi comme filleul de guerre.

Le convoi est le 7 au Caire, le 8 à Alexandrie, et le lendemain à Marsa-Matruh, à trois cents kilomètres à l'ouest du grand port. Des bâtiments écroulés fument de place en place.

— Ce sont les Italiens qui ont fait ça, lance un Britannique à Delsol. Ils sont venus nous bombarder à plusieurs reprises dans la journée...

Le Marsouin scrute le ciel en serrant les poings. Le convoi reprend la route du bord de mer. Les Français libres dorment au soir du 10 septembre à Sidi-Barani, un village de deux cents âmes. Dès le lendemain, alors qu'ils approchent de Buq-Buq ils entendent pour la première fois des échos de canonnades.

— Enfin, se réjouit Delsol après avoir sauté de sa camionnette, nous y sommes !

Le capitaine Folliot réunit ses chefs de section.

— Les Italiens ne sont pas loin, leur annonce-t-il. Faites creuser des trous d'hommes... Et attendez les ordres !

Au matin du 13 septembre, Delsol ne tient pas en place. Il fait vérifier et revérifier le matériel. La bataille est toute proche. Les Anglais sont aux prises avec deux divisions du Duce. Cédant sous le nombre, ils reculent vers Buq-Buq, abandonnant le fort Capuzzo et le camp de Sollum.

Les Français, établis sur un plateau, suivent à la jumelle les mouvements des blindés ennemis qui soulèvent des nuages de sable dans le désert. Rongeant leur frein, ils comptent les coups tout au long de la journée du 14.

— Des volontaires pour une patrouille, vient demander au soir le capitaine Folliot.

Delsol lève le bras.

« Je ne voudrais tout de même pas rater la première action du bataillon », songe-t-il en espérant être retenu.

Le lieutenant Clerc prend le commandement de la reconnaissance. Il est secondé par de Laborde. Delsol est chef de groupe. Folliot donne ses derniers conseils.

— Soyez prudents... Il ne s'agit pas de porter des coups à l'ennemi, mais de ramener des renseignements sur leurs mouvements... Bien d'accord ?

Respectant le passé guerrier de leur chef qui a durement combattu pendant la Grande Guerre, les jeunes officiers acquiescent.

Trois véhicules légers s'enfoncent feux éteints dans la nuit tiède. Phillips, un capitaine anglais, sert de guide à l'expédition. Delsol, armé d'un pistolet-mitrailleur Sten, saute à terre au bout de quatre-vingt-cinq kilomètres de piste pointillée par une ligne téléphonique. La masse sombre d'un plateau domine le désert.

— Les Italiens sont là-haut, précise l'officier anglais,

nous allons les approcher à pied pour voir s'ils ont déjà commencé à descendre vers nos lignes...

Les Marsouins progressent pendant quelques kilomètres sur la gauche de la piste. Les Italiens sont proches. Les alignements de leurs blindés, luisants sous la lune, fascinent Delsol.

« Je les vois enfin de près ces salopards ! » se réjouit-il.

Le rebelle fait équipe avec Lucien Vanner, un ancien légionnaire qui l'entraîne vers l'ennemi. Une activité fébrile parcourt les lignes de chars et d'automitrailleuses.

— Ils vont attaquer demain, en déduit le lieutenant Clerc. Nous en avons assez vu... On rentre !

Les Italiens déchaînent leur artillerie sur les lignes anglaises deux heures après le retour des patrouilles d'observation. Les Marsouins sursautent à chaque explosion.

— Heureusement que nous sommes dans le sable, reconnaît Delsol alors que tout vole autour de lui.

Le tir dure une demi-heure. Dès le calme revenu, les Anglais font reculer de cinq kilomètres leurs six canons. Les Marsouins demeurent seuls devant les chars ennemis qui se lancent à l'attaque dès que leurs artilleurs ont cessé le tir de préparation. Delsol, bien installé dans son trou d'homme, oublie l'humiliation de l'armistice. Il tient sa revanche.

— Approchez, mes cocos, gronde-t-il en épiant dans les jumelles de Laborde l'avance des blindés grondants.

L'artillerie anglaise entre dans la bataille. Des camions de munitions qui suivaient les chars italiens explosent en gerbes de feu.

— Dire qu'il y en a qui prétendaient que nos copains anglais étaient de piètres artilleurs, triomphe Delsol. Malapeste ! Regardez-moi ce feu d'artifice !

L'assaut ne ralentit pas sous la pression des obus britanniques.

— On recule ! annonce le capitaine Folliot après avoir reçu un message d'une estafette anglaise.

Les véhicules français serpentent entre les impacts pour gagner une ligne de retrait fixée par l'état-major anglais pendant que des automitrailleuses, par groupe de trois, lancent des contre-attaques de harcèlement. A peine installés sur leurs nouvelles positions, les Marsouins reçoivent un nouvel ordre de repli.

— Ça va durer longtemps ce cinéma, peste Delsol. Qu'est-ce qu'on attend pour leur rentrer dedans !

Le râleur est tassé avec vingt-quatre autres Marsouins dans un camion encombré de trois jours de vivres et de bidons d'essence. Près de lui, l'aumônier du bataillon, le père Finet, se fait tout petit en serrant entre ses jambes son autel de campagne. Le médecin de la compagnie a fait embarquer deux brancards avec son infirmier.

— Les Ritals nous rattrapent ! hurle soudain Delsol.

Le chauffeur, un ancien taxi parisien, fait des prouesses pour zigzaguer entre des rafales de mitrailleuses. Les projectiles claquent au-dessus de ses passagers ballottés. Les lignes anglaises sont proches. Le camion se met à déraper.

— On a reçu une balle dans la roue, se rend compte Delsol. Tirez, bon Dieu !

Les deux fusils-mitrailleurs Bren mis tant bien que mal en batterie à l'arrière du camion se déchaînent. L'automitrailleuse ennemie la plus proche ralentit. Des hurlements la saluent lorsqu'elle arrête la poursuite.

Le sergent n'est pas fâché de retrouver les Anglais. Il reçoit l'ordre d'installer son groupe à un avant-poste de la ligne de défense. A la nuit tombée, une nouvelle patrouille se coule vers les Italiens. Il la regarde disparaître avec une pointe d'envie.

La bataille de mouvement reprend à l'aube du 16. Les Marsouins tiennent leur position pendant que les Anglais se replient. Puis ils reculent encore de quelques kilomètres sous la protection britannique, et ainsi de suite dans un lassant mouvement de tiroir.

Un petit appareil italien plonge sur une automitrailleuse. Delsol devine le drame.

— Bon sang, gronde-t-il, il va la moucher !

L'appareil frôle les Français en balançant des ailes.

— Ce con de pilote les a confondus avec une automitrailleuse de chez lui ! jubile le sergent.

Des rafales de mitrailleuses giclent du véhicule très bas sur ses chenilles. L'avion s'empanache de fumée et disparaît vers la mer. Des cris de joie saluent l'exploit mais la liesse née du premier succès retombe vite car les Britanniques ne sont pas en forces suffisantes pour endiguer l'attaque italienne. Folliot reçoit de nouveaux ordres de recul.

Au soir du 17, les Marsouins se retrouvent à Sidi-Barani, tout entière évacuée de sa population.

— Si ça continue, envisage Delsol, les Ritals vont réussir à nous foutre à l'eau !

La nuit s'écoule dans un vacarme constant.

— On continue sur Marsa-Matruh, ordonne Laborde à l'aube.

Des renforts de blindés et d'artillerie arrivent de l'est tandis que les Marsouins quittent Sidi-Barani. Des obus italiens s'abattent sur leur nouvelle ligne de défense. Sans dommages car les hommes de Folliot sont devenus des as de l'ensablement. Quelques Marsouins profitent d'une accalmie pour aller piquer une tête dans la mer. Puis ils reçoivent l'ordre de s'installer à Marsa-Matruh.

Le lendemain, les renforts amenés en catastrophe suffisent à contenir les assauts italiens. Le maréchal Graziani se résout à filer dans le désert. La côte se transforme en camp retranché lorsque les Français quittent Marsa-Matruh. Leur convoi protégé par des blindés parcourt une centaine de kilomètres vers le désert de Libye, en longeant la mer. La section Laborde perçoit à son tour des petites Morris. La compagnie Folliot lance des patrouilles de plusieurs jours dans les sables sans rencontrer les Italiens.

Les Marsouins profitent de ce répit pour faire des marches à la boussole.

— En quelque sorte, s'amuse Delsol, on nous paye des vacances... Nous chassons la gazelle dont la viande est bien meilleure que nos boîtes de singe... On bronze... Il n'y a que le pain de chez nous et le pinard qui manquent !

Les Anglais, habitués au thé et aux biscuits, se rendent compte que leurs alliés n'apprécient pas leur régime. Le 10 octobre, le général Gorth leur fait livrer des boules de pain.

— Maintenant, souligne Delsol en mordant à belles dents dans sa première tranche de pain, manque plus que la vraie guerre !

Deuxième partie

La Guerre du Désert

5

Le champ de mines

La section Laborde est chargée de protéger un dépôt de vivres. Des sacs sont empilés aux abords d'un puits.

— Mais, c'est du sel! s'étonne Delsol après les avoir inspectés. A quoi peut-il servir?

— Si les Italiens, lui apprend un gradé anglais en souriant, réussissaient à nous chasser d'ici, nous jetterions ces sacs dans l'eau... Bien joué, non?

Le Français hoche la tête sans répondre.

« Tout de même pas très sportif », rumine-t-il en s'éloignant du point d'eau avec sa corvée.

Les Marsouins demeurent au repos. Delsol guette le moindre signe d'énervement vers le P.C. du bataillon où vont et viennent des officiers suivis de leurs ordonnances portant des rouleaux de cartes du désert. Il reçoit enfin, le samedi 19 octobre, l'ordre de ramener son groupe sur les positions de la compagnie.

— Nous allons nous dégourdir les jambes, annonce-t-il joyeusement à ses compagnons. Nous partons demain en patrouille profonde vers les Ritals...

Les petites Morris couleur sable de Laborde se coulent dans le désert à l'aube du 20. Une voiture radio les suit à bonne distance.

— Quand nous serons à proximité des Italiens, explique Laborde qui a été promu lieutenant, nous tirerons un fil téléphonique de notre observatoire, nous nous relierons à la voiture radio et le P.C. profitera de nos renseignements au fur et à mesure de l'observation...

— Ben voyons, commente Delsol d'un ton bourru, c'est tout simple !

Le gros de la compagnie s'installe autour de son capitaine pendant que le râleur mène ses hommes à moins de trois kilomètres d'une division blindée.

— Attention, prévient-il après quatre heures d'observation, il y a un convoi qui part vers l'est...

De Laborde évalue la vitesse des camions et des blindés, pointe leur position exacte sur sa carte, transmet le renseignement au véhicule radio.

Après une courte attente, des obus d'artillerie anglaise s'abattent sur la colonne italienne. Les Marsouins jubilent. L'enchaînement, repérage-transmission du renseignement-pilonnage, se reproduit avec succès. Les Français changent sans cesse de place.

— Les Ritals vont finir par se demander pourquoi les Anglais font mouche à tous les coups, craint Delsol alors que l'artillerie britannique matraque une nouvelle fois quelques blindés. Ils vont finir par lancer de grosses patrouilles... Et nous n'aurons pas grand-chose à leur opposer...

La journée s'écoule sans anicroches. Les Italiens, échaudés par les tirs anglais, ne bougent pas. Delsol commence à trouver le temps long. Laborde approche de lui de sa démarche chaloupée alors que la nuit tombe.

— Vous devez regagner la compagnie.

Un capitaine anglais précise les ordres :

— Votre unité se trouve dans un village, entre la route et les dunes... Vous repérerez facilement le bled car il y a un palmier au beau milieu... C'est à une vingtaine de miles d'ici...

Delsol étudie la carte que lui tend Laborde. L'Anglais ajoute encore :

— Vous n'aurez qu'à suivre la route jusqu'à un tonneau

de deux cents litres vide… Après, il y a des champs de mines un peu partout… Vous piquerez à angle droit vers la mer et, en roulant prudemment vers l'est, sur la piste au ras des dunes, vous tomberez pile sur le palmier…

Le Gascon en sait assez. Il replie la carte et fait signe au caporal Travo d'embarquer dans la Morris avec quatre autres Marsouins.

Le véhicule tout terrain roule pendant une demi-heure sur les traces creusées au petit matin. Il atteint le tonneau de deux cents litres.

— Maintenant faut ouvrir l'œil, prévient-il. Faut pas dévier dans un champ de mines…

Le véhicule cahote dur sur des fondrières pendant près d'une heure. Delsol le fait une nouvelle fois stopper pour scruter le désert à la jumelle.

— Tu vois quelque chose ? s'impatiente Travo.

— Le palmier… Nous sommes presque arrivés… Il n'y a plus qu'à nous faire reconnaître par les copains…

Un cri lancé dans la nuit n'amène aucune réponse. Pas plus que les suivants. Delsol siffle les premières mesures de l'hymne de l'Infanterie coloniale sans éveiller plus de réactions. Une canonnade l'oblige à cesser l'exercice musical. Le ciel s'embrase.

— Ça barde vers Sidi-Barani, et nous sommes perdus comme des bleus ! tempête le sergent en se rasseyant près du chauffeur.

— Qu'est-ce qu'on fait ? s'inquiète Travo.

Delsol ne prend pas le temps de réfléchir.

— Puisque les copains ne sont plus là, on fonce vers la bataille !

— Mais, plaide un Marsouin, nous ne savons même pas qui tire…

Une discussion s'engage dans les rougeoiements du ciel. Delsol admet que son idée de marcher au canon n'est pas la meilleure.

— Vous avez raison les gars… On continue vers l'est… On finira par tomber sur les copains, quelque part vers Marsa-Matruh où il y a plein d'Anglais… En route !

La Morris reprend à petite allure sa route zigzaguante

dans le désert, laissant derrière elle un ciel zébré de balles traçantes. Elle s'immobilise soudain dans une boule de feu et se couche à demi sur le côté droit.

— On nous tire dessus ! hurle Delsol.

Le vent balaie les échos de l'explosion, du sable retombe en crissant tout autour des Marsouins qui s'ébrouent.

« On a sauté sur une mine ! », se rend alors compte le Gascon en tentant de se relever.

— Rien de cassé ? s'inquiète-t-il.

Ses hommes l'entourent, indemnes.

— Alors, plaisante-t-il, il n'y a que moi qui ai trinqué...

Les Marsouins transportent leur chef à l'abri de la Morris redressée mais qui refuse de démarrer.

— Attention, prévient Delsol une fois que son bras droit tailladé a été pansé à la va-vite, nous devons être en plein dans un champ de mines...

Il place ses hommes en défensive.

— Qu'est-ce qu'on fait ? lui demande Travo.

Le sergent grimace en luttant contre la douleur qui vrille son épaule.

— Y a plus qu'à espérer que les Italiens n'aient pas la bonne idée de venir se balader par ici...

Malapeste souffre trop pour répondre.

— Je vais partir à pied vers nos lignes, décide alors le caporal. D'accord ?

Delsol, suant et grelottant de fièvre, acquiesce d'un signe de tête. Travo fait signe à un Marsouin. Les deux silhouettes se fondent dans la nuit après s'être alourdies d'un bidon d'eau et de quelques boîtes de corned-beef.

« Ils ont au moins vingt-cinq bornes à parcourir avant de tomber sur les nôtres, estime le blessé. Il est à peine plus de minuit... Va falloir tenir le coup jusqu'à l'aube... »

Les Marsouins se relaient auprès du gisant.

— J'ai froid ! grommelle ce dernier. Malapeste, que j'ai froid... C'est pas normal...

Le blessé se retrouve enfoui sous six couvertures.

— Ça sert à rien tout ce fourbi... J'ai encore froid... Bon Dieu que j'ai froid !

A bout de fatigue, les guetteurs essayent de ne pas

sombrer dans le sommeil. De nouveaux échos de canonnades ricochent vers eux. Le ciel s'embrase à l'ouest d'éclairs dansants. Le blessé émerge de sa douloureuse torpeur.

« Pourvu que ce vacarme n'annonce pas le repli des copains... Nous serions dans de beaux draps... »

L'aube opalise le désert. Le blessé est calme. Ses quatre compagnons, transis, viennent tour à tour se pencher sur lui. Leurs regards fiévreux dévorent le nord d'où devrait surgir le secours ramené par Travo.

Delsol se réveille tout à fait. Il a l'impression de sortir d'un mauvais rêve.

— Le cauchemar n'est pas terminé... Malapeste de Malapeste ! gronde-t-il en s'apercevant qu'il est allongé à cinquante centimètres d'une mine à moitié désablée.

Les Marsouins qui jusque-là allaient et venaient sans trop de précautions alentour de la Morris se figent. Une odeur douceâtre de café traîne au ras du sable. L'homme qui utilise un petit réchaud à combustible solide pousse un cri.

— Qu'est-ce qu'il y a, Carré ? s'inquiète le blessé en se redressant à demi.

— Une mine, chef ! balbutie le deuxième classe. J'ai planté le réchaud sur une mine !

Des rires, exorcisants, montent dans le petit matin. L'homme enlève le réchaud de dessus le piège avec des gestes de curé manipulant le Saint-Sacrement. Puis les égarés sirotent le café brûlant en gardant le regard vissé sur les pièges mortels qu'ils ont frôlés vingt fois au cours de la nuit pour venir prendre des nouvelles de leur chef.

Des bruits de moteur les arrachent à leur fascination.

— Pourvu que ce ne soient pas les Ritals, espère Delsol en serrant de sa main gauche sa mitraillette contre son ventre.

Le vent émiette les échos métalliques. Les Marsouins ont du mal à situer leur origine. L'un d'eux libère les appréhensions du groupe en se relevant et hurlant :

— Les copains ! Ce sont les copains...

Le sergent lâche son arme. Il se détend lorsque Travo se penche sur lui.

— On n'a pas été trop longs?

— Penses-tu... J'aurais tenu le coup pendant des semaines...

Des brancardiers anglais guidés entre les mines par les Marsouins s'emparent de Delsol. Leur ambulance frappée de croix rouges file vers le nord, se fondant dans un nuage de sable.

— Il a l'air salement touché, grommelle le caporal. Pauvre Malapeste...

Le blessé est évacué directement sur Marsa-Matruh. Un capitaine hindou, pyjama rouge et large moustache, est allongé sur la seconde couchette de l'ambulance. Les deux hommes, endoloris par les cahots de la piste, n'ont pas la force de parler. Leurs regards se croisent parfois. Ils partagent alors leur douleur.

Marsa-Matruh n'est plus qu'un champ de ruines.

« Le paysage a pas mal changé par ici ! » a le temps de se rendre compte Delsol pendant qu'on le porte dans un hôpital souterrain.

Puis il sombre dans l'inconscience. On l'opère. Il se réveille la bouche pâteuse.

— Tout va bien, boy, claironne un infirmier couvert de sang, on va t'évacuer sur Le Caire... Veinard !

Le blessé essaye de bouger. La douleur est trop forte. Il retombe sur sa couche provisoire.

« Veinard ? marmonne-t-il lorsque l'Anglais a disparu. Il en a de bonnes celui-là... Pour moi, le veinard, c'est celui qui fait la guerre ! »

Il se laisse transbahuter dans un train couchette.

— Vous êtes français ? s'entend-il apostropher tandis que le convoi s'ébranle.

Son voisin de voyage est un sergent-chef de l'armée britannique.

— Ouais, répond-il en grimaçant de douleur pour se tourner vers lui, pourquoi ?

— Je m'en doutais... Moi, je suis néo-zélandais...

Delsol s'étonne.

— Mais, vous parlez bien le français...

— Pas si bien que ça, mais j'ai eu le temps de l'apprendre chez vous... Pendant la guerre 14-18.

Le Marsouin n'est pas fâché de parler du pays.

— Je m'étais engagé à dix-huit ans pour la Grande Guerre, poursuit son voisin, j'ai fait mon devoir... Comme tout le monde... J'ai même reçu la croix de guerre française des mains d'un certain capitaine de Gaulle. Vous connaissez ?

Delsol oublie la douleur.

— Et comment, que je connais... Il est maintenant général... C'est lui qui nous commande depuis Londres !

Vaincu par l'effort, le Français libre se replace en position de repos. Le Néo-Zélandais n'insiste pas. Les deux hommes, bercés par les chocs réguliers des roues sur les éclisses de rails, somnolent jusqu'au Caire.

Bien soigné à l'hôpital militaire d'Agouza, souvent visité par des femmes du Comité national français, dont l'épouse du capitaine Lorotte, Delsol reprend peu à peu des forces. Il est évacué en Palestine le 19 novembre. Il prend son mal en patience dans un camp de convalescence, à Nataniah, entre Haïfa et Tel-Aviv.

— Je ne vais certainement pas y rester longtemps, se promet-il en jouissant du magnifique panorama de la Méditerranée.

Il tue le temps en devisant pendant des heures avec un aviateur français blessé au cours d'un atterrissage forcé et qui survit avec la colonne vertébrale brisée, momie vivante prise dans une gangue de plâtre.

— Heureusement que je t'ai, mon vieux Petitié, reconnaît le Marsouin. J'aime bien les Anglais, mais je ne comprends pas tout ce qu'ils disent...

Les convalescents entrent en effervescence le 7 décembre 1940 en apprenant que les Anglais ont lancé la veille une solide contre-attaque sur les lignes italiennes, sous le commandement du général Wavell.

— Sidi-Barani est tombé ! triomphe Delsol au matin du 13. Moi je fous le camp...

Il se voit refuser l'exeat au bureau de sortie.

— Mon pauvre garçon, lui explique avec gentillesse le médecin-major du camp, je ne peux pas vous laisser partir dans votre état...

— Mais, je suis en pleine forme !

— Que vous dites... Vous ne tiendriez pas deux jours dans le désert ! Et vous nous reviendriez avec cette fois bien peu de chance de retourner au combat. Il faut être patient... Promis ?

Le Marsouin bougonnant s'engage à rester. Il rôde dans les bureaux de Nataniah, pour y cueillir les nouvelles de la guerre.

Les troupes britanniques pénètrent en Libye et lancent des attaques aériennes sur la Somalie à partir du 16. Les Italiens capitulent à Capuzzo. Adressant chaque matin une demande de sortie au médecin-major, Delsol se sent bouillir à l'annonce des succès anglais. Sans doute excédé par le rythme de ses suppliques, l'officier britannique se rend enfin le 30 décembre.

— Je file d'ici ! triomphe Delsol en agitant son exeat devant Petitié. Tu te rends compte ? Je retourne au baroud !

L'aviateur immobilisé est gagné par son enthousiasme.

— Tu as de la chance... Moi je ne suis pas près d'en faire autant... Bonne chance !

6

Les prisonniers d'Adjédabia

Ismaïlia est transformée en immense base arrière lorsque Delsol y arrive le 31 décembre 1940. Il erre dans un fouillis de camions, de blindés cabossés, recouverts de sable, qui reviennent du front et de véhicules nets qui y partent.

« Je n'aurais pas de mal à trouver un moyen d'aller là-bas », songe-t-il en essayant de reconnaître des Français dans la cohue.

Un médecin de Nataniah le rencontre par hasard en fin de journée.

— Mais, s'étonne-t-il, vous devriez être à l'hôpital pour vos soins... Le major vous a bien prévenu...

Le sergent hausse les épaules.

— J'irai demain...

L'officier anglais n'insiste pas. Le Français tient sa promesse et se prête aux manipulations journalières de masseurs qui le triturent pour accélérer son rétablissement. Il subit un traitement d'électrothérapie.

Les autorités le laissent enfin partir le 14 janvier.

— Les Français sont quelque part dans le *Western desert*, lui annonce un adjudant de la police militaire qui surveille la formation d'un convoi hétéroclite.

Rôdant chaque jour pendant des heures sous le soleil dans

le camp dépôt d'El-Bada où les Anglais l'ont conduit au soir du 14 janvier, Delsol, dont personne ne s'occupe dans le maelström de la guerre, ne rencontre un élément de sa compagnie que dix jours plus tard.

— Nous allons à Tobrouk, apprend-il en se casant dans une Morris débordante de matériel.

Les véhicules croisent un convoi de blessés parmi lesquels il essaie de reconnaître des Français libres.

« Avec leurs pansements ils se ressemblent tous, les pauvres gars, regrette-t-il. On dirait qu'il y a eu une sacrée bataille... »

Le désert de Tobrouk est jonché de blindés et de camions gangrenés par des cicatrices d'incendie. Un flot de prisonniers italiens s'écoule à pas lents vers le nord-est.

— Mais où sont les Français ? s'inquiète à une halte un Corse jovial qui est assis près de Delsol.

— Plus au sud, lui lance un sergent de la *Military Police* occupé à pointer les passages.

Après avoir longé la côte, le convoi approche de Derna le 30 janvier. Le petit port s'étale au bas d'un plateau. Tout y est ruines. Des cadavres ennemis se dessèchent au soleil, éparpillés autour de leurs blindés détruits. Les camions et les Morris, qui ont péniblement descendu une longue côte sabotée par les Italiens, sont assaillis par une nuée d'Arabes.

— On pourrait peut-être, propose Delsol à ses compagnons, leur échanger de la viande contre tout ce thé... Qu'en pensez-vous ?

Les Français n'ont pas mangé de viande fraîche depuis longtemps. Ils acceptent de se séparer de la précieuse tisane nationale de leurs alliés. Un mouton aux pattes entravées d'une corde de chanvre gît bientôt entre leurs jambes. Ses anciens propriétaires s'éloignent de la route en brandissant les boîtes de thé comme des trophées.

Le convoi est aux portes de Derna. Des slogans fascistes s'étalent en lettres gigantesques sur toute la largeur de ses murs d'enceinte, *Viva Mussolini ! Viva il Rei Imperatore !* La section Laborde est là. Delsol est fêté comme le Messie. Le Corse saute du camion pour s'emparer d'un casque colonial italien vert olive.

— Regarde ce qu'il y a d'écrit tout autour, propose-t-il en tendant le couvre-chef au sergent.

« Il vaut mieux vivre un jour comme un lion que cent ans comme une poule », lit en italien Delsol hilare.

— Et où il est le lion maintenant ? Il pourrit sur le sable ou sillonne le désert dans une colonne de prisonniers...

Le casque jeté avec force roule longtemps sur le sable tassé. Delsol, tout de suite réintégré, reçoit l'ordre d'installer son groupe au port. Il élit domicile dans une maison coquette qui avait dû être occupée par une famille italienne.

— Nous rejoindrons le gros du bataillon à Mechili, lui ordonne son chef de section, c'est beaucoup plus au sud...

— En attendant, lieutenant, on va faire cuire le mouton...

Les Marsouins mangent dans la belle vaisselle que ses propriétaires n'ont pas eu le temps de mettre en caisse. Ils boivent quelques bouteilles de Chianti dénichées dans une réserve qui a échappé au pillage.

— Les musulmans sont de braves gens, plaisante Delsol en levant son verre de vin rouge, ils nous ont laissé le meilleur !

Le repas s'achève. Delsol n'oublie pas la guerre.

— Même si tout a l'air tranquille, annonce-t-il à ses compagnons repus, nous allons monter la garde à tour de rôle... Il pourrait très bien rester quelques Italiens en bon état dans les caves...

La nuit s'écoule sans incidents. La ville morte est balayée à l'aube par une violente tempête. Les volets des maisons désertes claquent lugubrement. Des rouleaux énormes s'effrangent sur un bateau de guerre échoué contre un quai. Delsol se promène dans la ville morte en attendant les ordres.

Une fenêtre, au rez-de-chaussée d'une villa flanquée d'un jardinet bien entretenu où fleurissent des géraniums, est grande ouverte. Il y passe la tête et découvre une salle de jeux d'enfants. Quelques photos oubliées sur une commode de bois peint lui donnent une idée sur les occupants de la maison.

« Ils n'ont pas six ans ces gosses, reconnaît-il en détaillant les clichés d'une petite fille et d'un petit garçon heureux.

Leurs parents ont dû filer en catastrophe... Tous leurs jouets sont encore là ! »

Un Marsouin court vers le sergent ému.

— Venez vite, chef... On fout le camp !

Delsol retrouve son groupe. Le capitaine Folliot réunit son monde à dix heures.

— Nous partons pour le front : à Mechilli...

Le convoi de Français libres s'engage à nouveau sur la route côtière complètement ravagée par les Italiens et que les sapeurs du Génie anglais s'échinent à remettre en état depuis des jours. Sitôt franchis les faubourgs de la ville morte, il prend une piste au sud-est. Mechilli est atteint à 17 heures.

« Le canon, se réjouit Delsol en reconnaissant des échos d'artillerie dans les lambeaux du vent, ça fait tout de même plaisir ! »

Une Morris verse dans une tranchée de combats anciens. Ses occupants s'extraient du sable en jurant. Le capitaine Folliot vient aux nouvelles.

— Il est trop tard pour la sortir de là, annonce-t-il, nous allons dormir par ici...

La nuit tombe sur le désert. Le canon qui tonne empêche les Marsouins de dormir. A l'aube, une estafette anglaise vient donner des précisions quant à la position du 1er B.I.M.

— Les copains ne sont plus qu'à une quinzaine de kilomètres, annonce Laborde à Delsol, nous les rejoindrons certainement dans la journée...

Quelques véhicules tombent en panne avant d'arriver au bataillon. La liaison est des plus joyeuses. Les hommes poussiéreux se ruent vers le ravitaillement et le courrier.

— La bagnole qui contenait le pain, regrette Delsol, est restée en rade... Mais celle du pinard n'a pas eu d'ennui...

Et, tout à fait requinqué, il se fait raconter par le menu les aventures de sa section.

— Chez nous, tout va bien, précise un caporal, mais ils ont eu des morts à la 1re compagnie... Lalou, Bothin, Bartoli et Fleury sont tombés sous les balles italiennes le 21 janvier, devant Tobrouk...

Le Gascon a une pensée émue pour les quatre premiers morts du B.I.M.

« Espérons que j'aurai droit moi aussi à un peu de bagarre », conclut-il en allant s'allonger, la tête un peu lourde.

Les Français reçoivent le 4 février 1941 l'ordre de faire mouvement vers Sollum. Ils passent en dessous d'un fort planté sur un rocher et abandonné par les Italiens. Ils dorment au soir près des ruines d'un village. Le canon tonne toujours. Delsol s'impatiente.

— Les Anglais doivent penser que nous sommes trop fragiles pour nous préserver de la sorte, fait-il remarquer au Marsouin qui a pris la veille avec lui.

Une pluie fine tombe tout au long de la nuit. La compagnie Folliot arrive à Sollum en fin de matinée. C'est un point stratégique important d'où part le chemin de fer vers Benghazi.

— Interdiction d'aller au village, s'entendent ordonner les compagnons de Delsol.

Les Marsouins râlent, bien que rien ne les attire particulièrement dans la bourgade envahie de troupes amies et de prisonniers italiens. Un compagnon de Delsol revient d'une escapade avec quelques bouteilles de vin.

— Ça fera passer ce foutu singe qu'on bouffe à chaque repas, reconnaît le sergent pas fâché de l'aubaine.

La discipline se détend dans les compagnies au milieu de l'après-midi. Le canon s'est tu. Des cohortes de vaincus convergent vers Sollum.

— Cette fois, pavoise Delsol en revenant d'un briefing au P.C. de Folliot, les Italiens ont perdu la bataille... Ils se rendent un peu partout !

Le capitaine Folliot lance ses débrouillards à la recherche de véhicules ennemis. Les Marsouins ramènent à son P.C. tout ce qu'ils trouvent en état de rouler, camions, camionnettes, petites automitrailleuses et même un tricycle à moteur.

— Avec tout ça, avance Delsol, nous aurons ce qu'il faut pour la prochaine attaque... Nos petites Morris souffriront moins...

Le bataillon reprend la route vers l'ouest le 6 janvier. Son convoi, de plus en plus hétéroclite, poursuivi par une pluie incessante, serpente toute la nuit au milieu de champs de mines.

« Vivement que nous retrouvions la route ! » espère Delsol qui souffre de sa blessure sur les fondrières de la piste informe.

La chenille zigzagante fait halte à 9 heures près d'un aérodrome encombré d'avions détruits, et pique vers le sud, vers Adjédabia. La Morris de Delsol sort de l'enfer au village de Gheminès. Le convalescent se cale au mieux entre deux sacs de combat pour supporter les cahots du voyage. Les Marsouins, dès que le jour se lève, croisent des files de camions chargés de prisonniers ramenés vers Benghazi.

Des camions achèvent de brûler sur les bords de la route. Des armes abandonnées jonchent le terrain ravagé. Le capitaine Folliot reçoit l'ordre de mettre pied à terre. La section Laborde est chargée de récupérer une partie des prisonniers encore sous le choc de la bataille.

— Delsol, décide le jeune lieutenant, je vous laisse seul à la corvée avec votre groupe... Je pars avec les deux autres pour délivrer des prisonniers grecs qui sont enfermés dans un fort... Par là-bas, au bord de la mer... Profitez-en pour faire nettoyer la route par les Italiens !

Des centaines de captifs sont avachis à même le sable. Malgré tous ses efforts, le Français ne parvient pas à en réunir plus d'une dizaine sur la route.

« Il m'en faudrait au moins quatre-vingts, râle-t-il, je ne peux tout de même pas en abattre deux ou trois pour donner du courage aux autres ! »

Un officier prisonnier devine l'embarras du sergent. Il approche en souriant.

— Je vais vous montrer comment il faut les commander, propose-t-il.

Amusé, le Marsouin décide de laisser faire. L'officier monte sur un talus et commence à haranguer la troupe pitoyable.

— On dirait que ça ne marche pas mieux qu'avec moi, fait remarquer Delsol à ses compagnons hilares.

Le capitaine italien achève sa diatribe et, fondant à la course sur un groupe d'hommes en burnous, il les cravache de son stick de cuir tressé.

— Et voilà comment il faut les traiter ! revient-il annoncer avec fierté à ses gardiens. Ce sont des fainéants d'askaris... Des supplétifs arabes...

Le secteur attribué à la section Laborde est vite nettoyé. Les Italiens sont à bout de forces. Delsol les détaille un peu mieux.

— Ils crèvent de faim, lance-t-il à ses compagnons. Faut leur donner à manger...

Les captifs se ruent sur des vivres que les Français ont trouvés dans un camion renversé. La 7e division blindée anglaise a réussi à encercler et capturer toute une division italienne. Des milliers de prisonniers défilent jusqu'au soir devant les Marsouins. Lorsque la nuit gomme les détails du champ de bataille, Delsol estime qu'il n'en reste plus que deux cents dans son secteur.

— Regardez-moi ça, s'étonne-t-il à l'aube. On dirait qu'ils ont fait des petits... Il y en a des milliers !

7

Les Allemands entrent dans la bataille

La 7e division blindée britannique accentue la pression sur les forces italiennes. Elle occupe Antelat, prend Marsa-Brega mais s'enlise dans les marais salants d'Agheïla. Les Français libres de Folliot sont confinés dans des opérations de récupération de matériel. Deux cent trente chars sont bientôt regroupés sur le bord de la route, à hauteur d'une maison cantonnière. L'ennui règne sur la position.

— Je vais en conduire un, propose un Marsouin de Delsol en se coulant d'autorité dans un blindé.

Un caporal le suit dans le monstre chenillé. Les deux hommes tâtent toutes les manettes du poste de commande sans s'assurer qu'il ne restait pas un obus engagé dans le canon. Une formidable déflagration émiette le silence du désert. Tous les Marsouins se jettent à plat ventre. L'obus italien explose à six cents mètres d'eux, sans dommages. Les deux fautifs, penauds, s'extirpent du tank.

— Y a pas de casse, les rassure Delsol. Ne vous en faites pas...

Le tri reprend comme si rien ne s'était passé.

« On n'a qu'à nous envoyer à la guerre pour de bon, grommelle Delsol, les gars auraient moins envie de faire les gugusses... »

Le fastidieux travail de récupération dure jusqu'au 6 février. La 7e division blindée anglaise a quitté le désert pour aller combattre en Grèce. Les Marsouins reçoivent des permissions.

— On peut aller à Benghazi, annonce Delsol à ses compagnons. Il ne faut pas laisser passer l'occasion...

Le convoi des permissionnaires est à peine aux abords de l'ancienne place forte italienne qu'une formation d'avions plonge sur la côte.

— Malapeste ! Cette fois, reconnaît Delsol, ce ne sont pas des Italiens... Ce sont des Boches !

Les appareils à croix gammées fondent sur le convoi immobilisé en passant au milieu d'un rideau de fumée tissé par des pièces de 40 Bofors installées en D.C.A. Les Français plongent vers les fossés. Un chapelet de bombes explose dans la mer, à cinquante mètres des véhicules. D'immenses gerbes d'eau retombent sur le sable. Les avions allemands disparaissent vers le nord. Les Marsouins s'ébrouent et regagnent leurs places.

« Si les Teutons ont l'intention de venir donner un coup de main aux Italiens, envisage Delsol, les choses vont se gâter avant peu ! »

Après quelques heures de détente passées dans les bars de la ville réouverts et mystérieusement approvisionnés par leurs tenanciers levantins, les Marsouins reprennent la route à la nuit.

La Morris de Delsol stoppe après quelques kilomètres de piste tranquille. Le Marsouin découvre dans le faisceau de sa lampe torche un alignement de grenades italiennes rouges qui barre la route. Il saute à bas du véhicule pour les inspecter.

— C'est tout de même curieux ce fourbi, lance-t-il à ses compagnons. Il n'y avait rien ce matin...

Prudent, le sergent décide de faire un détour.

— On n'a qu'à emprunter la piste qui part de ce côté, propose le caporal Samson, je l'ai déjà prise en corvée de ravitaillement... Elle donne droit sur le camp...

Le groupe roule pendant une dizaine de kilomètres sans rencontrer âme qui vive.

— On est paumés, reconnaît Delsol. C'est malin !

La Morris trace un grand cercle dans le désert. Une patrouille anglaise l'arrête et la remet sur le bon chemin. Delsol est accueilli par un de ses compagnons qui n'avait pas voulu aller en ville.

— Les Boches nous ont bombardés, lui apprend-il. Le sergent Soussaref est blessé...

Les permissionnaires sont dégrisés par la nouvelle.

— Notre dépôt de munitions a sauté...

Delsol jette un coup d'œil vers l'arsenal détruit, à moins de cinquante mètres du cantonnement de son groupe.

— On a eu chaud, souffle-t-il. On a bien fait d'aller à Benghazi !

Les Anglais réclament les Marsouins pour leur confier la garde du terrain d'aviation d'Adjédabia. Le capitaine Guépin a remplacé Folliot à la tête de la compagnie depuis que ce dernier a reçu un quatrième galon.

— Nous allons former quatre colonnes pour éviter les bombardements allemands, décide le nouveau patron de Delsol. Et nous emprunterons plusieurs itinéraires...

Abandonnant l'axe principal aux convois de ravitaillement, les Marsouins essaiment par sections dans le désert. Le lieutenant de Laborde a récupéré à Benghazi une Fiat italienne en bon état. La voiture dévore les kilomètres, loin devant les Morris.

— C'est tout de même chouette, lance-t-il à Delsol qui a pris place près de lui, on fait du cent vingt et on ne sent presque rien !

Le lieutenant repère au loin un convoi de camions-citernes.

— Il y en a neuf, lui souffle Delsol en détaillant les véhicules à la jumelle. Ils sont arrêtés...

Laborde mène la Fiat vers les camions.

— Ce sont des Italiens, reconnaît bientôt Delsol. Ils ont salement morflé...

Chaque camion a été immobilisé par une bombe de la Royal Air Force. Les Marsouins courent vers quelques croix de bois surmontées de casques coloniaux et plantées sur une bande de terre rouge fraîchement remuée.

La Fiat rejoint les Morris. Les Marsouins ont de plus en plus de difficultés à rester sur la piste recouverte du sable amené par la dernière tempête. Aussitôt arrivés à Adjédabia, ils se partagent les postes de veille. La section Laborde reçoit le secteur nord du terrain sur lequel ne sont posés que cinq appareils légers, deux Hurricane, deux Libellule de reconnaissance et un chasseur italien.

— Il n'y a qu'un Bofors, regrette Delsol après que ses hommes ont creusé des trous et placé leurs fusils-mitrailleurs en position de tir contre avion, si les Boches attaquent comme à Benghazi on ne tiendra pas le coup très longtemps...

La pièce de quarante se déchaîne le lendemain pour contrer une vague de six avions allemands. Une bombe pulvérise le chasseur italien que les mécaniciens anglais avaient réussi à remettre en état. Le commandement, échaudé par l'affaire, dote le terrain de trois nouvelles pièces de D.C.A. servies par des artilleurs australiens.

Les Allemands accentuent la pression. Leurs avions attaquent jusqu'à deux fois par jour.

— Attention, hurle un homme de Delsol, les revoilà !

Les Marsouins disparaissent dans leurs trous. Les Bofors aboient aux quatre coins du terrain. Les Allemands bombardent et mitraillent les maisons proches de la piste. Les toitures volent comme des fétus. Des rafales de mitrailleuses pointillent la position de Delsol.

— Cette fois, reconnaît le sergent en faisant tirer ses Bren, c'est pour nous seuls...

Le vacarme retombe. Des hommes courent dans tous les sens. Des cris montent du village. Des musulmans amènent aux Anglais leur chef qui a été tué par un projectile.

— Et chez nous ? s'inquiète Delsol.

— Une bombe est tombée sur la guitoune du capitaine, lui apprend un sous-officier du P.C., mais il n'a rien...

Quelques Marsouins ont été assommés par-dessous les

sacs de sable qui entouraient leur position. Les officiers qui avaient réquisitionné des maisons en dur, suivant l'exemple du lieutenant Clerc dont le logis s'est lézardé sous l'effet du bombardement, décident de dormir près de leurs hommes sur les bords de la piste.

Les jours passent au rythme des alertes. Delsol se rend compte que ses hommes réagissent de mieux en mieux à la tourmente.

« On ne bouge pas beaucoup, apprécie-t-il, mais nous nous accoutumons au feu... Ça sera payant quand il faudra se battre pour de bon ! »

Les troupes anglaises avancent d'une quarantaine de kilomètres. Les Français libres les suivent. La compagnie Guépin se faufile aux avant-postes pour relever une unité australienne. Un avion allemand a été abattu dans le secteur de Delsol. Les Australiens ont creusé des tombes sommaires pour son pilote et son mitrailleur. Des chacals hurlent toute la nuit.

« Ils sont en train de déterrer les Boches ! », estime Delsol en prenant son tour de veille.

A l'aube, le sergent mène une patrouille vers l'appareil planté dans le sable. Les aviateurs allemands sont à demi déterrés. Les chacals les ont défigurés.

— Refoutez-les dans le sable, ordonne Delsol écœuré. Ces gars-là sont morts en soldats...

Au retour à l'avant-poste, une tempête mélange le désert au ciel dans des hurlements continus.

— Mon lieutenant, annonce Delsol au troisième soir de vent, les gars commencent à avoir les nerfs en pelote...

L'officier grimace.

— Il faut les occuper, lâche-t-il, ça ne va tout de même pas durer des mois...

— Plus facile à dire qu'à faire...

La tornade crissante balaye le désert pendant cinq jours et cinq nuits. Comme Delsol l'avait prédit, quelques Marsouins flanchent. L'un d'eux jaillit de son abri en tirant des coups de fusil vers un ennemi imaginaire. Le servant d'une pièce de fusil-mitrailleur dégaine son pistolet et vide un chargeur dans la nuit en éructant des injures.

Le vent retombe enfin. Les hommes sortent un à un de leurs trous, hagards, les yeux fiévreux. De mauvaises nouvelles tombent au P.C. radio. La 7e D.B anglaise a subi de lourdes pertes en Grèce. Puis d'autres messages annoncent que les Allemands sont en train de constituer un corps de troupe pour secourir les Italiens en Libye.

— Leur Afrikakorps dont on parle tant, envisage Delsol, ça sera certainement autre chose que les Italiens... Vous ne croyez pas, mon capitaine ?

L'officier venu inspecter le secteur tenu par Laborde ne peut qu'acquiescer.

— Surtout, précise-t-il, si comme les Anglais croient le savoir, c'est le général Rommel qui commande... En tout cas, il faut vous préparer à faire mouvement... Nos amis anglais ont décidé de reculer jusqu'à M'Sus, où nous devrons assurer la protection d'un centre de ravitaillement.

8

La charge de Rommel

Les Marsouins s'ensablent pendant quelques jours autour des précieuses tonnes de carburant à protéger. Le capitaine de compagnie réunit ses cadres le 5 avril.

— Les Anglais ont décidé de reculer encore...

Delsol n'apprécie pas la nouvelle :

— On va filer pendant combien de mois ? Ne savent faire que ça, les copains ?

Un officier de liaison de la Couronne qui assiste au briefing plaide :

— Vous devriez savoir depuis longtemps déjà qu'un soldat anglais ne recule jamais : il marche vers l'arrière ! Nuance...

Le capitaine français reprend l'exposé :

— En tout cas, d'après les ordres nous devons tout détruire avant de partir vers le nord... Au travail !

Le sabotage est vite exécuté. Des colonnes d'une fumée épaisse montent droit dans le ciel bleu. Les moteurs des camions et des Morris couvrent de leurs rugissements le ronflement continu des incendies. Laborde donne le signal du départ. Les véhicules des *Free French* roulent vers le nord au milieu d'un capharnaüm de camions couchés sur le flanc, de blindés noircis et déchenillés, de motos à side-car retournées, de citernes crevées, et de jerricans jetés dans le sable par les fuyards des deux camps qui se sont, au fil des attaques et contre-attaques, repliés par le même itinéraire. Le convoi accélère après avoir rejoint la route goudronnée du bord de mer. La section Laborde ferme la progression tranquille. Une de ses Morris s'immobilise soudain sur le bord de la route.

— Le carter est foutu, râle son chauffeur. Il a pété contre une pierre...

Le reste du convoi se perd déjà à l'est, vers Benghazi. Laborde prend vite sa décision.

— Partagez-vous entre les trois autres véhicules, ordonne-t-il à l'équipage du véhicule en panne. Et en route !

Delsol considère la Morris abandonnée.

— On fait une guerre de riches ! grommelle-t-il. Quand je pense qu'en huit ans de Colo on m'a appris à compter le moindre bouton de capote...

Benghazi est dépassée. Les Français atteignent El-Abia vers minuit. Incorporée à un convoi anglais, la section Laborde n'a toujours pas réussi à recoller au reste de la compagnie. Elle roule au petit jour au milieu d'une plaine pavée de larges champs de blé en herbe. Habitué depuis des semaines aux immensités désertiques, aux vagues de dunes identiques, Delsol se repaît du spectacle.

— Avec un peu d'imagination, crie-t-il au Marsouin Grégoire, le chauffeur de sa Morris chargée à l'extrême, on se croirait par chez moi... Près de Narbonne... Il y a même de la vigne !

Le pilote sourit et acquiesce sans se détourner de sa conduite. Le lieutenant de Laborde fait stopper à Barce, une petite ville aux avenues taillées au cordeau et bordées d'arbres et de jolies maisons coloniales.

— Delsol, ordonne-t-il, venez avec moi... Nous allons demander aux Anglais s'ils ont vu les nôtres...

Un officier anglais, interpellé dans un P.C. où tout le monde s'affaire en criant des ordres et en fermant des caisses, prend à peine le temps de répondre aux Français.

— Allez par là-bas.... Vers Cyrène...

Le convoi esseulé frôle un terrain d'aviation où les Anglais brûlent tout ce qui n'est pas rapidement transportable. Le dernier avion qui décolle se perd vers l'est, vers l'Egypte. Delsol hoche la tête en bougonnant :

— Cette fois, j'ai l'impression que le grand état-major craint quelque chose de grave... Il y a tout de même des limites au gaspillage... S'ils foutent tout en l'air, c'est que ça va mal !

Les trois Morris débordantes de jambes et de bras continuent leur route au travers d'un paradis surgi du sable grâce à la ténacité des colons italiens. Leurs occupants se renseignent une nouvelle fois, au village blanc de Magdalena. Toujours pas de traces du reste de la compagnie.

— Alors, décide Laborde, on fait demi-tour... Nous les aurions sûrement rattrapés s'ils avaient pris cette route !

La ville de Barce est beaucoup plus animée qu'au petit matin. Des centaines de véhicules de toutes armes la peuplent dans le désordre le plus complet. Les *Free French* égarés ont encore plus de mal à se faire entendre au P.C. anglais. Personne ne peut plus les renseigner. En passant près de la gare, Delsol remarque que les Anglais aspergent d'essence des rames de wagons. Il prend le temps d'admirer le spectacle ronflant du feu. Un groupe de Tommies casqués court vers lui et l'oblige à décamper. La gare explose soudain. Des débris de pierres et de poutres retombent sur la ville sacrifiée.

— Ils vont tout faire sauter à ce qu'on dirait, mon vieux Delsol ! On roule vers Derna, décide le lieutenant. On finira bien par retrouver le capitaine...

Il est 9 h 30. Le gros de la compagnie Guépin n'est toujours pas rejoint. Laborde décide de faire une halte.

— Les chauffeurs sont à bout, mon lieutenant, lui fait remarquer Delsol. Ça fait seize heures d'affilée qu'ils roulent.

Le lieutenant fait sortir ses véhicules de la route de plus en plus fréquentée. Deux Marsouins font chauffer du thé. Delsol place un homme de garde. Tout le monde s'endort, hors de la guerre, hors du temps.

Le factionnaire réveille le Gascon à 11 heures.

— Les copains rappliquent !

Le capitaine imite Laborde. Le repos se poursuit jusqu'à

16 heures. Puis l'officier relance la colonne vers Tobrouk. Une fois parvenu au grand centre côtier, il va aux ordres.

— Vous allez, revient-il ordonner à Laborde, vous installer en défense du terrain d'aviation d'El-Adem.

Les bords de la piste sont encombrés de dizaines de carcasses d'appareils italiens calcinés.

— Ça, se souvient Delsol en installant ses postes de veille, ce sont les parachutistes S.A.S. qui les ont fait sauter avant l'attaque de décembre dernier... Il y en a au moins quatre-vingts... Du beau boulot!

Les Marsouins, insensibles au manège des Anglais qui chargent dans leurs camions tout ce qui peut être sauvé sur le site, fouinent dans des maisons en ruines. L'un d'eux revient tout joyeux vers ses camarades.

— Qu'est-ce que t'as trouvé, Glauser?

— Du pinard, chef! Du vrai pinard...

C'est la ruée. Des bouteilles de vin blanc d'Egypte passent de main en main.

— Du Clos Mariut, reconnaît Delsol, ça vaut pas le vin de chez nous... Mais on a bu pire...

Le dîner de corned-beef, depuis des mois accompagné de thé, a une tout autre gueule. Le blanc, très lentement siroté, fait naître des nostalgies.

— Pas la peine de s'amollir, se secoue Delsol, c'est tout de même pas du brouilly cette piquette... Au pieu...

Les sentinelles veillent dans le crépitement inlassable des brasiers allumés par les Anglais. Au matin, alors que Delsol s'apprête à donner des ordres d'installation moins précaire, son capitaine de compagnie reçoit l'ordre de reculer encore vers l'Egypte.

— Il faut faire vite, précise l'officier anglais venu porter la nouvelle. Les Allemands ne sont plus loin...

Les saboteurs de la Couronne détruisent deux de leurs bombardiers en panne sur la piste. Puis ils font sauter deux énormes stocks de bombes italiennes. Les échos de l'explosion roulent jusqu'à la mer. Le canon tonne lorsque les Français quittent le site ravagé.

— Les Boches! hurle l'un d'eux alors que le convoi a regagné la route littorale.

Les Morris s'éparpillent dans les champs de blé. Les bombardiers allemands les frôlent sans tirer.

— Ils gardent leurs saloperies de bombes pour du plus gros gibier, constate Delsol en ramenant son véhicule sur la route goudronnée.

Les vagues d'avions déversent leurs projectiles sur Tobrouk.

— Ils finissent le travail des copains anglais, plaisante le chauffeur de Delsol.

Le Gascon fixe le va-et-vient des croix gammées dans le ciel. Il ne relève pas la boutade. Après des dizaines de haltes d'alerte, le convoi en repli atteint Sollum à la tombée de la nuit.

— Laborde, ordonne le capitaine Guépin, vous allez vous porter à l'entrée de la passe d'Halfaya... Deux pièces d'artillerie légère anglaises vont vous épauler...

L'Egypte est à quelques centaines de mètres. Les Marsouins écoutent Radio Le Caire. Delsol, qui somnolait, sursaute lorsque la voix du speaker se fait sarcastique en parlant des Français libres qui « refusent maintenant de descendre en Libye depuis qu'ils ont senti les Allemands ! »

— Le salopard ! gronde-t-il. S'il venait de passer comme nous des mois dans le désert, il mesurerait ses paroles, pas vrai, mon lieutenant ?

Laborde acquiesce en souriant. Delsol se calme et s'endort dans un gourbi jadis occupé par des Italiens.

La section demeure deux jours sur sa position. Puis l'officier qui commande les pièces d'artillerie reçoit l'ordre de les déplacer vers le sud, vers la passe de Sollum barrée de hautes lignes de rochers. Des messages radio annoncent au fil des heures les succès allemands. Les Anglais résistent encore à Sollum où ils font sauter la route pour retarder les blindés de Rommel. L'état-major allemand hasarde alors ses chars sur les pentes du plateau libyen en contrôlant leur progression à l'aide de puissants treuils.

Delsol ne perd pas une miette de l'exercice grâce à ses jumelles.

— Ils vont réussir leur coup, gronde-t-il. Ce sont tout de même de sacrés soldats, les Boches à Rommel...

Les alentours de la progression si risquée se piquettent soudain d'impacts d'obus anglais.

— Bien joué les Tommies ! se réjouit le Gascon. Ils les ont laissés s'engager aux trois quarts de la pente et vlan, dans le mille !

Les tankistes ne peuvent plus faire demi-tour. Une dizaine de chars brûlent. Les autres renoncent.

Ragaillardis par le succès des artilleurs anglais, Delsol et ses hommes se préparent à une nouvelle nuit de veille. Laborde a établi son P.C. dans une casemate dont la construction n'a pas été achevée par les sapeurs italiens. Avertis qu'ils devront demeurer quelques jours sur le site, les Marsouins la coiffent d'un toit de tôle et la baptisent « *Villa mort aux Boches* ».

— Elle porte bien son nom, souligne Delsol, car placés comme nous sommes, ils peuvent venir les Teutons ! Ils seront bien reçus...

9

Fin de campagne

Des Marsouins fouineurs découvrent des fûts d'essence convertis en tonnes à eau douce et abandonnés par les Italiens.

— Pourvu, se souvient Delsol en les inspectant, qu'ils n'aient pas songé, comme les Anglais, à saler leur flotte avant de filer...

Un volontaire goûte l'eau tiède du bout des lèvres.

— Chef, elle est presque potable...

L'eau, denrée si rare dans la région, est parcimonieusement utilisée pour la toilette et le lavage du linge. Depuis le début de leur campagne dans le désert, les *Free French*, tout comme les Britanniques, sont sévèrement rationnés. Ils touchent, pour la cuisine, leur toilette, la boisson et la cuisson du thé, un gallon d'eau par jour. Soit quatre litres et demi par homme. La villa « Mort aux Boches » est devenue habitable au fil des jours. Les Allemands ne semblent plus vouloir ou pouvoir avancer. Les communiqués alarmistes se font rares. Delsol reçoit l'ordre d'aller se mettre en veille avec un groupe à deux kilomètres plus au sud de la position tranquille. La veille devient de la routine. Jusqu'au jour où le chef d'une patrouille anglaise signale au passage la présence d'une unité allemande à moins de vingt kilomètres.

« Les Boches ne sont même pas à une heure d'ici », estime le Gascon.

Les gardes se resserrent. Un message annonce à la position

isolée que les Allemands lancent des patrouilles renforcées de chiens de guerre. Deux Marsouins de veille au fusil-mitrailleur donnent l'alerte au beau milieu d'une nuit. Des rafales crépitent pendant quelques secondes. Delsol scrute la nuit à la jumelle.

— Vous avez vu des fantômes, ironise-t-il.

— J'ai vu un chien, plaide le tireur, je vous assure, sergent... J'ai pas rêvé !

Par prudence, le Gascon garde tout son monde au poste de combat pendant une demi-heure.

— Tiens, lance-t-il tout juste avant de donner le signal du repos, le voilà ton chien de guerre...

Dans la pâleur de l'aube, un étique chien de bédouin vient renifler près de la place.

Une section anglaise vient relever le poste avancé. Delsol rallie la villa « Mort aux Boches » où Laborde a déjà mis la section sur le pied de départ.

— Nous partons au sud-ouest à la nuit tombée, annonce l'officier.

Delsol pense de nouveau aux Allemands qui devraient se trouver à une vingtaine de kilomètres.

« Avec un peu de chance, se dit-il en embarquant dans son véhicule, nous allons leur tomber dessus ! »

Après quelques kilomètres de piste, le petit convoi de Morris se grossit d'une section commandée par l'adjudant Behelo et qui veillait jusque-là dans des ruines romaines. Un Marsouin de cette section, voulant rechercher un élément de son paquetage dans le fond d'un camion en utilisant une allumette soufrée pour s'éclairer, met le feu à une couverture. Le camion stoppe. Les Marsouins en jaillissent.

— Ma barbe... crie l'un d'eux, le caporal Sauleau... Ce salaud y a foutu le feu...

Le début d'incendie est éteint. La progression reprend alors qu'un vent de sable se lève. Les chefs de véhicule sont réduits à se diriger à la boussole, comme des marins en mer. Les chauffeurs sont à bout.

— Chef, se plaint celui de Delsol, je ne vois plus rien...

— Passe-moi le volant et essaye de te reposer un peu...

Le convoi fouetté par le vent inapaisable parvient au bout de longues heures de navigation aveugle à Abu Shi-Siba, le point de ralliement fixé par l'état-major anglais. La tempête ne meurt qu'au bout de quelques jours passés sans nouvelles du front.

Un ordre de mouvement ranime enfin les deux sections. Laborde reçoit pour mission d'aller se placer en protection d'une concentration d'artillerie anglaise dont les chefs craignent un raid de parachutistes allemands, à Bir Sofati, position idéale pour garder la dernière passe descendant des hauteurs libyennes.

Les Marsouins ne disposent plus que de deux litres d'eau chacun et ne se lavent plus. Delsol a passé une bonne partie de la nuit à gratter son torse velu. Au moment de remettre sa chemise il remarque les minuscules taches de sang qui la souillent.

— Malapeste ! gronde-t-il. Je suis bouffé par les poux de sable...

Les poux de sable sont blancs. Le sang dont ils se gorgent les frappe d'une croix noire.

— En plus, tempête le sergent, on dirait une croix gammée !

De Laborde vient le calmer.

— Tout le monde en a des poux, Delsol...

Et le lieutenant décide de faire dorénavant laver le linge dans de l'essence. Le Gascon, pour plus de précaution, s'asperge la poitrine avec du carburant. Pestant contre les brûlures, il cesse son manège pour courir vers le campement de Grégoire. Son chauffeur et le deuxième classe Bergès poussent des cris en découvrant deux vipères à cornes dans leurs couvertures.

— Après les poux et les serpents, manque plus que les Boches...

L'artillerie allemande donne dans la nuit. Des obus explosent sans dommages à moins de cent mètres des Coloniaux. Le manège déchirant se poursuit chaque nuit sans plus de casse jusqu'au 4 mai.

— On rejoint le gros de la compagnie à Abu Shi-Ba, annonce Laborde.

Une heure après avoir levé le camp, la colonne est prise dans l'étau crissant d'une nouvelle tempête de sable. La navigation à la boussole reprend. Le vent est si fort que le lieutenant décide de stopper à 10 heures.

— On n'y voit pas à trois mètres, explique-t-il à Delsol. Nos sommes sûrs de nous perdre et les moteurs ne tiendront pas le coup...

Les thermomètres des petites Morris affichent 212 de température après seulement dix kilomètres dans la fournaise. Les Marsouins se calent au mieux contre les roues et attendent la fin de la tourmente. La chaleur est suffocante. Delsol bougonne :

— J'ai jamais eu si soif de ma vie... Passe-moi la flotte...

Grégoire et son chef boivent neuf litres d'eau en cinq heures.

— Tout le stock y passera, reconnaît Delsol, mais tant pis... Nous serons ce soir avec les copains, il n'y a pas à se gêner...

Vers 15 heures, le chant du vent change de ton. Les coulées de sable crissant retombent sur le désert. La température tombe d'au moins vingt degrés. Les Marsouins sont obligés d'endosser leurs capotes. Le froid dure une demi-heure, puis il se met à pleuvoir. Le vent affaibli perdure, mais ne soulève plus de sable.

— En route, décide Laborde, il faut profiter de l'accalmie.

Le convoi est à Abu Shi-Ba à 17 heures alors que la pluie tombe toujours.

— Y a pas trace des amis, se rend compte Delsol, le jeu de cache-cache recommence !

Un M.P. anglais, engoncé dans un ciré, sort d'une tente.

— Les *Free French* ont pris la route vers Marsa-Matruh, annonce-t-il.

Transis, les hommes de Laborde sont à la route littorale en fin de journée.

— Le plus mauvais est fait... Bientôt le repos...

Delsol donne l'ordre de casser la croûte sur le bord de la route. Puis le convoi repique vers l'est. La lune est haute. Elle éclaire le désert a giorno. Les moteurs torturés par les intempéries ronronnent plus calmement que dans le vent de sable. Des Anglais barrent soudain le passage. Un sergent M.P. se plante devant Laborde, mine fermée et ton rogue.

— Ils veulent inspecter un à un nos véhicules, traduit Laborde. Je ne comprends pas très bien pourquoi...

Les Marsouins se laissent fouiller.

— Maintenant, avertit l'officier excédé, ils ne veulent pas nous laisser aller plus loin sous prétexte que les *Free French* sont déjà passés dans l'après-midi !

Le ton monte. Les Anglais pointent leurs armes. A bout d'arguments, les Marsouins sont prêts au pire. Delsol fulmine. Un officier anglais s'explique calmement avec Laborde et les M.P. reçoivent l'ordre de laisser passer le convoi imprévu.

Delsol ne reconnaît plus rien de Marsa-Matruh. La ville est maintenant défendue par des alignements de barbelés, des fossés antichars et des blockhaus. Les Français libres ne retrouvent pas le reste de la compagnie. Ils roulent encore pendant vingt kilomètres. Laborde fait stopper pour étudier la situation avec ses gradés.

— Nous allons continuer jusqu'à Alexandrie, propose-t-il.

Delsol n'est pas de son avis.

— Les gars sont crevés, mon lieutenant. Il vaudrait peut-être mieux nous reposer ici... Nous repartirions à l'aube...

Le lieutenant se range à l'avis du Gascon. Delsol se réveille à 5 heures. Le soleil va pointer ses couleurs. Le sergent décide d'aller se dégourdir les jambes. Il s'éloigne de quelques mètres et tombe sur un campement occupé par le reste de la compagnie.

— On vous court après depuis longtemps, mon capitaine, s'étonne-t-il en rencontrant son chef.

Le trois galons se fait conduire jusqu'à Laborde qui dort encore. Les deux officiers font le tour de la situation et décident de reprendre la route sur Alexandrie où le convoi fait halte dans un bois, sur la route du Caire. L'aviation allemande vient rôder à plusieurs reprises au-dessus du site, sans lâcher de bombes. Delsol retrouve le lendemain les Pyramides où la colonne reçoit l'ordre de camper au milieu de troupes anglaises et australiennes.

— Cette fois, estime Delsol, ça sent le vrai repos...

Après le plaisir de la douche, les Français sont réunis par leur chef.

— Je sais que vous avez tous ramené des armes italiennes, je vais donc être obligé de faire procéder à une fouille serrée si vous ne les remettez pas de plein gré...

Les Marsouins tiennent à leurs trophées. Un murmure de désappointement parcourt leurs rangs. Delsol n'est pas le dernier à maugréer.

— Ces armes, promet l'officier qui a reçu des ordres stricts, vous seront rendues par la suite...

Sortis de leurs cachettes des pistolets, des poignards et même des mitraillettes de l'armée du Duce s'entassent aux pieds de quelques M.P. Le convoi repart vers Ismaïlia sans avoir revu les précieux souvenirs.

Les Marsouins retrouvent leurs amis des bords du Nil. Delsol se voit réclamer par les siens les chapelets d'oreilles italiennes promis au départ en campagne. Il oublie la guerre pendant quelques jours de farniente. Il évoque parfois les circonstances de son engagement de juin 40, qui a fait de lui un hors-la-loi privé de tout contact avec sa famille.

— Après huit mois de désert, avoue-t-il aux Yougoslaves qui l'hébergent avec cinq autres Marsouins, j'ai la conscience plus que tranquille... Ce n'est pas la condamnation à mort que nous avons presque tous reçue des gens de Vichy qui m'empêche de vivre... Bien au contraire!

Les *Free French* s'arrachent à regret au calme d'Ismaïlia le 23 mai 1941. Ils rejoignent le 26, au camp de Quastina, en Palestine, les deux autres compagnies de l'ex-24e R.I.C. qui se sont battues en Erythrée avec le lieutenant Magendie.

— Il y a du monde dans le bourg! se réjouit Delsol après avoir pris ses quartiers dans l'immense camp déjà occupé par des légionnaires, des tirailleurs sénégalais et les fusiliers marins du commandant Detroyat. Ça sent le combat...

10

Les Compagnons de Quastina

Delsol est abordé par un de ses amis sergent à l'état-major français libre.

— J'ai quelque chose pour toi, Pierre... Tu sais, comme tout le monde dans le camp, que le général de Gaulle va venir... Il va nous inspecter et demain, à cette occasion, tu vas être décoré... Tiens, lis ça...

Le Marsouin parcourt la copie d'un message émanant de Londres, adressé en clair et relayé le 24 février par Sir Miles Lampson, l'ambassadeur britannique :

Le général de Gaulle attribue la « croix de la Libération » aux militaires cités ci-dessous STOP Chef de bataillon Folliot, capitaine Cler, lieutenant Barberot, sous-lieutenants de Laborde, Finet, adjudant Behelo Valentin, sergents-chefs Benard Louis, Casile Joseph, sergents Delsol Pierre, Briot René, Rossi Georges, Husser Henri, Sabot Raymond, Salvat André, Delsaux Fortuné, caporaux Foucré Marceau, Thonet Gustave, Maugand Joseph, Rudroff Charles, Gezzi Toussaint, soldats Bellet Emile, Desmet Victor, Kirman Auguste, Paley Lucien, Brusson Pierre, Jeager Rodolphe STOP. En outre les cinq premiers sont cités à l'ordre de l'Armée, les autres à l'ordre des troupes françaises libres d'Orient. STOP.

— Ah, bon...

Le Gascon n'en dit pas plus, rend le message à son ami et s'éloigne perplexe.

« Moi, décoré ! Et pourquoi grand Dieu ? Il ne faudrait pas que les singeries du début de la guerre reprennent... Pour masquer les réalités de la défaite, on distribuait des médailles à tout va ! »

Le 28 mai 1941, les troupes françaises libres, formant maintenant la 1re Division légère française libre commandée par le général Legentilhomme, sont regroupées sur le plateau d'honneur de Quastina quelques heures avant l'arrivée de De Gaulle. Pour bien marquer la différence avec l'armée demeurée fidèle à Vichy, le général porte ses étoiles sur un entrelacement de six galons, comme les anciens généraux de la Coloniale, et ses hommes arborent des chevrons en plus de leurs marques de grades, un par tranche de six mois passés dans la France libre.

Delsol parcourt du regard les unités bien alignées. Il reconnaît les bataillons de marche 1, 2 et 4 qui ont été formés en Afrique noire, les fusiliers marins de Detroyat qui ont quitté l'Angleterre en septembre 40 et vainement tenté de débarquer à Dakar le même mois, et des artilleurs de la Coloniale. Puis il commence à trouver le temps long, pense à sa rencontre avec le chef de la France libre.

« J'ai tant de choses à lui dire... Pourvu qu'il m'en donne le temps... »

Des sonneries de clairon le tirent de sa rêverie. Un officier le prend par le bras. Ne sachant plus très bien où il est, il s'aligne dans une colonne de récipiendaires, à la neuvième place. Il se penche un peu et c'est à peine s'il a le temps de reconnaître en bout de file le général Catroux, le commandant Folliot, puis le capitaine Clerc.

Il échange un sourire avec le lieutenant de Laborde tout aussi crispé que lui et parfait son alignement avec son voisin, le sergent André Salvat qui n'en mène guère plus large lorsque de Gaulle, uniforme strict de grosse serge et sans aucune autre décoration que les insignes bleus des Forces françaises libres, traverse lentement le plateau sans se soucier du rythme de la musique.

Menton haut, le chef de la France libre salue un à un les emblèmes frappés d'une croix de Lorraine, serre des mains en prononçant des phrases courtes dont chaque mot, chaque silence, a de l'importance.

« J'aurai jamais le temps de lui dire tout ce que j'ai sur le cœur ! », regrette Delsol alors que la revue s'achève.

La musique se tait. La cérémonie de remise de décoration commence. Un officier hurle :

— Ouvrez le ban...

Des roulements de tambours accompagnent les notes brèves des clairons et des trompettes. Les choses s'accélèrent. Delsol se sent vaciller lorsque l'immense général aux traits émaciés, fines moustaches bien taillées, s'impose devant lui.

— Sergent Pierre Delsol, entend-il comme dans un rêve, nous vous reconnaissons comme notre Compagnon pour la Libération de la France...

Le Gascon se raidit en bombant le torse pour permettre au général de lui épingler une longue médaille soutenue par un ruban de moire, vert et barré en biais de rayures noires. D'un doigt de la main gauche, de Gaulle écarte la chemisette de Delsol puis, jambe gauche en avant, tout le poids du corps sur la droite, il ajuste le ruban en achevant le rituel qu'il a instauré en créant l'ordre de la Libération à Brazzaville, le 16 novembre 1940.

— ... dans l'honneur et par la victoire.

Le nouveau Compagnon de la Libération, hors du temps, tend sa main droite vers celle, bien plus longue, du prophète de la France libre.

— Merci, mon général, balbutie-t-il en oubliant tout ce qu'il avait voulu dire.

L'imposant général passe au suivant. Le Gascon jette un coup d'œil machinal à la médaille dont il ignorait jusqu'à l'existence il y a quelques jours encore.

La croix de Delsol passe de main en main au cours d'un pot donné en l'honneur des décorés de la compagnie. Une fois seul, il la détaille un peu mieux. La médaille est faite d'un glaive surchargé d'une croix de Lorraine et déposé sur un écu de bronze au revers duquel sont gravés les mots latins : « *Patriam servando, victoriam tulit*, En défendant la Patrie, il a trouvé la Victoire ».

« Tout à fait mon programme, constate le nouveau Compagnon de la Libération. C'est à peu près ce que j'aurais mis, si on me l'avait demandé... Pas en latin bien sûr... Maintenant, il n'y a plus qu'à la mériter cette croix qui se porte avant la médaille militaire ! »

Des troubles ont éclaté en Syrie et en Irak, fomentés par le cheik Rachid Ali dans des territoires contrôlés par les Britanniques. Les Anglais décident de lancer une action d'envergure vers Damas pour empêcher que les Allemands n'utilisent les aérodromes de Syrie.

Les forces françaises du Liban et de Syrie demeurent aux ordres de Vichy, sous le commandement du général Dentz. Le bruit court dans le camp de Quastina que les Français libres auront à participer à l'opération de dégagement. Delsol et ses compagnons en commentent l'éventualité :

— Ça ne sera pas de gaieté de cœur, avance le Gascon, mais il faudra le faire...

— Pas sûr, plaide un Marsouin. Nous n'aurons pas à nous battre, puisqu'il est stipulé sur notre engagement que nous ne pourrons pas être engagés contre des troupes françaises...

— Tout ça c'est de la foutaise, avance un autre Colonial. Les gars de Dentz se rallieront en masse et tout sera fini avant de commencer...

Malgré des jours de liberté mis à profit par les Français libres pour lancer des excursions vers Jérusalem, Tel-Aviv, le lac de Tibériade, la mer Morte et Bethléem, l'ambiance n'est pas à la joie à Quastina. Les sections du B.I.M., d'abord défaites de leur équipement et de leurs armes au profit d'unités nouvelles, sont sommairement rééquipées.

— Il paraît, commente Delsol lorsque la mission d'investissement de la Syrie et du Liban se précise, que nous reconstituerons notre armement avec ce que nous trouverons là-bas... Joli programme !

Le groupe du Gascon n'est pas le plus démuni parmi la compagnie désarmée puisque, ayant reçu l'ordre de défendre le ravitaillement, il a conservé ses fusils-mitrailleurs et touché un fusil antichar.

La campagne commence le 7 juin 1941. Delsol et ses quinze hommes pénètrent en Syrie le lendemain alors que le chef de bataillon de Chevigné a pris le commandement du B.I.M. Des avions rôdent au-dessus des colonnes d'attaque dès l'aube du 10.

— Ce sont des Français ! reconnaît un Marsouin. Ils ne vont tout de même pas nous attaquer !

— Vont se gêner, tiens ! grommelle Delsol.

Les appareils plongent en mitraillant. Des camions s'embrasent. La progression s'enraye pendant quelques heures. Le général Legentilhomme a été blessé au bras au cours de l'attaque. Le colonel Koenig prend le commandement à sa place.

Au Liban, les vichystes, sûrs de leur bon droit, fanatisés par les ordres du jour de Dentz, sont persuadés qu'ils doivent venger l'honneur de l'armée française qui aurait été « injustement accusée de s'être mal battue en 1940, en France », et que c'est à eux que revient de « ... prouver au monde la valeur du soldat français en résistant à la traîtrise des Anglais et de leurs mercenaires français libres. »

Les combats sont impitoyables. Les morts se comptent par dizaines dans les deux camps. Les Anglais, jusque-là fidèles à leurs engagements, supportent le plus gros de l'effort.

— Ça va être bientôt à notre tour, envisage tristement Delsol, nos anciens copains se battent trop bien...

Les soldats de Dentz font une guerre totale. Ils mitraillent des ambulances à Kissoué, pas très loin de Damas. Des parlementaires, dépêchés sur des motos vers leurs unités, sont abattus alors qu'ils brandissaient l'un le drapeau français et l'autre le drapeau blanc des trêves. Le caporal Marchives, un ancien matelot déserteur du croiseur *Duguay-Trouin*, arrête une ambulance vichyste conduite par un sergent.

— Vous n'avez pas honte d'arrêter une ambulance ! vocifère un capitaine jaillissant du véhicule à croix rouge.

L'ancien marin et ses compagnons découvrent trois Sénégalais dans l'engin. En parfaite santé et armés d'un fusil-mitrailleur.

— Et ça, raille Marchives, ce sont peut-être des machines à faire des piqûres ?

L'officier est entraîné sans ménagements vers le P.C. du bataillon et les trois Noirs décident de s'engager illico dans la France libre après avoir expliqué que le capitaine avait eu l'intention de tirer dans le dos des Marsouins une fois les lignes traversées.

Malgré l'évidence de leur bon choix, les coloniaux éprouvent des cas de conscience. Delsol est obligé de remonter le moral de ses hommes.

— Ça va vite se terminer... Les copains d'en face vont finir par comprendre qu'on les trompe... Ils vont se rallier...

Le Gascon est assailli de doutes en voyant que ses prédictions optimistes ne se réalisent pas. Tout au contraire, le combat se durcit alors même que tombe la nouvelle que l'armée allemande a attaqué la Russie. Delsol s'en réjouit.

— Avec l'armée rouge sur le dos, Hitler va avoir du mal...

Les Marsouins accueillent la nouvelle comme un tournant capital de la guerre.

— Et puis, précise le Gascon, les communistes de France vont enfin refuser la collaboration... En attendant il nous reste encore à faire par ici !

La section de l'adjudant Behelo est un matin au contact d'une forte résistance, aux approches de Damas. L'assaut est donné après une solide préparation d'artillerie anglaise et des centaines de rafales de fusils-mitrailleurs. L'ambiance devient détestable après le nettoyage de la place. Un Marsouin se jette contre le corps de son frère mort.

— Je suis un salaud ! éructe-t-il. C'est moi qui ai engagé le chargeur de F.M. qui l'a tué... Nous sommes tous des salauds !

Les gradés, encore sous le choc de la bataille, ne trouvent pas facilement les mots pour calmer les esprits qui s'échauffent. Un vent de mutinerie souffle.

— Nous ne savions pas, fait remarquer un adjudant pendant que ses hommes creusent les sépultures, que nous attaquions le 24ᵉ...

Des ordres tombent sur le village dévasté. Ils enjoignent aux Marsouins de se préparer à une nouvelle attaque pour le lendemain.

— Pas question ! décide l'adjudant.

Et, entraînant un sergent des plus anciens, il file vers le P.C. du capitaine Guépin. Ce dernier écoute les plaintes en serrant les poings.

— C'est bon, tranche-t-il, vous ne bougez plus sans mon ordre... Je vais rendre compte plus haut !

Un colonel accueille très mal la démarche.

— Cassez-moi immédiatement votre adjudant, vocifère-t-il, et matez vos hommes !

Les ordres ne font pas broncher les Marsouins. L'attaque se déroule sans eux. Delsol est atterré. Retenu par sa mission de surveillance du ravitaillement, subissant au fil des heures le matraquage ennemi, il bougonne :

— Il y a des limites à ne pas dépasser... Les copains n'ont pas tous les torts !

Les vichystes ne sont pas hantés par les mêmes scrupules. Ils continuent le combat, ne cédant enfin que le 13 juillet. Un armistice est signé à Saint-Jean-d'Acre. Les batailles ont fait, du seul côté des Français libres, cent soixante-quatre tués, dont onze officiers, et six cent cinquante blessés. L'adjudant réduit au grade de caporal-chef n'est pas le seul à payer le refus de donner l'assaut au 24ᵉ R.I.C. Le capitaine Guépin est muté en Afrique-Equatoriale, loin des combats. C'est un père dominicain, le commandant Savey, qui le remplace.

Le nouveau patron des Marsouins était officier de réserve au 2ᵉ bureau au moment de l'armistice. Il a rallié la France libre le 28 août 1940, au Caire. Comme le manque d'effectifs lui interdisait de prendre des fonctions d'aumônier, il a accepté, après de longues méditations, de prendre le commandement d'une compagnie de combat.

« Ça fait drôle d'avoir un commandant qui dit la messe, songe Delsol en se rendant au rassemblement de sa compagnie qui doit être inspectée par le nouveau patron, mais c'est un sacré bonhomme... Il sait ce qu'il veut, et il n'a peur de rien... »

L'armistice de Saint-Jean-d'Acre prescrit que les fidèles de Dentz doivent être regroupés dans l'attente de leur rapatriement.

— Quel dommage, regrette Delsol en inspectant de loin un camp de transit, que ces gars-là ne se décident pas tous à combattre dans notre camp... Il y a encore du travail dans le désert...

Troisième partie

BIR HAKEIM

11

Retour au désert

Les hommes de Dentz, désarmés, voisinent dans l'inaction avec les Français libres de Kœnig. L'état-major gaulliste décide de lancer une offensive de charme vers cette troupe oisive qu'il verrait d'un bon œil s'engager dans ses rangs éclaircis par la bataille de Syrie. Le bataillon d'infanterie de Marine est rameuté de Maara, une bourgade proche de Damas où il a été cantonné depuis l'armistice de Saint-Jean-d'Acre.

Le premier contact avec les vichystes n'est pas encourageant. Des injures fusent des tentes et des baraquements. Delsol réagit vite :

— On va tout de même pas se laisser traiter d'assassins à la solde de l'étranger...

Des fusils sont armés dans le vacarme des claquements métalliques. Les injures deviennent vociférations. L'incident est tout près de se transformer en affrontement violent lorsque, alerté à temps, un peloton de la *Military Police* anglaise vient s'interposer entre les antagonistes.

Les commentaires vont bon train dans le camp des gaullistes.

— Les prisons de Beyrouth, souligne un caporal-chef, étaient pleines de gars qui n'avaient commis pour toute faute que d'avoir crié « Vive de Gaulle ! ». C'est dégueulasse...

Delsol, marqué par l'incident de l'après-midi, ne prend pas part à la discussion.

« Têtu comme je suis, s'avoue-t-il en mâchouillant sa rancœur, si par malheur je n'avais pas fait le bon choix l'an passé, je serais peut-être encore pire qu'eux... Ils sont mal commandés, c'est tout! »

La situation, même si quelques poignées de vichystes acceptent de se rallier au fil des jours, ne s'arrange pas. Une bande de vichystes tend un guet-apens à Delsol qui allait visiter un camp pour essayer de recruter quelques hommes. Il est empoigné et entraîné dans une baraque sans que ses compagnons se soient aperçus de sa disparition. Usant de sa force hors du commun, il réussit à se dégager, se colle contre un mur et se met en garde.

— Tu n'es pas près de revoir tes maquereaux d'Anglais, menace un sergent haineux. Tu vas payer pour ce qu'ils ont fait à nos marins à Kébir...

Le groupe, d'abord surpris par la résistance de sa victime, réussit à l'agripper à nouveau. Trois vichystes roulent au sol, à demi assommés.

— Pendons-le! propose une voix pointue.

Un soldat amène une corde. Delsol, saoulé de coups, ne résiste plus à ses bourreaux. La porte du baraquement s'ouvre soudain. Un capitaine de Dentz calme l'hystérie collective. Le Français libre reprend ses esprits.

— Il ne faut pas leur en vouloir, plaide l'officier, nous avons eu des morts au cours des derniers combats...

Le sergent s'ébroue, masse ses muscles endoloris, regarde la corde lovée au sol, et décide de rejoindre les Marsouins.

Malgré sa répugnance, il esquisse encore au fil des jours quelques tentatives de contacts amicaux qui ne lui attirent que de nouvelles insultes. Il reçoit même des crachats, le 15 août, au village de Damour près de Beyrouth où sa section avait été déplacée.

— Cette fois, c'en est trop! rugit-il. Ils sont indécrottables!... On rentre...

Faisant signe aux trois Marsouins qui l'avaient accompagné dans sa tournée de bons offices, il s'éloigne, à jamais dégoûté de la diplomatie.

— Quand je pense qu'on les a laissés donner à leurs campements les noms de leurs chefs de Vichy, commente-t-il une dernière fois, à peine calmé. C'est tout de même trop fort de voir ça : camp Darlan, camp Pétain, camp Dentz !

Le sergent fait rouler son accent gascon encore plus fort qu'à l'habitude pour bien marquer son dégoût. Il ne retrouve un peu de sérénité que quelques jours plus tard, lorsque les vaincus de Dentz embarquent enfin pour la métropole, ne laissant derrière eux que cent vingt-huit officiers et trois mille hommes, légionnaires, Sénégalais et tirailleurs musulmans qui ont choisi la France libre.

— J'espère, leur lance-t-il pour tout souhait de voyage, que vous serez internés par les Boches dès votre arrivée à Marseille et que vous finirez la guerre dans des camps de prisonniers...

Delsol, qui a recommencé à retrouver le Liban fréquentable après le départ des vichystes, est nommé sergent-chef le 25 août 1941. Et quelques jours plus tard, le B.I.M. vient occuper les casernes de Beyrouth. Les Marsouins sont équipés de chars français, vieux Renault de 14-18, et d'automitrailleuses Hotchkiss à bout de souffle.

— Tout ce fourbi, fait remarquer le Gascon au lieutenant de Laborde, ne vaut pas le matériel laissé en Libye...

— Il vous faudra pourtant faire avec, mon vieux Delsol... Et vous vous y ferez d'autant plus vite que nous partons en stage à Damas... Ecole de conduite, maniement des pièces lourdes et tout le cirque...

Les Marsouins sillonnent le Liban à bord de leurs antiques véhicules et de quelques Morris armées de canon de 25. Delsol visite tour à tour Lattaquié, le krak des Chevaliers, Alep, Homs et Saida. Le tourisme commence à le lasser.

— Ça y est, mon lieutenant, avance-t-il au retour d'un énième circuit d'accoutumance, ils sont formés nos gars...

Un Français libre, gascon comme le bouillant sergent-ched et trop gravement blessé pour pouvoir reprendre le combat, doit rentrer en métropole par l'Afrique du Nord. Il accepte de se charger d'un courrier pour les parents de Delsol. Ce dernier, saisissant l'aubaine rarissime, griffonne en hâte une lettre dans laquelle il met tout son cœur.

— C'est dur de faire court, fait-il remarquer à l'émissaire en partance, les mots viennent comme un fleuve...

... Je suis déserteur, rebelle, tout ce que vous voudrez, seulement au mois de mai je vous avais dit qu'il y avait une armée en Syrie, et quand j'ai vu que cette armée hors de portée de l'armée boche déposait les armes et laissait la France à son triste sort, ça a été plus fort que moi et mes sentiments de patriotisme appris à l'école pendant l'autre guerre, les morts, les blessés et les prisonniers...

Emporté par l'émotion, il souligne les trois derniers mots.

... de la famille qui avaient fait leur devoir en 1914-1918 me disaient que je n'avais qu'à faire le mien, celui de tirer sur les Boches et de délivrer le pays envahi...

Après quelques lignes sur sa blessure, sur l'espoir que la génération de son plus jeune frère n'aura pas à connaître l'horreur d'un nouveau conflit, il conclut :

Apprenez aussi qu'au-dessus de notre affection il y a notre mot de ralliement « FRANCE TOUJOURS » et la croix de Lorraine, plus le V de la victoire. Je ferai mon devoir jusqu'à la mort ou jusqu'à l'extermination des Boches et si je suis tué, mes derniers mots seront : « VIVE LA FRANCE LIBRE ET A MORT LES TRAITRES ET LES COLLABORATEURS. »

Peu après l'envoi de sa lettre, Delsol exulte en apprenant que les Etats-Unis ont déclaré la guerre à l'Allemagne.

— Tout le monde est maintenant ligué contre Hitler, Mussolini et Hiro-Hito... Ils sont foutus...

L'état-major français libre décide de changer une fois

encore son fusil d'épaule. Le bataillon Savey rend son matériel dépassé en ne gardant que les canons de 25 et les Morris. Il est formé en trois compagnies, dont une de commandement. La section Laborde se retrouve une nouvelle fois sans équipement.

— Faites pas la gueule, Delsol, prévient son chef, nous allons percevoir sous peu des petites chenillettes anglaises qui font merveille dans le sable. Des Bren carrier, vous connaissez ?

Le râleur acquiesce. Le B.I.M. quitte Beyrouth le 28 décembre. Il est en Palestine le lendemain, sous une pluie battante. Les véhicules, après s'être souvent enlisés dans des marécages, traversent ensuite Ismaïlia.

— Mon lieutenant, s'inquiète Delsol, est-ce qu'on aura le temps d'aller saluer les amis de la première heure ?

L'officier grimace un refus. Delsol profite tout de même d'un embouteillage aux faubourgs de la ville pour aller embrasser sa famille marraine.

— Je n'aurais pas pu partir au casse-pipes sans les revoir, explique-t-il à l'officier qui a compris son geste, ces gens-là méritent quelque attention... Sans eux, la France libre n'aurait peut-être pas si bien démarré...

La colonne noyée sous la brouillasse dépasse Le Caire au dernier jour de l'année. Puis, au fil des ordres anglais, elle traverse Alexandrie et, par la route côtière, gagne El-Daba.

— On est un peu chez nous, par ici, explique Delsol à Albert Pivette, un sergent avec qui il a suivi le peloton de sous-officiers en 1938, à Aix-en-Provence. Tu verras comme le coin est sympathique...

Delsol n'a pas le temps d'en dire plus à son ami qui vient renforcer la section, car Laborde lui donne l'ordre de réunir les chauffeurs privés de volant.

— Filez à la gare.... Nos Bren carrier vous y attendent... Attention à la casse, revenez lentement.

Les petits blindés bas sur chenilles vrombissent dans le soir en direction du P.C. de la brigade française libre. Le bataillon est sur le pied de guerre le 12 janvier et monte en ligne le lendemain, vers Halfaya où les Britanniques ont lancé une attaque en masse depuis la mi-novembre et tiennent encore quelques bataillons allemands et italiens.

Le convoi de chenillettes se met en branle dans la grisaille.

« Là où on va, se remémore Delsol, il n'y a que le feu qui compte... Tout le reste, ordres et contrordres à la noix, revues de détail et corvées n'existent plus... »

Les Français libres croisent des colonnes de prisonniers dépenaillés, poussées par des poignées de Tommies indolents. Ils sont à Buq-Buq au soir du 14 janvier. Des échos de canonnades ininterrompues viennent mourir sur le site occupé par des pistes d'aviation arasées depuis leur dernier passage. De fausses pièces de D.C.A. voisinent avec des canons réels. Les Allemands sont encerclés dans une poche près d' Halfaya, la Passe de l'Enfer. Tobrouk a été libéré et les Anglais marchent maintenant sur Benghazi...

Un vent de sable furieux accompagne le premier mouvement des Marsouins vers le feu. Leurs armes ont été soigneusement huilées. Delsol est joyeux.

— Cette fois, lance-t-il à Pivette, on y va pour de bon !

Le bataillon, après avoir traversé des champs de mines balisés, est pris à 14 heures sous une pluie de 88 allemands. Ses jeunes recrues réagissent bien dans le fracas des explosions. Des avions de la R.A.F. plongent sur les artilleurs de Rommel et leur imposent le calme. Les premières chenillettes débouchent sur un plateau parsemé de cailloux. L'ordre de stopper est donné à 16 heures. Les Marsouins installent un campement précaire. Lancées juste avant la tombée de la nuit, quelques reconnaissances attirent une solide réaction de l'ennemi. Delsol, après avoir vérifié la position de sa section, déroule sa couverture et s'allonge à l'abri d'une chenille de Morris.

Le feu reprend avant minuit. Le Gascon fait le tour de sa position tandis que les artilleurs des deux camps échangent des volées jusqu'à 2 heures du matin. Puis, après une longue accalmie, l'enfer se déchaîne encore à l'aube. L'aviation anglaise vient pilonner plusieurs fois les positions allemandes, de l'autre côté du plateau. Vers 10 heures, un vent d'une violence inouïe fait fumer le désert. Les Marsouins le subissent en attendant les ordres.

Ce n'est qu'à 17 heures que le capitaine Pichat, le remplaçant de Guépin, décide de risquer la section de l'adjudant Toillon en reconnaissance.

— C'est reparti pour la navigation à la boussole, prévient le Gascon lorsque la dernière chenillette de la patrouille s'est noyée dans le maelström de sable.

La nuit tombe sans que la reconnaissance revienne.

— Ils sont perdus ! craint Delsol en scrutant l'immensité mouvante à la jumelle.

Les sentinelles reçoivent des consignes de feu draconiennes pour ne pas risquer la méprise. Delsol ne trouve pas le sommeil. Le canon tonne toute la nuit.

— On dirait, estime le Gascon, que les nôtres tapent plus fort... Ils mollissent, les Teutons... C'est bon signe !

Un bruit de moteur, d'abord incertain puis de plus en plus net, perce les grondements du vent. Les Marsouins de Toillon rentrent enfin sur la position étirée. Le silence s'empare du plateau. Delsol, rassuré, somnole jusqu'à l'aube.

« Quel calme ! » s'étonne-t-il en s'éveillant.

Laborde le renseigne.

— Je rentre du P.C. du commandant... Il paraîtrait que des Allemands se rendent un peu partout...

— Qu'est-ce qu'on fait ?

— On ne bouge pas... Une traîtrise est toujours envisageable...

Le vent de sable s'apaise après 10 heures. Delsol, à la jumelle, voit vers Halfaya des drapeaux blancs danser dans le désert. Des artificiers anglais font sauter les champs de mines qui s'étalaient devant la position française.

— Attention, *Frenchie* ! prévient l'un d'eux. Nous avons relié soixante-douze mines en une seule charge... Ça va faire du bruit !

Le désert tremble. Les Marsouins se tassent contre leurs chenillettes. Des Allemands commencent à les frôler en fin d'après-midi. L'ambiance est à la détente mais Delsol ramène son petit monde à la réalité.

— Ce n'est pas parce quelques milliers de nazis et de fascistes se rendent par ici que la guerre est finie !

Se détournant avec difficulté du spectacle des vaincus, les Marsouins de garde se remettent en veille.

12

La mort du capitaine

Le 18 janvier 1942, Laborde devance des ordres qui tardent trop à son goût et décide d'aller aux nouvelles vers Halfaya. Les derniers prisonniers allemands disparaissent au loin.

Les Marsouins, sur leurs gardes, inspectent les anciens emplacements de combat des vaincus. Delsol y repère de l'équipement d'origine française.

— Le voilà, grommelle-t-il en prenant ses hommes à témoin, le résultat de la collaboration des copains de Vichy. Le beau matériel français sert aux Boches !

Une section est détachée en corvée de récupération. Le moteur d'une de ses Morris donne des signes de fatigue. Il crachote, puis rend l'âme. Son chef, le sergent Sapriguine, hèle le chauffeur d'une seconde voiture.

— Prends-moi en remorque jusqu'à la compagnie !

Le charroi est vite installé par les Marsouins pas fâchés d'avoir fouiné chez les Allemands. Le moteur de la Morris hurle à toute puissance pour grignoter la côte. Ses roues patinent dans le sable raviné par le passage de pneus et de chenilles. Le chauffeur décide d'éviter les fondrières.

— Fais gaffe, prévient Sapriguine. Il y a peut-être encore des mines !

— T'occupe...

Inquiets, les passagers des deux véhicules scrutent le

sable. La voiture de Sapriguine se soulève dans une boule de feu et retombe coupée en deux.

— Qu'est-ce que je t'avais dit? hurle le sous-officier en apostrophant le chauffeur du véhicule tracteur.

Le sergent se tait en constatant que le coupable a reçu un éclat et saigne. Trois autres Marsouins, Alloues, Select et le sergent Come ne se relèvent pas du sable bouleversé. Des Anglais, alertés par la déflagration, viennent à leur secours avec une ambulance. Une équipe de déminage traite les alentours. Des explosions soulignent ses découvertes. Pressés, des sapeurs relient des dizaines de pièges entre eux et s'éloignent pour commander la mise à feu.

« Ça va péter en sympathie sur des centaines de mètres », prévoit Delsol qui a observé leur manœuvre.

Une colonne de fantassins marque en pointillé l'ocre d'une colline décoiffée par le vent. Elle marche droit vers la zone piégée.

— Ce sont des légionnaires de chez nous! hurle Delsol. Ils vont se faire casser la figure!

Des dizaines de cratères crachent du feu et du sable. Les képis blancs boulent au sol. Les hommes de Laborde retiennent leur souffle. Le Gascon se précipite au secours de la section mal engagée.

— Pas possible! constate-t-il en retenant ses foulées. Ils se relèvent tous...

Les légionnaires de la 13e D.B.L.E. du lieutenant-colonel Amilakvari reprennent leur route après s'être ébroués.

Le vent ne faiblit pas à la nuit tombée. Les Marsouins grelottent. Ils ont soif car le ravitaillement d'eau n'a pas suivi le mouvement. Ils vivent terrés pendant deux jours sur la position torturée par le vent. La tornade s'apaise enfin le 22. De Laborde revient du P.C.

— A sa démarche sautillante, estime son adjoint, je crois bien qu'il y a du nouveau...

— Delsol, faites ramasser tout le barda... On file sur Derna à 9 heures...

La compagnie fait route vers Capuzzo dont le fort a été

aux trois quarts mis à bas. Des alignements de croix de bois bordent la position détruite.

Une nouvelle tempête de sable ralentit les Français libres qui s'engagent le 26 sur une piste étroite en direction de Tobrouk. Des blindés des deux camps, allemands, italiens et anglais, déchiquetés, brûlés, gisent tout autour de sa progression. Une colonne anglaise approche à contresens alors que le vent souffle de plus belle. Les Marsouins stoppent pour laisser le passage. Ils saluent joyeusement les occupants des premiers camions et des blindés, puis ils se lassent devant le nombre et, pendant des heures, suivent sans réagir le mouvement des troupes.

Le capitaine Pichat, voulant aller donner un ordre à un de ses officiers de l'autre côté de la piste, s'élance à la course entre deux véhicules. Il ne s'aperçoit pas que le second était pris en remorque par le premier. Il trébuche sur son attelage, n'a pas le temps de se relever et meurt écrasé.

Seuls quelques hommes se sont aperçus du drame. Le convoi anglais stoppe, le temps que les Français tirent le corps disloqué de leur chef sur le bord de la route. Puis le défilé reprend.

Les Marsouins sont abattus. De Laborde avertit le P.C. de la brigade. Le général de Larminat vient saluer le défunt.

— Votre capitaine était un brave, souligne-t-il d'une voix émue. Il est mort au moment où vous allez retrouver le combat... Mais je sais que vous serez dignes de sa mémoire...

De Laborde, qui a été promu capitaine, hérite de la compagnie.

— Delsol, vous prenez le commandement de la 4e section, avertit-il à peine la cérémonie funèbre terminée. Nous continuons sur Mechilli, au sud de Tobrouk, en plein dans le désert...

Les hommes ne plaisantent pas comme à l'accoutumée en reprenant la route vers l'ouest. Le froid intense de la nuit suivante les empêche de dormir.

— Le camion qui contenait les couvertures s'est perdu dans la tempête, râle Delsol.

Des troupes françaises, polonaises et anglaises ne cessent

d'affluer au-delà de Tobrouk. Nuit et jour, des convois se croisent et se recroisent, aiguillés par des M.P. Les véhicules du B.I.M passent plusieurs fois devant les mêmes repères.

— On nous fait tourner en rond depuis des heures! s'inquiète Delsol.

Un avion allemand survole à plusieurs reprises le convoi sans l'attaquer. Les Marsouins suivent son vol vers la mer pendant que le bataillon du Pacifique les dépasse.

— Il va chercher ses copains, le Boche, avance un deuxième classe. C'est pas vrai, sergent?

Delsol ne relève pas le propos pessimiste. Laborde profite d'une halte entre Derna et Bomba pour venir faire avec lui le point de la situation apparemment confuse.

— Le commandement craint des infiltrations allemandes dans le secteur... Nous restons ici jusqu'au 2 février...

Les deux hommes parlent longtemps dans le soir. Laborde explique que l'Afrikakorps s'est renforcé.

— Il faut même nous attendre à refluer vers l'est...

— Pas glorieux, mon capitaine... On a l'air de quoi?

Un coup de fusil met un terme à la discussion désabusée. Delsol bondit vers ses hommes.

— C'est rien, chef... On a tué un âne... On en fera du bifteck...

Une chaude odeur de viande rissolée emplit le soir qui tombe sur le campement bien dissimulé sous des filets de camouflage touchés la veille. Les Marsouins n'ont pas le temps d'achever le festin. Un ordre de départ avancé tombe au P.C. du bataillon.

— On va profiter de la lune pour suivre une unité anglaise, avertit Laborde. Il ne s'agit pas de la perdre de vue...

Les deux convois ne parcourent qu'une trentaine de kilomètres vers Gambut. Des avions allemands jaillissent d'un banc de nuages alors que le petit matin achevait à peine d'illuminer le désert sillonné de colonnes de troupes.

— Qu'est-ce que je disais, chef? Il a été chercher ses copains, le Boche d'hier...

Le Marsouin n'en dit pas plus. Une bombe ravage la piste, à quelques mètres du camion qui s'immobilise en grinçant contre celui qui le précédait. D'autres bombes éclatent au ras du convoi. Des rafales de mitrailleuses, braquées en D.C.A. dérisoire, poursuivent les assaillants qui se dispersent dans les nuages.

— Chef, hurle un deuxième classe lorsque le calme est revenu, Marchand a morflé...

Le caporal-chef Marchand, radio de la compagnie, a le genou éclaté. Il ne se plaint pas lorsque des Anglais l'évacuent.

— On ne va pas plus loin, s'entend ensuite ordonner Delsol, nous sommes à Bir el-Naghiar... Le bataillon doit tenir le secteur pendant quelques jours... Peut-être plus... Il faut s'attendre à une attaque de blindés...

L'infini du désert est à peine ondulé de place en place par quelques dunes nues. Les chauffeurs rangent leurs camions autour d'un puits.

— Il est à sec, grogne Delsol après avoir sondé le trou d'eau.

Des factionnaires se postent à l'écart du campement. Les gardes sont doublées à la nuit tombée.

— Attention aux méprises, prévient Laborde en faisant le tour de l'installation avec Delsol. Le Génie anglais va venir poser des mines tout autour de nous...

— Cette nuit? Ils ont le feu aux fesses...

— Comme ils n'en auront pas terminé au jour, vous assurerez leur protection demain matin...

Plusieurs alertes maintiennent la position en veille permanente. Des ronronnements épais annoncent des blindés au sud-ouest. Les Marsouins les écoutent sans faire de commentaires. Mais c'est avec une ardeur rare qu'ils donnent la main aux sapeurs anglais dès le lever du jour.

La 13e D.B.L.E. d'Amilakvari vient renforcer le dispositif. Les Marsouins creusent, comme les képis blancs, des trous d'hommes et des abris pour les pièces lourdes tandis que leurs camions filent à vide vers l'arrière. L'ensemble défensif, agencé en carré, prend peu à peu des allures de place forte. Des aviateurs allemands rôdent au-dessus du puits tari. La D.C.A., maintenant bien installée, ne leur donne pas le temps de larguer des bombes. Delsol s'empare d'un mousqueton et tire aussi vers le ciel nuageux.

— Je sais bien que ça sert à rien, mon capitaine, explique-t-il à Laborde, mais ça calme...

Des patrouilles légères parcourent le désert et des petits groupes vont occuper des points avancés à près de quatre kilomètres des lignes alliées sans rencontrer l'ennemi. L'aviation allemande tourne à nouveau au-dessus de la position. Un appareil, touché par une salve de D.C.A., s'enfume. Les Marsouins hurlent de joie lorsqu'il disparaît au ras du sol.

Les bombardiers pilonnent Bir el-Naghiar par trois fois au cours de l'après-midi. Les Marsouins, terrés dans leurs trous tout frais, font le gros dos sans subir une seule perte.

« Cette fois, songe Delsol en se débarrassant du sable qui s'est abattu sur sa tenue anglaise, nous y sommes à la guerre... Je vais peut-être mériter enfin ma croix de Compagnon de la Libération ! »

13

L'attaque déjouée

A l'aube du 11 février 1942, le Gascon a les nerfs à fleur de peau. Il tiraille au fusil en direction d'un avion allemand qui s'est risqué très bas au-dessus du camp français libre.

— On part en patrouille, vient lui annoncer de Laborde, lorsque l'intrus a disparu dans les nuages. Vous trouverez peut-être une meilleure façon de vous calmer...

La colonne de chenillettes et de camions serpente pendant des heures parmi les débris du dernier engagement.

— Un camion intact ! hurle un Marsouin alors que l'heure de rentrer à Bir el-Naghiar allait tomber.

Le véhicule recèle des bouteilles de vin de Tunisie.

— Les vaches ! s'emporte Delsol en évaluant le butin. Les commissions d'armistice en Afrique du Nord leur donnent notre pinard et pendant ce temps, le Marsouin de la France libre boit du thé... Et encore, quand il y a assez d'eau pour le faire chauffer !

La patrouille reprend à l'aube dans le même secteur. A 9 heures, des avions allemands l'attaquent une première fois sans dommages. Dans le vacarme des explosions, Delsol a le temps de compter quatorze bombardiers. L'aviation à croix gammée se manifeste encore à 14 heures. Puis elle revient labourer le désert tous les trois quarts d'heure. La patrouille se faufile entre les impacts sans plus de pertes qu'à la première attaque du matin. Des détonations plus sèches se mêlent au bombardement.

— Ça, reconnaît tout de suite Delsol, ce sont des obus d'artillerie... Nous sommes allés un peu loin à ce qu'on dirait...

Des cris montent d'un véhicule arrêté contre une dune.

— Rossi est mort!

Delsol serre les mâchoires en donnant l'ordre du retour. Le sergent Pivette, son adjoint, reçoit durement l'annonce de la mort du sergent-chef marseillais.

— Dire, confie-t-il à Delsol, que nous avons passé le réveillon de Noël ensemble, au restaurant de l'Académie à Beyrouth...

« Et, songe Delsol, il était le onzième Compagnon de Quastina... ».

Pivette n'a pas le temps de s'appesantir sur son chagrin.

— C'est ton tour d'aller passer la nuit au poste avancé, lui annonce le Gascon lorsque le corps de Georges Rossi a été emmené vers un cimetière du bord de mer.

Le groupe Pivette, muni d'un téléphone de campagne, se coule dans les champs de mines par des chicanes bien balisées. Marqué par la mort de Rossi, Delsol ne trouve pas le sommeil.

« Le tir d'artillerie qui a tué notre copain annonçait sans doute l'arrivée de l'infanterie allemande... Pivette risque gros... »

Le sous-officier inquiet ne s'autorise à prendre un peu de repos qu'à l'aube, lorsque la patrouille d'observateurs s'extrait lentement de la brume et se fait reconnaître par le premier poste de garde.

La position s'anime à l'arrivée d'un camion bourré de colis de la Croix-Rouge.

— C'est chouette, chef. Il y a du courrier d'Egypte! se réjouit un caporal en s'éloignant pour lire une lettre de sa marraine de guerre.

Pivette et Delsol partagent une demi-bouteille de Courvoisier.

— C'est bon, reconnaît Delsol, mais ça fout le cafard...

Les deux hommes font durer le rare plaisir. Les heures passent sans alerte.

— C'est louche ! souligne Delsol. Le cognac plus ce silence... Voilà que je me mets à avoir des états d'âme...

Le désert demeure calme pendant deux jours. Le 14 février, les aviateurs allemands reviennent mettre un peu d'animation au-dessus de l'alignement de plus en plus net des unités françaises libres. La D.C.A. de 25 mm Oerlikon, armée par des fusiliers marins, touche un bombardier. Deux corolles de parachutes dansent dans le ciel, bien au-dessus de la croix empanachée de fumée plongeant sur le sable. Laborde saute dans une Morris.

— On va les avoir, vite !

Dérapant sur le sable, l'officier ne réussit pas à prendre de vitesse un équipage anglais qui rejoint les aviateurs abattus.

— L'appareil ne doit pas être tombé bien loin de notre poste avancé, estime Delsol. On le verra de plus près puisque c'est à nous de sortir ce soir...

A 20 heures, le Gascon est prêt à rejoindre l'observatoire avec un groupe de huit hommes.

— Le patron de la 13 veut vous parler, l'avertit de Laborde.

Le sergent-chef est un peu inquiet en pénétrant dans le P.C. du lieutenant-colonel Amilakvari, bien gardé par une poignée de légionnaires impeccables.

— Vous m'avez fait demander, mon colonel ?

Portant un large placard de décorations sur sa tenue de combat, le lieutenant-colonel Dimitri Amilakvari est très grand et se tient légèrement voûté. Il n'a que trente-cinq ans. C'est un prince d'une famille de Géorgie, les Zedguinidzé, dont les aînés eurent jusqu'à la révolution bolchevique de 1917 la charge de grand écuyer de la Couronne, *Amilakvari* en géorgien. L'aristocratique officier a toujours refusé, malgré les pressions de ses chefs, de prendre la nationalité française, estimant qu'il aurait un jour le grand bonheur de rentrer dans son pays opprimé par les communistes.

— Sergent Delsol, annonce-t-il en souriant au chef de section intimidé. J'ai voulu vous passer moi-même les consignes pour cette nuit...

Delsol raidit un peu plus son garde-à-vous.

— Nous devons nous attendre à une attaque en masse... Je compte sur vous pour la signaler à temps...

Le cinq galons panachés griffe d'un ongle sa carte d'état-major.

— Vous ne devrez vous replier que lorsque l'affaire sera bien engagée... Il ne s'agit pas de déclencher une riposte prématurée... Bien compris ?

Le Gascon acquiesce.

— Alors, conclut le lieutenant-colonel, bonne chance ! A demain matin...

La patrouille quitte la forteresse en camion. Une fois parvenu au poste de guet avancé, le téléphone de campagne installé et les veilles distribuées, Delsol s'interroge :

« Que faire ? Je leur parle des craintes du colon ? Ou je la boucle, pour ne pas les inquiéter ?... »

Il choisit de se taire, décidant de doubler les sentinelles avant d'aller rôder près de la carcasse de l'avion abattu par la D.C.A. La nuit s'écoule tranquille. A 23 heures, Delsol accompagne sa troisième veille.

— Chef, lui chuchote une des sentinelles relevées, j'ai entendu des bruits de moteur par là-bas...

Le Gascon demeure en veille pendant de longues minutes. Le vent pousse parfois vers lui des échos de ronronnements.

— C'est un Boche qui roule en première, reconnaît-il. Il fait tout ce qu'il peut pour ne pas faire de bruit...

Les autres sentinelles ont entendu le bruit inquiétant.

— C'est rien, les rassure leur chef, ça vient de quatre kilomètres au moins...

Et il décide d'aller s'allonger, simulant la décontraction pour ne pas trahir son inquiétude.

Le ronronnement se rapproche à 23 h 30. Revenu au poste d'observation, Delsol perçoit, très nets, les changements de régime d'un véhicule. Puis, comme d'autres bruits de moteur s'imposent aux guetteurs, il commente l'approche furtive au téléphone.

— J'ai la nette impression que les Fritz ne prennent plus de précautions... Ils ignorent notre position et se croient à encore quatre kilomètres des lignes...

Des échos de voix ricochent au ras du sable. Les huit Marsouins crispent les mains sur leurs armes. Les trois tireurs au fusil-mitrailleur collent la joue contre leur crosse. Delsol estime que son camion risque de trahir son poste de guet.

— Ils vont tout de suite le repérer... Faut bouger...

Un Marsouin déroule derrière lui cent mètres de fil téléphonique. La patrouille se colle au flanc d'une colline.

— Postez-vous en carré, ordonne le Gascon dans un souffle.

Aplatis comme des lézards des sables, les guetteurs retiennent leur souffle. Leur chef évalue sa puissance de feu.

« Avec mes trois F.M., mes deux mitraillettes et mon sac de grenades, estime-t-il en braquant ses jumelles vers l'ennemi invisible, j'ai de quoi voir venir... Si ce n'est qu'une simple patrouille, je la mouche ! Mais si c'est l'avant-garde de l'attaque prévue, je décroche... »

— Chef, chuchote son voisin, ils ne sont plus qu'à cinq cents mètres...

— Plutôt quatre cents...

Les deux hommes se taisent car les bruits de moteur cessent. Une colonne de fantassins se découpe dans la nuit. Elle se coule entre le groupe de guetteurs et le camion.

— Heureusement qu'on n'est pas restés là-bas, souffle Delsol. J'avertis le P.C.

Retenant ses mots, chuchotant tout contre la bakélite de son combiné, le sergent-chef annonce le passage ennemi. Le prince géorgien est à l'écoute.

— Il passe une autre colonne sur ma droite, mon colonel... Et j'en vois encore qui viennent droit sur nous...

L'officier de Légion ordonne le retour. Delsol apprécie la

situation tandis que les Allemands défilent à moins de cinquante mètres de son groupe.

— Surtout, conseille-t-il, que personne ne tire...

Puis il ordonne aux trois porteurs de fusil-mitrailleur de fermer le repli et fait marcher à quelques mètres devant le Marsouin chargé d'une musette de grenade.

— Tu vois le fil du téléphone? s'inquiète-t-il auprès de son voltigeur de tête. On le coupera de temps en temps pour que les Boches ne puissent pas le suivre... On y va!

Les deux hommes armés de mitraillettes marchent derrière le guide. Delsol, chargé du téléphone, leur emboîte le pas.

« Les Boches se rapprochent, se rend-il compte. Il y en a peut-être même devant nous... »

Le voltigeur de tête avance à pas comptés. Tous les deux cents mètres, le serre-file cisaille le fil qui servait de repère. Les lignes amies sont proches. Le chef de patrouille prend une dernière fois le temps de scruter la nuit avec ses jumelles.

— Les Boches piquent droit sur les Anglais! estime-t-il. Nous avons le champ libre...

La progression s'accélère. Une fusée éclairante jaillit des positions britanniques. Le ciel s'illumine. Des bouquets de balles traceuses frôlent les dunes.

— On court! ordonne alors le Gascon sans plus se soucier du fil téléphonique.

Ahanant, les Marsouins se jettent au sol à courte distance des premiers postes français. Delsol extirpe un pistolet Very de son étui de toile et tire. Le coup de départ d'une fusée verte s'entend à peine dans le vacarme naissant. Une demi-minute passe et une fusée de reconnaissance monte en réponse des barbelés.

— On y est, jubile le chef de patrouille, plus que deux cents mètres!

Delsol rejoint le P.C. des légionnaires.

— Bravo, sergent, le félicite Amilakvari. L'effet de surprise n'a pas marché... Les Allemands doivent se demander pourquoi nous les avons si bien reçus... Une de leur colonne est arrivée ici avant vous... Allez vous reposer... Si vous le pouvez dans ce vacarme!

Le Marsouin salue et regagne sa compagnie à la course. Il se heurte à Laborde qui le retient par un bras.

— J'étais avec les légionnaires depuis la première alerte... Les gars se sont bien conduits... Le colonel est vraiment content!

Le Gascon s'arrache à la prise amicale. Le tumulte baisse peu à peu. Il s'éteint à 3 heures du matin. Delsol se résout à pénétrer enfin dans son abri. Ses hommes, harassés par le repli, sont déjà assoupis. La langue pâteuse, il se sert un quart d'eau sans faire de bruit, le sirote en fermant les yeux.

« Il fait tout de même bon vivre! »

14

Les « Free French » s'installent à Bir Hakeim

L'artillerie allemande pilonne toute la matinée.

« Ils veulent nous faire payer leur déconvenue de l'aube », imagine Delsol qui s'est à peine reposé.

L'après-midi passe plus tranquillement en travaux d'aménagement des défenses. Au soir, Laborde renvoie Delsol au P.C des légionnaires. Amilakvari l'accueille :

— Puisque vous connaissez bien le problème, vous retournez au poste avancé... Si l'ennemi se présente, pas de repli ! Avertissez et tenez la position en attendant notre contre-attaque... Bonne nuit !

Laborde veille aux préparatifs de départ.

— Huit hommes, c'est un peu court, Delsol... Prenez-en quatre de plus...

Les Marsouins ont du mal à retrouver le fil de téléphone ensablé.

— On perd du temps, les houspille leur chef.

Là où il avait été saboté, le fil conducteur est réparé juste avant la nuit. Le chauffeur du camion récupéré dans la journée roule lentement au ras des dunes pour ne pas être vu par l'ennemi.

— On s'installe en carré au même endroit qu'hier !

Silencieux, les Marsouins retrouvent leurs traces de la veille. Delsol effectue un essai de liaison téléphonique.

— Tout va bien, lance-t-il à son adjoint. Y a plus qu'à attendre...

Des bruits montent dans la nuit à 23 h 45, bien au-delà des restes du bombardier. Delsol avertit le P.C.

— Ce doit être une patrouille... Ça se perd vers le sud...

Enervés, les guetteurs redoublent d'attention dans les heures qui suivent. Personne ne songe à dormir entre les tours de garde.

— Chef, susurre un deuxième classe, cette fois ce ne sont pas des véhicules... Ecoutez...

Le Gascon entend, de plus en plus nets, des bruits de ferraille et des échos d'ordres gutturaux.

— Ils posent des mines, chuchote-t-il dans le combiné du téléphone. Ils sont à six cents mètres... Droit devant nous...

— Ne bougez pas... On relève leur position...

La nuit s'achève sans autre alerte. Delsol reçoit l'ordre de ramener son monde au puits. Une compagnie du Génie, qui était allée fouiller le désert en direction des travaux nocturnes des Allemands, rentre en fin d'après-midi.

— Alors? s'inquiète Delsol auprès de l'officier commandant l'unité.

— Alors? C'était bien des mines... Mais beaucoup plus près du poste avancé que vous l'aviez signalé...

Le champ de mines, qui prouve que les Allemands n'ont pas l'immédiate intention de réitérer l'attaque avortée de l'avant-veille, a été soigneusement repéré et balisé.

Des avions ennemis passent en formation serrée au-dessus de Tobrouk, loin au nord-ouest de Bir el-Naghila. La D.C.A. anglaise se déchaîne. Le ciel s'illumine de girandoles.

— Regardez bien, les gars, conseille Delsol. C'est gratuit et c'est mieux que le 14 Juillet... Si les Teutons réussissent à passer au milieu de tout ça, c'est qu'ils volent avec leurs anges gardiens!

Des avions isolés franchissent le mur de feu et mitraillent

les Français. Un véhicule s'enflamme à quelques mètres des hommes de Delsol.

Les Marsouins entament le lendemain matin leur dernière réserve d'eau. Le Gascon, grâce à son Razvite, se rase tout de même. Laborde vient l'avertir d'un départ imminent vers l'est.

— Alors, mon capitaine ? On fout le camp une nouvelle fois...

— Ce n'est pas tout à fait ça... Les Anglais réorganisent l'ensemble du dispositif... Nous devrons occuper une position à l'extrême sud de leur ligne de défense qui s'appuie à la mer... A Bir Hakeim où se trouvent déjà le bataillon du Pacifique et le Bataillon de marche nº 2...

L'arrivée tant attendue d'une citerne d'eau met un terme à l'exposé.

— De toute façon, grommelle Delsol, pour moi, ces considérations de haute stratégie, c'est de l'hébreu !

Les Français libres sont relevés par des Britanniques. Ils quittent Bir el-Naghiar sous la pluie.

— Ça, souligne Delsol, c'est pour arroser mon anniversaire... trente-trois ans aujourd'hui !

Les véhicules récupérés en Syrie tombent en panne les uns après les autres. Les Marsouins rivalisent d'ingéniosité pour les amener à bon port. Delsol prend une camionnette de la 2e section en remorque.

— Notre charrette ne tiendra pas le coup longtemps, prédit-il tout dégoulinant d'eau.

Un élément de dépannage le soulage alors que le ciel s'éclaire. Le camion libéré ne roule que quelques kilomètres de plus.

— Qu'est-ce que je disais, rouspète le Gascon. Maintenant, c'est nous qui sommes en panne !

Le chauffeur, aidé par un mécanicien de l'échelon d'accompagnement, réussit à relancer la mécanique en moins d'une demi-heure. Le convoi très étiré approche du but. Il frôle des camions anglais maquillés en chars à l'aide de panneaux de contre-plaqué et de feuilles de carton.

— C'est la guerre du bluff! ironise Delsol.

La nuit tombe avant que le Gascon ait eu le temps d'apprécier le lieu. Harassé par les manœuvres du jour, il dévore une boîte de singe froide et s'endort en bougonnant :

— Sacrée journée d'anniversaire... Même pas un coup de rouge... On tâchera de faire mieux l'année prochaine...

Des mouvements de camions, de blindés, de canons tractés, animent toute la journée suivante. Les unités françaises libres forment la brigade légère F.F.L., trois mille sept cents hommes qui se regroupent à Bir Hakeim, à soixante-dix kilomètres au sud de la mer, dans l'axe d'El-Gazala. Le général Kœnig, qui n'était que capitaine en avril 1940 lorsqu'il combattait en Norvège, réunit ses chefs d'unité pour leur exposer la situation. De Laborde transmet ses explications à ses gradés en traçant des croix et des cercles sur sa carte :

— Voilà, tout ça c'est Bir Hakeim... Dix-sept kilomètres de périmètre à tenir sur un peu plus de trois kilomètres de diamètre... Les Anglais se sont installés en longue ligne de défense au nord-ouest, à une vingtaine de kilomètres... Entre eux et nous il y a des champs de mines à perte de vue...

Delsol fixe la carte. Laborde poursuit l'exposé :

— Comme vous l'avez remarqué, nous ne pouvons nous appuyer sur aucune défense naturelle... C'est tout plat, ou presque... Il va falloir user de l'huile de coude pour nous dissimuler...

Le Gascon n'apprécie pas beaucoup le programme.

— Et les camions? interroge-t-il.

— Nous ne garderons ici que les véhicules indispensables au combat, enterrés dans des abris... Les autres seront regroupés à trente kilomètres à l'est, à El-Adem où se sont installés nos services de réparation et un hôpital... Au travail!

Les Marsouins s'échinent comme des sapeurs. La pluie ne

facilite pas les choses, mais l'immense position prend peu à peu des allures de forteresse gardée à ses angles par les canons de D.C.A. des fusiliers marins du commandant Amyot d'Inville.

La vie à Bir Hakeim est rythmée par les sautes de vent de sable et les chutes de pluie. La position est souvent prise dans un étau de brouillard épais. Elle ne subit que quelques attaques aériennes dans les derniers jours de février. Les nouvelles de Tobrouk, filtrant des P.C. radio ou données par les chauffeurs de quelques convois de liaisons, ne sont pas mauvaises. Les Allemands perdent là-bas des avions à chacune de leurs incursions. Les Marsouins reçoivent du courrier et quelques journaux, dont *France-Orient,* une brochure éditée en Egypte.

Une fois le gros œuvre achevé, les hommes de Delsol, toujours détachés à la 13e D.B.L.E. et qui ont reçu pour mission la surveillance d'un champ de mines, tuent le temps en d'interminables parties de cartes.

Des colonnes mobiles, appelées à l'anglaise *Jock column*, véritables unités autonomes dotées de D.C.A., sortent dans le désert pour essayer d'y débusquer les avant-gardes allemandes et italiennes. Une fois de plus privé de véhicules, Delsol regrette de ne pouvoir prendre part à cette guerre de course avec sa section qui vient d'être déplacée à la garde du P.C. de Kœnig, au centre de Bir Hakeim.

— Le terrassememt et la belote c'est bien joli, bougonne-t-il après avoir écouté le récit d'une de ces sorties animées, mais ce n'est pas l'idéal du Marsouin !

Des avions tournent très haut dans le ciel pendant que le sergent-chef maudit son inaction. La D.C.A. donne aux angles du camp soudain ranimé. Un chapelet de bombes laboure le sable à cinquante mètres des hommes de Laborde. Des hurlements se mêlent à la cacophonie des projectiles.

— Ça vient de la Légion, avertit Delsol après s'être assuré que personne n'a souffert à la section.

Un képi blanc est mort et deux autres râlent dans la pénombre naissante. La D.C.A. se tait. Les légionnaires veillent leur mort. Les deux blessés supportent leur douleur dans une infirmerie ensablée. Bir Hakeim, de temps en temps balayé par les lueurs blanchâtres de fusées éclairantes, s'apprête à vivre une nouvelle nuit d'ennui.

Delsol fait une dernière ronde autour du fortin dans lequel s'est installé Kœnig, à quelques mètres de celui de Miss Travers, la jeune Anglaise qui lui sert de chauffeur, cheveux bruns coupés ras, longues jambes et hanches étroites prises dans un short d'homme.

Laborde rentre d'une patrouille à l'aube. Delsol va à sa rencontre.

— Quoi de neuf, mon capitaine?

— Un lapin, mon vieux Delsol... Prenez-le...

L'animal est dépouillé, rôti et partagé en petites portions entre les Marsouins las du régime anglais. La position subit de plus en plus d'incursions d'avions ennemis. Delsol, dont l'abri primitif n'a pas tenu le coup sous les ondées, s'est bâti un petit fort protégé par un mur de sacs de sable hérissé de fusils-mitrailleurs braqués en D.C.A. Au soir du 10 mars, il reçoit l'ordre d'aller se poster en garde au poste le plus avancé, au sud de la position, au-delà des ruines d'un petit fort.

— Ça va peut-être bouger enfin, se réjouit-il en s'installant devant une chicane de champ de mines.

Un ronronnement continu emplit le ciel. Le Gascon s'en inquiète.

— Il annonce peut-être une attaque, prévient-il à l'aide de son téléphone de campagne, faites-moi parvenir des fusées éclairantes pour donner l'alerte au cas où...

Une explosion toute proche fait se retourner les factionnaires quelques minutes plus tard. Un homme sort de la nuit.

— J'ai eu du pot, lance-t-il après s'être fait reconnaître par Delsol, je venais vous apporter les fusées à moto et j'ai sauté sur une mine...

Le miraculé passe la nuit près des Marsouins. Les avions allemands se sont éloignés, l'aube point dans le calme le plus absolu.

— Des gazelles, annonce Delsol alors qu'il allait donner l'ordre de rentrer au camp, tire, Bergès!

Deux coups de mousqueton claquent. Deux animaux roux, foudroyés en pleine course gracieuse, boulent sur le sable. Trois Marsouins s'élancent pour les récupérer.

— Videz-les et en route...

Le groupe récupère au passage la moto endommagée par l'explosion de la mine.

— Il n'y a que la roue arrière à changer et elle sera comme neuve, ta pétrolette...

Le rescapé sourit :

— C'était pas mon jour...

15

Jours d'ennui

La cuvette de Bir Hakeim, à peine incurvée vers le nord à partir du fort détruit et de deux mamelons où sont éparpillés les débris d'un relais de caravanes et les citernes de Bir el-Harmat, paraît encore plus désolée lorsqu'il pleut. La brigade de Kœnig est tapie au centre d'un fouillis de cinquante mille mines. Les Marsouins aux uniformes usés jusqu'à la corde et dépareillés ne ressemblent plus aux soldats qui paradaient il y a deux ans sur la place des Canons, à Beyrouth. Ils ont maigri. Ils ont vieilli et, comme le ravitaillement fait défaut, ils vivent d'expédients, ramassent des escargots, tirent le lapin, la gazelle et l'outarde.

Delsol, confiné dans l'ennui par manque de moyens roulants, fait le dos rond. Les gardes aux postes avancés de la position ne suffisent pas à étancher sa soif d'action. Il s'en plaint à Laborde.

— Quand vais-je toucher des véhicules, mon capitaine ? Les gars sont comme moi... Ils en ont marre de ne jamais dépasser le poste avancé...

— Bientôt, mon vieux Delsol.... En attendant, essayez encore de réparer la Morris qui vous reste...

Une incursion de bombardiers allemands jette tout le monde au poste de combat. Les Oerlikon d'Amyot d'Inville aboient à l'unisson. La formation serrée des avions à croix gammées se disloque après un premier largage de bombes.

— La chasse anglaise! crie Delsol.

Minuscules, effilés, des Hurricane sortent du plus haut du ciel pour fondre sur les lourdes masses des Junker 87. Les bombes cessent de pleuvoir. La D.C.A. ne tire plus. Les petits chasseurs jaune et brun volettent autour de leurs proies. Deux bombardiers s'empanachent de noir. Des cris saluent la réussite anglaise. Le gros de l'escadrille de bombardement rompt le combat. Tenaces, les Hurricane les accompagnent jusqu'au fond du ciel.

Deux patrouilles de Morris filent dans le désert pour aller reconnaître les carcasses allemandes tombées à quelques kilomètres.

— Ça m'a fait bien plaisir de voir ça, lâche Delsol en remettant ses mécaniciens d'occasion au travail.

Le temps ainsi haché par les ondées, les coups de folie du vent de sable venant tantôt du nord et tantôt du sud et les discourtoises visites des avions allemands, Bir Hakeim vit dans la routine de l'attente.

La Morris de Delsol est enfin en état de rouler. Le Gascon grimace à l'écoute de son moteur rafistolé :

— Elle ne tiendra pas plus d'un ou deux kilomètres!

La guimbarde revient à son point de départ sans avoir dépassé les limites du camp. Un mécanicien venu en renfort du bataillon, couvert de cambouis, se met au réglage. Des aviateurs anglais passent en force au-dessus de la termitière française libre, Delsol oublie la réparation. Il est tout ragaillardi à l'idée qu'ils vont aller bombarder Mechilli, plus à l'ouest.

— Bon appétit, les Boches!

Les Marsouins réduits à l'inaction rôdent auprès des abris des officiers pour glaner des informations. Tendus à l'extrême, ils s'énervent pour un rien. Les hommes de Delsol, estimant que le travail de remise en état de la Morris ne va pas assez vite, s'en prennent au mécanicien. L'homme du P.C. réagit très mal :

— Puisque c'est comme ça, je vous laisse! Vous vous débrouillerez tout seuls!

Et, vexé par les remarques acides de Bergès, il regagne son cantonnement. Delsol engueule le caporal.

— C'est malin. Comment vas-tu faire maintenant?

— On se débrouillera pas plus mal que lui...

Le passage d'une escadrille de bombardement anglaise détourne l'attention des râleurs.

— C'est encore pour Mechilli, estime Laborde qui venait à la position pour calmer les esprits.

Un communiqué annonce quelques heures plus tard que les Allemands ont beaucoup souffert de l'incursion.

— Qu'est-ce qu'ils en savent, à l'état-major? maugrée Delsol. Ils ne sont pas sous les bombes... Et, de là-haut les observateurs ne doivent pas voir grand-chose... Ces cocoricos, c'est juste pour nous regonfler le moral...

Les voitures promises n'arrivent pas dans les convois qui amènent d'El-Adem le chiche ravitaillement de Bir Hakeim. Delsol, las d'aller monter la garde chaque soir avec ses hommes aux postes avancés, décide de brusquer les choses. C'est la mine plus fermée qu'à l'habitude qu'il s'impose au P.C. de la compagnie.

— Mon capitaine, rien ne va plus... Les gars en ont par-dessus la tête... Il me faut des véhicules pour sortir en patrouille, ou je ne réponds plus de rien...

Laborde laisse passer le flot d'accents roulants. Il entraîne le sous-officier à l'écart.

— Ça tombe bien, reconnaît-il, il y a justement deux Morris de libres... Elles sont à vous...

— Bien vrai?

— Puisque je vous le dis... Vous les aurez demain...

Pressé d'annoncer la nouvelle à ses hommes, le sergent-chef s'éloigne à la course.

— Avec notre vieille guimbarde, ça fera trois! triomphe Bergès. A nous les Jock column!

Pour compléter le tout, un Marsouin ramène un Bren carrier sur sa position.

— Où l'as-tu déniché ?

— Ce sont des Anglais qui l'ont oublié... A ce qu'on dirait... Alors, je l'ai pris...

Le Gascon hésite à peine et décide de s'approprier l'engin délaissé.

— On verra bien, souffle-t-il en l'inspectant. Si on nous le réclame, on le rendra...

La section réarmée reçoit le 28 mars l'ordre d'aller relever un poste avancé à douze kilomètres. Le plaisir de vivre hors du triste camp ne dure que quelques heures. Rappelé par une liaison téléphonique, le Gascon revient à Bir Hakeim le lendemain. Bergès, fidèle à sa réputation de fin tireur, tue une gazelle, une outarde et un lapin.

— Vous n'aurez pas le temps de digérer votre gueuleton, avertit Laborde. Vous repartez en patrouille demain matin...

Le Gascon est aux anges.

« On voulait du mouvement : on en a... Les véhicules tiennent le coup... Tout va bien ! »

Le sous-lieutenant Bourdis, de la 13ᵉ D.B.L.E., se mêle à la patrouille avec un Bren carrier. La reconnaissance tourne à la partie de chasse. Les Marsouins se lancent à la poursuite d'une harde de gazelles.

— Drôle de guerre, mon lieutenant, fait remarquer Delsol à l'officier d'Amilakvari lorsque le safari s'achève. Les gars s'amusent... Mais on n'est tout de même pas là pour ça...

— Le baroud viendra bien assez vite, Delsol... Vous verrez...

L'officier n'en dit pas plus sur le chemin du retour, le Gascon le dévisage de temps en temps en retenant ses questions.

« Celui-là, il sait quelque chose, songe-t-il. Mais il ne veut rien dire... »

Les colonnes qui vont et viennent dans le désert subissent de fréquentes attaques de l'ennemi. Chaque jour, ou presque, des Français libres meurent et sont enterrés au cimetière improvisé de Bir Hakeim. Le 5 avril, une section du bataillon du Pacifique est matraquée alors qu'elle participait à une Jock column. Un camion chargé de blessés et de morts frôle la section Delsol. Le Gascon reconnaît l'aumônier de l'unité penché en prière sur les corps ensanglantés.

« Dire que c'est Pâques aujourd'hui, se souvient-il ! Drôle de fête, monsieur le curé... »

Un renseignement transmis par les Anglais met le camp en effervescence le 7 avril.

— Il y aurait, annonce Laborde à ses chefs de section, quatre colonnes de quarante chars chacune qui convergeraient vers nous...

Delsol calcule vite :

« Cent soixante blindés ! Faut s'attendre à rigoler enfin pour de bon ! »

La section est depuis longtemps sur le pied de guerre lorsque, à 17 heures, le Gascon reçoit l'ordre de sortir en reconnaissance.

La patrouille parcourt une quarantaine de kilomètres vers l'est. Puis elle reçoit par radio l'ordre de rebrousser chemin.

— Encore une balade pour rien, mon capitaine, rend compte son chef. Mais où sont-ils donc ces foutus tanks allemands ?

L'officier hausse les épaules.

— On ne sait plus... Mais il faut s'attendre à les voir surgir d'un moment à l'autre...

Bir Hakeim demeure en veille dans les jours qui suivent l'alerte. La position subit sans dommages un bombardement le 9, en début de matinée. Delsol accueille l'incursion comme l'annonce d'une attaque prochaine.

« Ma section est complète... J'ai du matériel autant qu'il m'en faut... Manque plus que le Boche ! »

En prévision d'une sortie prochaine, il fait vérifier les petits fanions triangulaires qui, accrochés suivant l'ordre précisé par le code du jour à des hampes métalliques, permettent de faire reconnaître de très loin les véhicules.

« Sans ça, songe-t-il, avec tous les engins qui ont changé de camp depuis près d'un an dans le secteur on risquerait la pagaille totale... »

Les patrouilles lancées dans les jours qui suivent ne permettent pas de se faire une idée précise des intentions de l'ennemi invisible. Delsol, toujours accompagné par le lieutenant Bourdis, reconnaît le 12 l'oasis de Sidi-Iounes, à l'est de Bir Hakeim où les Marsouins ne rencontrent pour toute présence hostile qu'une vipère lovée au beau milieu du point d'eau à sec.

Le 13, les Marsouins subissent une inspection d'armement et de matériel. Des avions allemands viennent écourter le banal cérémonial qui rappelle le temps de paix. Delsol entraîne ses hommes au poste de combat. Les aviateurs n'insistent pas sous la pression de la D.C.A. Ils libèrent très vite le ciel pour aller attaquer une colonne qui éventre le désert plus au nord.

Delsol va aux nouvelles lorsque la Jock column attaquée se présente devant Bir Hakeim.

— Bellet est mort! lui apprend un sergent.

Le Gascon serre les mâchoires et s'éloigne à pas lents du triste cortège qui accompagne la dépouille mortelle vers l'hôpital du camp.

« Un Compagnon de Quastina de moins... Georges Rossi a ouvert la liste il y a deux mois... A qui le tour? »

16

Bir Hakeim est encerclé

Le duc de Gloucester vient inspecter Bir Hakeim le 28 avril. Tenant à paraître à leur avantage, les Marsouins sortent de leurs sacs poussiéreux leurs dernières pièces d'uniforme présentables et s'en défont, pour les économiser, dès que le frère du roi d'Angleterre a quitté le camp.

Une altercation éclate après le départ des autorités près du P.C. de la compagnie Laborde. Delsol et quelques gradés ont du mal à empêcher leurs hommes de malmener un voleur pris en train de fouiller dans les affaires de ses voisins. Le fautif est enfermé sans jugement dans le trou qui sert de prison à la garnison et qui a été vite baptisé *Le Tombeau* par les quelques mauvaises têtes jusque-là admises à y cuver leurs cuites ou à y calmer leurs nerfs.

Le lendemain, un ravitaillement particulièrement copieux touche Bir Hakeim. Les Marsouins de Laborde, toujours détachés à la 13e D.B.L.E., profitent de la manne destinée à améliorer l'ordinaire des képis blancs d'Amilakvari à l'occasion de la célébration de Camerone, le 30 avril. Une prise d'armes marque l'événement. Les légionnaires arborent des tenues bien plus présentables que celles des Marsouins. Delsol souffre de la comparaison. Mais il tait sa rancœur après la parade vite expédiée et partage de bon cœur les légumes frais qui font si souvent défaut à l'ordinaire, le saucisson qui remplace le traditionnel boudin, les œufs et la salade qui complètent le repas de fête.

— Vous êtes promu adjudant, lui annonce Laborde le lendemain... Et votre adjoint Pivette passe sergent-chef...

— Il ne reste plus rien de Camerone ! regrette le Gascon. On ne peut même pas arroser ça...

Les Marsouins de Savey reçoivent l'ordre de rendre leur matériel en vue d'un départ prochain.

— Nous partons pour Londres, annonce Laborde à ses gradés.

Delsol est sonné par la nouvelle.

— L'Angleterre? balbutie-t-il. C'est trop beau pour être vrai... Nous débarquerons peut-être en France!

Les jours suivants s'écoulent dans la fébrilité. Les armes sont remises aux légionnaires. Puis, alors qu'ils s'impatientaient dans l'inaction, subissant sans pertes quelques bombardements, les Français libres sont abasourdis le 5 mai, lorsque leur commandant déclare que l'ordre de départ est repoussé.

— Que s'est-il passé, mon capitaine? s'inquiète Delsol auprès de Laborde.

— Je n'en sais pas plus que vous... Mais les Anglais et les Américains ont débarqué à Madagascar...

— Qu'est-ce que ça change? Nos gars ont dû bien les accueillir...

L'officier grimace.

— Au contraire... Ça va très mal...

Le bataillon démoralisé gagne un camp de repos près de Tobrouk. Delsol guette les nouvelles de Madagascar.

— Tout est fini... lui apprend bientôt son capitaine. Les troupes vichystes ont résisté...

— Ils sont fous, lâche amèrement le nouvel adjudant. La leçon de Syrie ne leur aura donc servi à rien...

Les permissionnaires voisinent avec un camp de bédouins qui tiennent un marché permanent. Les nomades, regroupés là par force, vendent de tout, des cerises à l'eau-de-vie de provenance italienne, du beurre rance, des chemises, des casques coloniaux débarrassés de leur cocarde, et jusqu'à des mitraillettes récupérées sur les cadavres.

L'eau vient à manquer. Delsol trouve le temps long.

— Les gars sont assez reposés... Qu'est-ce qu'on attend pour rejoindre la brigade ?

— Je vais insister auprès du commandement pour qu'on nous renvoie à Bir Hakeim, lui promet Laborde.

L'état-major rameute les Marsouins sur la position française libre le 10 mai juste après que la Navy eut détruit dix-huit bâtiments allemands et italiens au large de Tobrouk. Le traintrain reprend ses droits. Malgré quelques alertes aériennes, Delsol estime que Bir Hakeim ressemble de plus en plus à une garnison banale. Il ne trouve plus à son goût l'état d'esprit qui y règne, entretenu à coups de communiqués triomphalistes. De mesquines disputes éclatent pour des riens entre Français libres d'unités voisines.

A nouveau, l'éventualité d'un départ pour Londres échauffe les esprits. Un vent de sable têtu ajoute à la morosité. Nuit et jour, des bombardiers anglais passent au-dessus des Français, pour aller déverser leurs bombes sur Mechilli. De temps en temps, un petit appareil allemand d'observation, depuis longtemps baptisé *Artaban* par les défenseurs de Bir Hakeim, se risque assez bas pour essuyer quelques rafales de mitrailleuses qui n'empêchent pas le pilote trompe-la-mort de se perdre dans les nuages.

Laborde, après avoir participé à un exposé de l'état-major anglais, vient expliquer la situation d'ensemble à ses chefs de section.

— Il n'est pas douteux, leur explique-t-il, que Rommel lancera très bientôt une nouvelle offensive... Les Anglais se sentent capables de lui infliger une défaite telle qu'elle permettrait une contre-attaque générale qui nous mènera peut-être jusqu'à Tripoli... Nous avons un rôle capital à tenir dans leurs plans... En attendant, exercice d'utilisation des masques à gaz !

Les Marsouins, excités par l'annonce de l'attaque prochaine, étouffent pendant des heures sous les épaisses protections. Leurs dernières illusions de voyage vers l'Angleterre sont balayées par un contrordre définitif. On leur rend leur armement. Le canon tonne toute la nuit, au nord-ouest, vers Derna.

— Nous devons nous attendre au choc, prédit Laborde. On nous signale des mouvements de tanks italiens, vers le sud-est...

Toutes les unités de Bir Hakeim sont mises en alerte dans la nuit du 27 mai, à 3 h 30. Delsol inspecte ses groupes qui viennent de relever une section de tirailleurs à la défense du P.C.

— Tout est paré, mon capitaine, rend-il compte à Laborde. Les gars ont l'air d'en vouloir... L'annonce du combat leur a fait oublier la déconvenue de ne pas aller en Angleterre...

Les heures de veille s'égrènent avec lenteur. Les Marsouins se laissent aller à somnoler. A 8 heures, des départs de coups de 75 les ramènent à la réalité. Delsol bondit à son observatoire protégé de sacs de sable. Le tir de barrage ne dure pas très longtemps. Le Gascon, comme tout le monde, demeure calme à son poste de combat.

— Les voilà enfin ! gronde-t-il à 9 heures en distinguant au lointain, vers le sud-ouest, quelques formes basses de blindés.

Des obus ennemis commencent à pleuvoir. Delsol écoute un lugubre ronflement.

— Attention ! anticipe-t-il. Celui-là, il est pour nous !

Les Marsouins se jettent tout contre les sacs de sable. L'obus allemand écorne l'abri de leur chef et va exploser quelques mètres derrière lui. D'autres projectiles labourent le sol alentour. La terre tremble. Le vacarme est total.

— Nos canons ne tirent pas, remarque le Gascon en étudiant la cacophonie, qu'est-ce qu'ils attendent ?

Laborde, qui fait le tour de sa position, lui explique qu'un élément de la 5e brigade anglaise vient d'être lancé en contre-attaque.

— Il ne faudrait pas les confondre avec des cibles allemandes... La méprise est toujours possible.

Un alignement de blindés italiens, qui avait jusque-là échappé aux observations françaises en se faufilant dans une petite dénivellation et en se coulant avec habileté dans les nuées de sable soulevées par le vent, se déploie devant les Marsouins. Toutes ses pièces tirent. Il est bientôt à moins de trois cents mètres. Delsol peste contre les artilleurs. Puis il exulte lorsque des geysers de feu et de sable encadrent les tanks. Il saute de joie lorsqu'un blindé, touché de plein fouet, s'immobilise.

Un second tank se met en travers de la progression grondante.

— Et de trois, jubile ensuite le Gascon qui ne tient plus en place, qu'est-ce qu'ils prennent!

Six chars immobiles fument. Des formes fugaces sautent de leurs masses et courent vers les autres blindés qui semblent hésiter sous la canonnade des 75. L'ensemble de l'attaque ralentit. Les monstres d'acier s'arrêtent, tirent quelques obus et reculent.

Le feu des Français libres s'épaissit. L'horizon n'est plus qu'un magma de sable et de fumée. Des colonnes légères jaillissent en poursuite. Laborde en mène une jusqu'aux chars détruits. Les légionnaires et les Marsouins lancés au nettoyage incendient les blindés les moins touchés. Le gros de l'attaque italienne se perd au lointain. L'engagement n'a duré que quarante-cinq minutes.

« Ces trois quarts d'heure là, se promet Delsol qui a reçu à contrecœur l'ordre de ne pas bouger, je ne suis pas près de les oublier... »

Laborde ramène ses hommes. Une centaine de prisonniers, Italiens de la division Ariete et quelques Allemands de l'Afrikakorps, mains croisées derrière la nuque, sont regroupés au cœur de la position.

— Ils ont perdu plus de trente chars, triomphe le capitaine en retrouvant Delsol. Il y a un colonel parmi les prisonniers... Il s'appellerait Prestissimone...

Des combats se poursuivent, loin à l'est de Bir Hakeim. Quelques obus s'abattent sans dommages sur les Français libres demeurés en état d'alerte.

Transfigurés par la bataille, les Marsouins ont oublié en quelques heures les longues semaines d'ennui.

— Tout va bien, leur annonce Laborde. Mais il faut maintenant nous attendre à un assaut de parachutistes.

Aucun appareil allemand ne se montre. Des escadrilles de bombardiers anglais lancent des raids sur les blindés mis en fuite. La nuit tombe sans nouvelle alerte. Le canon tonne pendant des heures.

— Ils se répondent du tac au tac, les Boches et les Anglais ! estime Delsol au moment d'effectuer une relève de veille.

Artaban revient planer au-dessus de Bir Hakeim dès l'aube qui a amené une accalmie dans les échanges d'artillerie. Le camp est pris dans une gangue de brume à peine effrangée par une tempête de sable. Un ronronnement annonce l'arrivée d'une formation aérienne.

— Ce sont des Anglais, avance Delsol en essayant de distinguer les appareils noyés dans la brume.

Un Spitfire d'accompagnement pique soudain vers le sol. Le Gascon bondit vers l'abri qui lui offre un amoncellement de caisses. Une longue rafale de mitrailleuse fait danser le sable à deux mètres de lui.

— Qu'est-ce qui leur prend ? Ils sont fous ! hurle-t-il.

Le chasseur effectue une chandelle et se perd dans les nuées. Delsol se redresse, s'ébroue et lâche son juron favori en s'apercevant qu'il s'était abrité derrière des caisses de munitions.

La méprise des aviateurs anglais a coûté deux morts au bataillon du Pacifique et la D.C.A. de Bir Hakeim, dans sa riposte réflexe, leur a endommagé un bombardier Boston.

Laborde, une nouvelle fois parti en patrouille après la dramatique fausse alerte, rentre au camp avec quelques prisonniers italiens capturés alors qu'ils venaient, croyant que Bir Hakeim avait été enlevé, ravitailler leurs compagnons vainqueurs. Il tend un magazine à Delsol.

— Tenez, voilà des nouvelles du pays...

Le Gascon s'empare de la gazette illustrée.

— *Signal*? lit-il. Je ne connaissais pas ce journal... Il a pas l'air mal...

Puis, détaillant un peu mieux les uniformes des deux soldats allemands qui font la couverture, il s'aperçoit que ce sont des Français servant dans l'armée nazie. Le journal de propagande passe de main en main. Jusqu'à ce que, écœurés, les Marsouins finissent par le déchirer.

« Qu'est-ce qui peut pousser des Français à se battre sous l'uniforme allemand? songe Delsol. Moi je suis bien en tenue anglaise, mais ce n'est tout de même pas pareil... »

Laborde revient troubler sa méditation.

— Nous savons maintenant à quoi nous en tenir... Les observations aériennes anglaises prouvent que nous sommes encerclés... De loin, mais tout à fait encerclés!

17

Rommel se fâche

L'échec des blindés italiens, qui venaient de balayer sans difficulté une brigade indienne ameutée le 23 mai par les Anglais au sud-est de la position de Kœnig, enraye à peine le déroulement de l'assaut allemand. La prise de Bir Hakeim ne représente pour Rommel qu'un épisode mineur de son offensive sur l'allongement des camps retranchés qui sont, d'El-Gazala, au bord de mer jusqu'à Bir Hakeim, tenus par la 8e armée britannique du général Ritchie.

Les Allemands et les Italiens, après leur déconvenue, sont persuadés que la position française libre est dotée d'un armement antichar ayant échappé à l'observation d'Artaban. Ils renoncent provisoirement à un nouvel assaut. Rommel poursuit son action vers le nord-est pour prendre à revers le dispositif anglais.

A l'aube du 29 mai, les Français libres sont toujours en alerte totale. Le canon a tonné toute la nuit. Les Marsouins scrutent le désert parcouru par des tourbillons de sable. Des 75 prennent à partie quelques blindés qui passent très au large.

— Ça occupe, commente le Gascon après quelques salves qui ont fait fuir les intrus.

La R.A.F. vient achever le travail des artilleurs. Ses appareils, inlassables, plongent et replongent sur l'ennemi éparpillé. Des colonnes de fumée, vite défaites par le vent, montent au-dessus de l'immensité. Le ballet vrombissant des Hurricane, des Tomahawk et des Spitfire se dérègle à l'arrivée d'une nuée de chasseurs allemands. Les appareils ennemis se frôlent en lâchant des rafales de mitrailleuse. Ils montent en chandelle dans des enragements de moteur. Quelques-uns se mettent en vrille, empanachés de fumée. Des parachutes s'ouvrent. Les Marsouins se dévissent le cou pour ne rien perdre de la mêlée confuse qui se déplace peu à peu vers l'est. Artaban sort des nuées et vient les narguer.

— Kœnig, regrette Delsol, a donné l'ordre de ne plus tirer sur lui... Je me demande bien pourquoi?

Le caporal Chalard, qui s'était approprié un canon de 25 Oerlikon lorsque, il y a quelques jours, les fusiliers marins d'Amyot d'Inville avaient perçu des affûts quadruples de 40 Bofors, tient le petit avion dans sa ligne de mire. Il l'accompagne pendant quelques minutes en réprimant difficilement l'envie de tirer. Les pièces de 75, allongeant progressivement le tir, poursuivent le matraquage des itinéraires italiens et allemands. Deux aviateurs anglais, prenant une nouvelle fois les dernières positions françaises pour les premières de l'ennemi, plongent sur elles.

— Planquez-vous! hurle Delsol qui suivait depuis quelques secondes le manège menaçant des intrus.

Les Marsouins plongent au sol. Les deux projectiles explosent sans dommages au ras de leur abris. Le Gascon, assourdi, est brossé par un souffle brûlant.

— Je me doute bien, grommelle-t-il en se relevant, qu'il ne doit pas être facile de nous repérer de là-haut... Mais tout de même! Regardez, les artilleurs allemands visent moins bien qu'eux...

Quelques obus, tirés de très loin par des pièces lourdes allemandes, labourent le sable à trois cents mètres.

Les Français libres, tous indemnes, maudissent les maladroits. Une nouvelle incursion d'Artaban détourne leur mauvaise humeur.

— Vous allez voir, envisage Delsol, que ce petit malin va guider le tir de ses canons...

Avertis, les Marsouins se terrent un peu plus. Bien réglées par l'observateur, de nouvelles volées d'obus éventrent quelques véhicules ensablés au centre de Bir Hakeim. Puis le mouchard se perd dans le lointain, le martèlement dément-tiel cesse.

Une patrouille du B.I.M. rentre peu après avec trois ambulances anglaises qui emmènent les prisonniers capturés sur des blindés sonnés par les 75.

— Ils apportent de la flotte, jubile Delsol, ça vaut plus cher que les Ritals !

Les Marsouins, langue pâteuse, se ruent vers le ravitaillement inespéré contenu dans une citerne de deux mille litres. La nuit les surprend pour une fois désaltérés.

Le bilan de la veille court de position en position à l'aube du 30 mai : vingt-neuf véhicules récupérés et trente-quatre détruits, dont sept blindés. Les Marsouins cessent de le commenter lorsqu'une longue chenille de fantassins sort des nuées de sable.

— Ce sont des Noirs, avance Delsol en les détaillant à la jumelle. Ils sont désarmés...

Une patrouille se lance entre les chicanes des champs dc mines pour aller à la rencontre des inconnus. Près de quatre cents Hindous, l'air peureux, s'installent où ils peuvent sur la position, entre les sacs de sable, serrés sous les véhicules dont ils vident tout de suite les radiateurs pour essayer de se désaltérer.

— Il ne reste plus grand-chose de la flotte récupérée hier, regrette Delsol en partageant avec un grand diable de Sikh sa dernière réserve de boisson.

D'autres rescapés de l'attaque font tout pour que les Français libres ne voient pas leur tête.

— Mais qu'est-ce qu'ils ont à se détourner de nous, mon capitaine ? s'inquiète le Gascon. Ils savent pourtant que nous sommes des amis, même si nous ne pouvons pas les ravitailler autant que nous le voudrions...

Un interprète anglais explique que les malheureux assoiffés avaient été faits prisonniers, mais que les Allemands les avaient relâchés en plein désert en leur indiquant la direction de Bir Hakeim. Avant, ils avaient pris le soin de leur couper le chignon et la barbe qui font la gloire de chaque combattant hindou de bonne caste.

— C'est pour ça qu'ils ont honte, conclut l'interprète assailli de questions.

— Les Boches, poursuit Laborde à l'attention de Delsol, n'ont pas voulu s'encombrer de tant de prisonniers... Ils n'ont gardé que les officiers... Ils sont certains de les récupérer sans mal quand ils nous auront chassés d'ici...

Le vent de sable dessèche plus que jamais le site. L'eau est à nouveau denrée rare. Les Hindous, à peine désaltérés par les quelques gouttes partagées avec leurs hôtes, somnolent dans les défenses. Ceux qui ne dorment pas gardent leurs yeux vides braqués vers l'est, là où les combats se poursuivent. Quelques véhicules alliés sortent des champs de mines un peu avant l'aube. Delsol, après avoir siroté un quart de mauvais café pour essayer de casser sa soif, vient rôder autour des Indochinois qui les conduisaient.

— Il y a une grande bataille au nord, lui annonce l'un d'eux, tout sourire malgré la fatigue et zézayant. Les Boches doivent bien manger la mitraille anglaise...

Le commandement décide de ne pas laisser les Hindous inactifs. Delsol reçoit l'ordre de partir en reconnaissance avec une vingtaine d'entre eux qui ont été réarmés de vieux fusils anglais. La patrouille serpente autour des carcasses de chars calcinées et rentre sans casse à Bir Hakeim en ramenant en remorque une batterie de 25 livres italienne (à peu près semblable au calibre 88) avec un stock de munitions. Les Hindous semblent retrouver un peu de leur dignité perdue en paradant près de la prise tout de suite mise en batterie contre ses anciens propriétaires.

« Heureusement qu'ils sont là, les fakirs, se réjouit Delsol, car nous ne sommes plus que vingt à la section... Ça ne ferait pas lourd, au cas où... »

Le renfort affamé profite du départ à vide du convoi de ravitaillement pour monter vers le nord. Laborde a sa mine des bons jours après leur départ. Il annonce que les armées allemandes engagées en U.R.S.S. souffrent mille morts dans la région de Kharkov.

— Et puis, conclut-il, il paraîtrait que Rommel en personne est maintenant dans nos parages... C'est beaucoup d'honneur qu'il nous fait en venant nous rendre visite avant de battre en retraite, comme l'annonce l'état-major anglais. Le général Auchinleck semble prêt quant à lui à appliquer son plan de contre-attaque générale...

– Espérons qu'il soit bon, lâche simplement Delsol, au moment où une attaque aérienne fait s'enterrer les défenseurs de Bir Hakeim.

Des camions brûlent en ronflant. Des cris de douleur, des ordres se mêlent au tumulte. Entre les assauts des stukas et les pilonnages de l'artillerie lourde allemande, la contre-attaque ordonnée s'engage. Le bataillon du Pacifique quitte Bir Hakeim avec une batterie de 75 et quelques pièces de D.C.A.

– Ils vont, informe Laborde, bousculer les Italiens qui occupent Rotonda-Segnali, à l'ouest... Ils attendront là-bas la 7e brigade motorisée et la 4e brigade blindée... Comme ça, nous ne serons plus tout à fait encerclés et nous pourrons tranquillement les rejoindre...

Les Marsouins endurent les bombes en regrettant de n'être pas, eux aussi, sortis du piège laminé par un soleil d'enfer. Un projectile tombe à 11 h 45 sur un élément de D.C.A. d'Amyot d'Inville.

– Un vrai massacre! annonce un Marsouin lorsque les dégâts ont été estimés à sept morts et un blessé grave...

Les morts sont rapidement ensevelis. Quelques sakos d'Amyot d'Inville ont tout juste pris le temps d'épousseter leurs tenues de combat pour leur rendre de brefs honneurs. Les bombardements s'intensifient. Les avions allemands jaillissent de tous les coins du ciel en meutes hurlantes. La position de Delsol se transforme en volcan dans l'explosion d'une bombe de cinq cents kilos. Deux Marsouins se relèvent, hagards, sous les retombées du sable et des débris de caisses. Il bondit vers eux.

– Ça va?

Les deux fantômes vacillants ne saignent pas. Bouche bée, ils écarquillent tout grands leurs yeux rougis.

– Binio! Villedame! insiste le Gascon en les secouant. Ça va?

Les deux zombies fixent leur chef de section sans parler, l'air absent. Ils ne reconnaissent pas plus le sergent-chef Pivette.

— Malapeste! gronde alors Delsol. Ils n'ont plus leur tête...

Laborde profite d'une accalmie pour accourir.

— Parlez-leur, mon capitaine...

Le jeu des questions sans réponses repart.

— Ils sont commotionnés, laissons-les retrouver leurs esprits...

L'artillerie allemande prend le relais des aviateurs. Les Marsouins, tapis sur le sol contre les parois vibrantes de leurs abris lézardés, ferment les yeux à chaque impact. Binio et Villedame émergent peu à peu.

— Qu'est-ce qui m'est arrivé, s'inquiète le premier en prenant Delsol à témoin. J'ai mal à la tête...

Le Gascon oublie le bombardement.

— Ça fait plaisir de te voir revenu parmi nous...

Villedame reprend à son tour conscience. Alors qu'une nouvelle attaque aérienne torture Bir Hakeim, Laborde lance à Delsol une boutade optimiste :

— On dirait bien que Rommel se fâche! Mais il crache ses derniers feux... Vous verrez que nous rejoindrons à l'aube les gars du Pacifique...

18

L'ultimatum

La colonne lancée sur Rotonda-Segnali est attaquée par une dizaine de Messerschmitt 109 pendant que les Panzer de Rommel la harcèlent. La mêlée confuse dure des heures. Lorsque les avions s'éloignent après avoir perdu quatre des leurs et que les blindés allemands cessent de tirer, onze véhicules français brûlent et, pendant le même temps, Bir Hakeim subit coup sur coup cinq attaques de Stukas. Les liaisons avec les P.C. anglais sont mauvaises. Les Français libres apprennent tout de même que Rommel a profité de la nuit pour déplacer vers eux deux divisions, la 90e légère et la Trieste italienne. Ils sont piégés, car leurs camions, mis à part ceux qui ont réussi à passer avec un maigre ravitaillement de bouche et d'obus de 75 et de 40, sont toujours à El-Adem. Delsol, dont la section placée en réserve doit servir de bouche-trou à la moindre demande, attend des instructions malgré la pagaille née des ordres et des contrordres.

– Le bataillon du Pacifique revient vers nous, l'avertit Laborde. Les Anglais ne parlent plus de contre-attaque. Ils nous ordonnent au contraire de tenir ici... Quelques jours seulement, juste le temps qu'ils se réorganisent...

Le Gascon peste contre le sort contraire en entraînant sa section à la défense d'un secteur pelé, jusque-là tenu par deux sections de Tahitiens et de Canaques. Des guetteurs avancés du bataillon de marche n° 2, qui tient toujours le nord-ouest du camp, donnent l'alerte à 9 heures. Venant du nord, une colonne de véhicules serpente vers eux à travers les sables surchauffés. Les légionnaires du 2e bataillon d'Amilakvari, commandés par le commandant Babonneau, ouvrent le feu sur sept automitrailleuses qui viennent de l'est. Loin derrière les blindés légers, une colonne de camions s'échelonne dans l'immensité.

— J'en compte plus de quatre-vingts, commente Delsol en détaillant le désert à la jumelle, et je ne les vois pas tous!

Une automitrailleuse brûle. Les autres blindés légers rebroussent chemin vers la ligne de camions immobilisée. Le silence s'impose soudain sur le désert.

— Qu'est-ce qu'on attend pour les arroser au 75, regrette le Gascon qui ne perd pas une miette du spectacle. Ce serait pourtant le moment...

Pour la première fois de la journée, le ciel est vide. Un véhicule léger ennemi, seulement occupé par son chauffeur et deux officiers brandissant bien haut deux drapeaux blancs, se présente à 11 heures à une chicane.

Les Marsouins aux traits ravagés par la veille et les privations suivent de loin le ballet sautillant des deux Italiens que des officiers français accueillent.

— Ils viennent peut-être négocier la reddition de leurs troupes! ne peut s'empêcher de plaisanter Delsol.

L'ambiance est trop lourde pour que la boutade fasse naître des sourires. Les Italiens disparaissent vers le P.C. de Kœnig.

Au loin, de minuscules pointillés plaqués sur l'immensité calme trahissent les mouvements des fantassins amenés à pied d'œuvre en camions.

— Chef, avertit un caporal, ils refoutent le camp...

Toujours brandissant les drapeaux blancs, les deux Italiens, très raides, saluent leurs homologues français.

— Ça a pas dû marcher très fort pour eux, estime Delsol lorsque leur véhicule disparaît dans un nuage beige.

A Laborde qui s'approche il demande :

— Qu'est-ce qu'ils voulaient, mon capitaine?

— Mon pauvre Delsol... Vous devez bien vous en douter... Ils sont venus apporter un ultimatum de Rommel...

— Et alors?

— Ils ont osé conseiller à Kœnig qu'il serait plus sage pour lui de nous confier à leur garde plutôt qu'à celle des Allemands ! Vous vous rendez compte...

— Guignols de Ritals ! gronde l'adjudant tandis que, marquant la fin de la trêve, des obus s'abattent et que le capitaine regagne à la course son P.C.

La chaleur se fait plus lourde encore. Les Marsouins ne peuvent plus déglutir. Ils n'ont plus à se partager que quelques fonds de cuves d'eau polluée par la rouille.

— Faites comme moi, mon adjudant, conseille un deuxième classe au moral inattaquable, mélangez-y un peu de dentifrice à cette saloperie de flotte... Vous verrez qu'elle passe mieux...

Delsol ne cesse pas de scruter l'immensité où dansent, dans des mirages irisés, les blindés ennemis.

« Il serait tout de même temps qu'on se repose un peu, songe-t-il. Je vais finir par voir des rats bleus un peu partout ! »

Ses hommes sont tous à bout de force, leurs lèvres tailladées de gerçures luisent dans leur barbe de quatre jours. Lui-même a renoncé au Razvite. Il titille d'un doigt ses dents à demi déchaussées. Laborde, qui a réussi à grappiller par-ci par-là quelques portions d'eau à peine consommable, revient sur sa position.

— Les nouvelles ne sont pas bonnes du tout, souffle-t-il en sueur. Les Anglais ne maîtrisent plus la situation... Tout ce dont ils sont sûrs, c'est que Rommel a pris la décision irrévocable de nous balayer...

Delsol néglige la stratégie d'ensemble.

— Nous, mon capitaine, on s'en fout de tout ça... Ce qui compte c'est ce qui se passe ici... Et ce n'est pas plus brillant... Le caporal Sauleau a été touché alors que je venais de l'envoyer vous porter un message... Les gars en ont marre, et je les comprends... Si encore ils avaient de quoi manger et boire correctement... Mais rien... Ils n'ont plus rien !

Laborde, qui a le visage aussi dévasté que ses hommes, les gencives en sang et les lèvres craquelées, n'a jamais vu son adjudant dans un tel état de rage. Il le considère un instant, semble chercher des mots pour le calmer, mais préfère rompre l'entretien et s'éloigner.

Le 3 juin à 9 h 10, deux chauffeurs anglais capturés la veille par les Allemands viennent apporter à Kœnig un nouvel ultimatum de Rommel. La garnison encerclée en prend connaissance après que son chef l'eut rejeté aussi vite que le précédent.

Une résistance prolongée occasionnera une effusion de sang inutile. Vous subirez le même sort que les deux brigades anglaises qui ont été anéanties hier à Got-Saleb. Nous cesserons le combat si vous hissez le drapeau blanc et si vous vous rendez sans armes dans nos lignes.

— Pendant qu'il y est, gronde Delsol, il n'a qu'à nous inviter à rejoindre les salopards qui étaient sur la couverture de leur torchon de *Signal* !

Les assiégés dans leur ensemble approuvent la décision de Kœnig. Ce dernier adresse à ses officiers un ordre général à 9 h 30.

Nous devons nous attendre, désormais, à une attaque sérieuse, tous moyens combinés (aviation, chars, artillerie, infanterie). Elle sera puissante. Je renouvelle mes ordres et ma certitude que chacun fera son devoir sans faiblir, à sa place, coupé ou non des autres.

Bien expliquer cela à tout gradé et homme.

Et bonne chance à tous !

L'aviation allemande multiplie ses attaques. Elle engage de plus en plus de bombardiers. Delsol en compte douze à la première incursion, dix-huit à la seconde, vingt-deux au quatrième passage d'enfer, et trente au dernier.

— De mieux en mieux ! ironise-t-il en s'adressant à Pivette. Combien seront-ils le prochain coup ?

Il reçoit, peu après le raid, l'ordre d'aller renforcer avec sa section un point d'appui du bataillon de marche n° 2. Il est à peine dans ses nouveaux abris que le ciel s'emplit à nouveau de vrombissements épais. Tout à son installation, il ne prend plus le temps de compter les appareils. La D.C.A. d'Amyot d'Inville crache ses obus de 40 à un rythme fou.

« Pourvu, espère le Gascon, qu'ils aient assez de munitions... Ils ne sont sans doute pas près d'être ravitaillés, les matafs ! »

Les flops sourds des pièces amies rythment pendant des minutes d'éternité les déchirements cuivrés des bombes. Deux bombardiers explosent en même temps, juste au-dessus de la section Delsol.

— Malapeste, éructe ce dernier en suivant la chute des débris noirs, il ne doit pas rester grand-chose des pilotes. Je voudrais qu'ils y passent tous...

Les avions s'éloignent. Des hommes courent entre les cratères de bombes. Leurs appels se mêlent aux derniers coups de départ des Bofors. Delsol fait le tour de sa position.

— Il n'y a pas de casse, le rassure Pivette.

Le 4 juin, les aviateurs allemands bombardent par sept fois les Français libres de plus en plus assoiffés. Les chasseurs de la R.A.F., qui ne s'étaient plus manifestés depuis trois jours, viennent troubler l'implacable rituel du pilonnage.

— Les Anglais attaquent en force au nord, annonce triomphalement Laborde entre deux alertes, nous allons pouvoir respirer !

La nuit s'écoule tranquille et bercée par des échos de canonnades venus du nord illuminé de place en place.

— Ça bouge, avertit un guetteur de Delsol alors que l'aube du 5 juin taille dans la brume éparse, on dirait que ça vient vers nous...

Un véhicule isolé, orné d'un large drapeau blanc à peine visible dans la nuit finissante, s'immobilise devant un poste de Légion. Un officier allemand, à la coiffe de casquette avachie derrière une aigle d'argent rigide, lunettes de protection contre le sable en sautoir sur la poitrine, salue le sergent qui vient à sa rencontre.

— Je voudrais voir l'officier qui commande la place, lui demande-t-il en écorchant le français d'une manière affreuse.

Le sous-officier légionnaire lui répond en usant d'un allemand parfait.

— On ne peut pas déranger le général à pareille heure... Il est trop tôt !

L'émissaire de Rommel accuse l'affront.

— Alors, demande-t-il en se contrôlant avec difficulté, est-ce que quelqu'un parle anglais ici ?

Un sous-lieutenant de la 13e D.B.L.E. a suivi le début de la conversation. Il vient vers l'Allemand, l'air moqueur.

— *Yes, sir...*

Le parlementaire impatient n'a pas le temps de s'exprimer dans la langue de Churchill.

— Je parle anglais, poursuit en effet le sous-lieutenant, mais je vous conseille de filer en vitesse car il se pourrait bien qu'on vous tire dessus ! Compris ?

L'officier allemand sort un papier de sa poche de vareuse. Durcissant le ton, il recule pour se placer dans le faisceau de ses phares et lit un texte que les légionnaires ne prennent pas le temps d'écouter. Vexé, il froisse l'ultimatum de Rommel, le jette sur le sable tassé, remonte sans saluer dans son véhicule, et donne à son chauffeur l'ordre de rebrousser chemin.

Des lazzis accompagnent le départ du parlementaire pendant que le sous-lieutenant va rendre compte au P.C. d'Amilakvari. Ils se transforment en éclats de rire lorsque la voiture saute sur une mine, à seulement quelques dizaines de mètres, et que ses occupants indemnes se lancent à la course vers leurs lignes.

Le récit de l'événement fait le tour de la position et redonne un peu de cœur à ses défenseurs.

— Rommel, avance seulement Delsol en abrégeant les commentaires de ses hommes hilares, va prendre ça très mal... Tant mieux, car plus vite il attaquera, plus vite on en finira... On tiendra le coup, quoi qu'il arrive !

19

L'étau se resserre

Les Anglais annonçent au général Kœnig que Bir Hakeim a été cité à l'ordre de la 8e armée britannique. Winston Churchill adresse ensuite un message d'encouragement à la garnison.

— Peut-être, espère Delsol pendant que la nouvelle encourageante fait le tour des fortins ensablés, qu'on parlera de nous en France... Pour prouver au pays qu'on ne lâche pas le morceau...

L'artillerie allemande pilonne le 6 juin, de l'aube à midi. De nombreux obus se fichent dans le sable sans exploser. Delsol, une fois de plus placé en soutien d'une unité saignée à blanc, est rappelé au P.C. de Savey. Il y retrouve Laborde tout décomposé.

— Votre copain Doye est mort ! Sa pièce de 75 a été frappée de plein fouet, poursuit l'officier. Il n'a pas souffert...

Le Gascon, essoufflé par la course au travers des abris ravagés par les obus allemands, sent ses jambes se dérober. Une boule de nerfs nouée au fond de sa gorge sèche l'empêche de répondre. Il songe aux dizaines d'autres combattants qui meurent un peu partout dans Bir Hakeim. Aux dizaines de blessés qui emplissent les tentes de l'hôpital en espérant l'évacuation.

De mauvaises nouvelles du reste de la bataille ajoutent

encore à sa morosité. Les Anglais n'ont pas réussi à repousser les colonnes de Rommel diaboliquement engagées en tenaille.

Profitant de la pression de l'artillerie, une colonne d'une vingtaine de blindés vient au soir frôler la position en tiraillant.

— Ils tâtent le terrain avant la curée, estime Delsol.

Puis, précédée de drapeaux blancs, une seconde colonne allemande vient récupérer les blessés d'une attaque lancée dans la matinée. La trêve se poursuit dans les premières heures de la nuit, violée de temps en temps par quelques volées d'artillerie.

Un convoi de ravitaillement, dont les camions sont conduits par des quakers objecteurs de conscience et désarmés, réussit à s'infiltrer entre les unités ennemies. Il se présente au large de Bir Hakeim à l'aube brumeuse du 7 juin. Bellec, un aspirant du bataillon de marche n° 2, prend la tête d'un petit élément pour aller à sa rencontre au travers des lignes allemandes. La chenille de camions et de citernes, couverte sur ses flancs au long des derniers kilomètres par un détachement de la 13e D.B.L.E. commandé par le capitaine Messmer, parvient dans la position noyée dans la brume. Les assiégés reçoivent chacun une maigre ration d'eau et de quoi se sustenter au minimum pendant trois jours.

Kœnig décide de profiter des véhicules pour se séparer des blessés et des quelque quatre cents prisonniers allemands et italiens qui l'encombrent.

Prise sous le feu allemand, la plus grosse partie des camions rentre au camp. Quinze véhicules ont tout de même réussi à passer. Puis l'étau allemand se resserre encore. Bir Hakeim subit pendant des heures des bombardements aériens et des laminages d'artillerie. Les Allemands engagent de très près des pièces de 50. Les artilleurs français ont du mal à suivre leurs déplacements rapides. La R.A.F. vient se mêler à la bataille à midi.

Un Marsouin dépenaillé vient se plaindre à Delsol :

— J'ai trop soif, chef... J'ai rien bu depuis la ration de ce matin...

Le Gascon reconnaît qu'il ne reste plus une seule goutte d'eau sur sa position.

— Vous n'avez qu'à vider les radiateurs des véhicules, conseille-t-il. C'était bon pour les Hindous... Ça le sera aussi pour nous...

Ecœurés, les assoiffés mêlent du dentifrice à l'eau huileuse et tiède. Des hurlements de joie les arrachent soudain à la religieuse dégustation de leur mixture : ils saluent la destruction d'une pièce de 50 allemande. Le soleil décline à l'ouest. Les avions libèrent le ciel mauve. Les blindés allemands vont se replacer en ligne d'attente au lointain. Les artilleurs français cessent bientôt de les poursuivre de leurs tirs. Le calme retombe sur Bir Hakeim. Les veilles sont renforcées sous les lueurs blafardes des fusées éclairantes. Les Marsouins dorment très peu, Delsol pas du tout.

— Il faut nous tenir plus que jamais sur nos gardes, explique-t-il à Laborde qui venait lui conseiller de prendre un peu de repos. Les Boches peuvent nous tomber dessus d'un moment à l'autre... Tout leur cirque d'hier n'était qu'une répétition générale...

Les deux hommes apprécient le long répit. Ils parlent à voix basse, de tout et de rien, comme les mots leur viennent. Delsol se laisse aller à évoquer les siens, son père gazé en 17, sa mère et ses deux frères. Laborde l'écoute en fixant la mer de mines, puis il raconte les Landes, son pays.

« Ça m'a fait du bien de parler avec lui en faisant comme si cette malapeste de guerre n'existait plus », songe le Gascon lorsque l'aube du 8 juin s'annonce.

Le secteur tenu par les Marsouins est calme jusqu'à 7 heures. Puis le ciel s'emplit d'avions lorsque la brume se dissipe un peu.

— Je n'en ai jamais vu autant, grommelle Delsol. Il y en a plus de cent ! Et je ne compte pas les chasseurs...

Bir Hakeim redevient un enfer.

— Mon adjudant, hurle soudain un deuxième classe, Select est touché !

Le Gascon bondit vers un Marsouin au bras ensanglanté et affalé grimaçant contre des sacs de sable crevés.

— C'est rien... On va te recoudre en vitesse... Serre les dents...

Le blessé se remet sur ses jambes. Deux de ses compagnons profitent d'une accalmie pour le soutenir jusqu'à l'hôpital. Le feu s'intensifie. Tout le monde se terre. Seules des estafettes porteuses de messages courent de temps en temps au ras des abris matraqués. Delsol reconnaît dans la tourmente la haute et maigre silhouette familière d'Amyot d'Inville. L'officier de marine que toute la garnison appelle depuis longtemps *L'Amiral* est coiffé d'une vieille casquette au bleu devenu violet sous le soleil et suivi de Bob, son berger allemand. Il va et vient, indifférent au feu, pour soutenir l'ardeur de ses fusiliers marins.

Quelques nouvelles du front filtrent du P.C. de Kœnig qui a renvoyé depuis quelques jours Miss Travers vers les brigades anglaises.

— Rommel, explique Laborde à ses chefs de section, a fait venir de l'artillerie lourde de Tobrouk... Nous devons nous attendre à un nouveau concert...

Delsol grommelle :

— Un peu plus ou un peu moins de musique... Ça ne changera pas grand-chose !

Puis il retourne vers ses hommes juste au moment où les Allemands jouent les premières mesures du récital annoncé par le grand Landais. A la jumelle, Delsol distingue les formes fugaces de quelques fantassins progressant à l'abri des blindés relancés à l'assaut.

La bataille se circonscrit au nord-est de Bir Hakeim. Delsol subit le feu sans pouvoir riposter. Douze bombes inexplosées se plantent autour de sa position.

— Un élément du Génie va venir les détruire, lui annonce Laborde. Tenez-vous prêts à bouger dès qu'il arrivera...

L'explosion du chapelet de bombes met un point d'orgue au vacarme. De sa nouvelle position, Delsol est aux premières loges pour suivre un assaut allemand.

— Ce ne sont pas des soldats, grommelle-t-il, mais des robots !

Des fantassins courent au milieu des geysers soulevés par les explosions. Ils avancent sans se retourner vers ceux qui tombent sous les balles et les éclats français. Leurs mitrailleurs alourdis de caissettes de bandes plongent derrière des monticules pour se mettre en batterie. L'élan inhumain se brise pourtant sur un mur de feu. Les blindés d'accompagnement reculent. Les voltigeurs, dans un ballet bien réglé, sans panique, les rejoignent par vagues successives. Des formes demeurent plaquées sur le sable, bras en croix ou recroquevillés.

— Pivette, crie Delsol lorsque l'attaque a été tout à fait repoussée, le capitaine te demande...

Le sergent-chef rejoint Laborde à la course.

— Vous devez aller, s'entend-il ordonner une fois parvenu au P.C. de la compagnie, reconnaître les ruines du fort... J'ai déjà envoyé deux hommes par là-bas, mais ils ne donnent pas signe de vie... Soyez prudent!

Ayant parcouru cinq cents mètres à la course, Pivette profite d'une accalmie pour observer le terrain qui lui reste à parcourir.

— Bon sang! jure-t-il en portant le regard au-delà des ruines où rien ne bouge. Les Boches sont tout près...

Des fantassins sautent à bas de quelques blindés légers frappés de croix rouges, et courent vers les blessés de l'attaque avortée. Respectueux des conventions de Genève, les Français libres les laissent faire sans tirer. Pivette profite de la trêve pour courir jusqu'au fort.

— Tu peux dire au capitaine que ça va par chez nous, lui confie le chef de poste. Les Boches n'ont pas réussi à arriver jusqu'à nous...

Le sergent-chef repart vers le P.C. juste au moment où les Allemands, ayant mis leurs blessés à l'abri, redonnent le signal de la bataille. Il zigzague entre les impacts de 50 et se jette à bout de souffle dans le P.C de Laborde.

— Tu as eu chaud, lui fait remarquer Delsol. Mais tu aurais pu tout aussi bien rester là-bas, puisqu'on doit aller renforcer le bataillon du Pacifique, et qu'on va passer par le fort...

Le Gascon part le premier. Pivette ferme la marche. La progression est tout de suite prise à partie par une pièce de 50. Le fond du désert, au sud, s'empanache de fumée.

« Ce sont certainement les Anglais, prend le temps d'espérer Delsol. Ils viennent à la rescousse... »

Se désintéressant de la bataille lointaine, le Gascon a choisi l'itinéraire idéal qui le mènera au ras du fort pendant que des nouvelles salves de 50 se mettent à pleuvoir.

— Les copains ne suivent plus, gronde-t-il en accélérant pour sortir de la mauvaise passe.

Les quelques Marsouins qui ont réussi à franchir le rideau de fer et de feu, haletants, tassés contre des débris de positions abandonnées, le fixent.

— Tant pis, leur lance-t-il dans les éclatements d'obus, on continue sans eux !

Pivette, loin derrière, se demande pourquoi ses hommes ne bougent plus. Il avance de quelques mètres vers eux, se rejette en arrière sous une volée de balles de mitrailleuse.

— Pas moyen de passer, lui hurle un voltigeur tapi contre une Morris calcinée.

« Delsol l'a bien fait, se dit-il. Pourquoi pas nous ? »

Repartant d'un bond rageur, le sous-officier se propulse à l'abri d'un petit remblai qui servait à guider l'eau de pluie vers une citerne maintenant crevée en contrebas. Une rafale l'oblige à stopper à nouveau.

« Ce n'est peut-être pas moi qu'elle visait », envisage-t-il en se retournant pour essayer de voir où est le reste de la section.

Une nouvelle tentative de passage lui attire une seconde rafale de mitrailleuse.

« C'est vraiment à moi qu'ils en veulent ! »

Il réussit, au troisième bond, à franchir la zone battue par le feu et il rejoint le Gascon à l'abri d'une murette écroulée.

— Où sont les autres ?

— Derrière... Ils ne peuvent pas passer...

Delsol étudie le barrage de feu. Et le juge infranchissable.

— Tu parles d'un beau renfort qu'on va offrir aux gars du Pacifique ! lâche-t-il l'air mauvais.

Il décide de demeurer en attente entre les quatre murs croulants.

Des tirs allemands encadrent le fortin, puis le silence s'empare de la position. Delsol, impatient, guette l'arrivée de ses hommes qui le rejoignent un à un après avoir fait de grands détours.

— Ça devient lassant, ce silence, leur lance-t-il au bout d'une demi-heure. On va voir si les Boches sont toujours là...

Se défaisant de son casque plat, il le hisse au-dessus du mur au bout d'un bâton. Une rafale rase la murette.

— Ils sont bien là ! Mais ils ont raté mon casque...

L'adjudant provoque plusieurs fois l'ennemi. Ses compagnons le regardent d'un air inquiet.

— Ils ne risquent pas de nous faire grand mal à tir tendu, les rassure-t-il.

Une explosion épaisse l'oblige à recoiffer son casque de Tommy.

— Ils ont amené un mortier ! reconnaît-il en une fraction de seconde. J'aurais pas dû les asticoter !

Les petits obus ravagent l'alentour de l'abri. Un obus tombe entre les pans de mur. Sibi, un caporal, hérite d'un éclat dans le pied.

Comme les derniers retardataires rejoignent la position matraquée, Delsol donne le signal du départ. La section rejoint sans encombre le bataillon du Pacifique à la nuit tombée. Un adjudant venu à sa rencontre conseille à Delsol de s'installer tout contre sa position bouleversée.

— Ça a été dur ? avance le Gascon dans les éboulis.

— J'ai eu de la chance ! Je n'ai pas un seul blessé dans tout le fourbi !

Un infirmier guide Sibi vers un poste de secours. Delsol va aux ordres. Il est tout étonné de rencontrer le commandant Savey au P.C. du bataillon du Pacifique où l'ambiance est lugubre.

— Le colonel Broche a été tué dans la journée... En

même temps que le capitaine Duché de Bricourt ! lui souffle un Marsouin.

— Dire qu'il avait deux fils, se souvient le Gascon.

Une tente de l'hôpital de Bir Hakeim est touchée par un obus de gros calibre un peu après 20 heures. Des sauveteurs courent en hurlant vers le cratère. Ils extraient une vingtaine de cadavres du magma de toile hachée et de lits Picot brisés. Delsol serre les poings.

« Les Boches ont encore alourdi leur dette ! » grommelle-t-il en fermant les yeux.

Une fois revenu près de ses hommes, il prend connaissance du message que Kœnig a adressé à la garnison dans l'après-midi.

Nous remplissons notre mission depuis quatorze nuits et quatorze jours. Je demande que ni les cadres ni la troupe ne se laissent aller à la fatigue. Plus les jours passeront, plus ce sera dur : cela n'est pas pour faire peur à la 1re brigade française libre.

Que chacun bande ses énergies. L'essentiel est de détruire l'ennemi chaque fois qu'il se présente à portée de tir !

— Comptez sur nous, mon général, promet Delsol installé à son nouveau poste de guet.

20

Dernier jour en enfer

La nuit s'écoule dans le calme, à peine troublée par l'atterrissage d'un avion de ravitaillement qui se pose sur une piste damée par les roues des camions et les chenilles des blindés.

« C'est sans doute le dernier qu'on verra avant longtemps », imagine Delsol lorsque l'appareil reprend l'air après avoir déposé des messages pour le général Kœnig, un ultime viatique de cent soixante litres d'eau, et s'être chargé de quelques blessés triés parmi les plus gravement atteints.

Les défenseurs de Bir Hakeim étouffent les feux qui balisaient la courte piste crevée de cratères de bombes. Le ronronnement de l'appareil décroît, devient un simple souffle. Le silence s'empare de la position.

Un peu avant l'aube, Delsol décide de profiter du dernier répit pour envoyer son adjoint et quelques hommes récupérer des munitions et leurs affaires personnelles sur son ancienne position.

Sautillant au travers des points de défense bouleversés, les Marsouins de Pivette se hâtent dans les premières pâleurs du jour patinées par un brouillard épais. Comme ils tardent à revenir, Delsol craint le pire, mais se rassure en les voyant sortir de la brume au bout d'une heure.

« Cette fois, reconnaît-il en les dévisageant lorsque Pivette l'a rejoint, ils sont à bout... Et moi aussi ! »

— Où est-ce que vous étiez?

Pivette hausse les épaules.

— Nous nous sommes égarés dans le brouillard... On a attendu le jour.

Les Marsouins, grelottants dans leurs tenues souillées de sable humide, se remettent en veille après avoir distribué les munitions rapportées. Laborde les rejoint peu après. Des ronflements de blindés écourtent sa visite.

— Ça bouge déjà, je file auprès du commandant.

Delsol, un mousqueton en bandoulière, braque ses jumelles.

« Il est déjà 8 heures et on n'y voit pas à cent mètres avec ce foutu brouillard qui ne se décide pas à se lever, remarque-t-il. Les Boches ont toutes les chances... ».

Peu à peu effilochées par le soleil, les nuées de brume s'écartent.

— Malapeste ! hurle alors Delsol. Regardez... Ils sont là !

Une compagnie allemande a profité de la brouillasse pour se couler au travers du champ de mines. Elle est à cent mètres des Français. Un de ses voltigeurs se hasarde droit vers la section de Delsol.

— Villedame, hurle ce dernier lorsque le feu se déchaîne, il est pour toi !

Le Marsouin vise la forme ondulante qui s'engage sous un glacis de barbelés. Il retient son souffle. Son index droit appuie sur la queue de détente de son mousqueton. La balle ricoche en miaulant contre un épi de barbelé. L'Allemand s'immobilise, relève la tête pour essayer de voir d'où on lui a tiré dessus. D'autres fantassins sont à sa hauteur.

— Maladroit, tempête Delsol. Regarde comme on fait !

Armant son mousqueton et l'épaulant dans la même seconde, il ferme l'œil gauche, vise et tire sans se soucier d'une rafale ennemie qui s'écrase contre le muret. L'Allemand meurt, recroquevillé sur le sable grisé de rosée. Le Gascon éjecte sa douille vide et engage une nouvelle balle dans le canon de son arme.

— Et voilà, lâche-t-il pendant que ses hommes ouvrent un feu d'enfer sur les Allemands qui reculent en abandonnant le voltigeur foudroyé.

La bataille fait rage tout autour de Bir Hakeim. Loin derrière les positions avancées, des vagues de bombardiers entament le rite quotidien du pilonnage. Les Bofors des fusiliers marins leur répondent.

— Pour une fois, avertit Delsol, nous n'aurons pas droit au matraquage... Nous sommes beaucoup trop près des Boches... Les aviateurs ne vont certainement pas risquer de mettre leurs petits copains en l'air...

Des blindés armés de pièces de 50 viennent prendre position au sud-est de Bir Hakeim. Des Bren carrier de la Légion les attaquent de front. Le choc est brutal dans les nuages de sable. Les képis blancs du capitaine Messmer réussissent une première fois à repousser au large les blindés allemands. Bergès profite d'une accalmie pour s'approcher de son chef.

— Vous avez tué un Boche, lui lance-t-il d'un air goguenard, c'est bien, mais normalement vous n'auriez pas dû l'avoir...

— Pourquoi donc?

— Eh ben, mon adjudant... Un chef de section normal n'a pas de mousqueton... Pas vrai?

Les Marsouins oublient la bataille pendant quelques secondes.

— Donc, poursuit leur camarade, vous êtes à l'amende de deux bouteilles de whisky! Nous les viderons quand nous serons sortis de ce merdier...

La R.A.F. entre dans le bal au moment même où les fantassins allemands relancent leur assaut. Delsol a découvert des caisses de munitions abandonnées par la section qu'il a relevée. Ses hommes ne lésinent pas sur les munitions. De nouveaux cadavres s'étalent devant eux. Transcendés par le combat, ils ne ressentent plus la fatigue sous les éclatements de mortiers mêlés aux crépitements des mitrailleuses Breda.

— Il y en a une là-bas! hurle un guetteur. Derrière l'ambulance...

Un chef de pièce allemand a profité d'une salve de mortiers pour aller poster sa mitrailleuse sous la carcasse calcinée d'un véhicule sanitaire détruit par une mine, à moins de cent cinquante mètres des Français libres.

Delsol fait revenir Bergès près de lui, qui est armé d'un fusil antichar.

— Fous-moi vite cette saloperie en l'air!

Le petit obus gicle en froufroutant. L'ambulance explose. Les servants de la Breda, torturés par la douleur, s'en éloignent en zigzaguant. Les balles des Marsouins les couchent sur le sable. Delsol échange un clin d'œil de triomphe avec le tireur qui ajuste un nouveau projectile à charge creuse sur son fusil.

La soif et la faim se font cruelles au fil des heures. Tout au combat, les yeux rougis par les effluves de poudre, les tempes endolories par le vacarme des explosions, les Marsouins l'endurent jusqu'au soir sans se plaindre. Delsol décide d'envoyer une équipe au ravitaillement.

— Débrouille-toi surtout pour nous rapporter de l'eau, conseille-t-il au caporal qui la commande.

Les ravitailleurs reviennent sous le feu. Ils ne sont chargés que de quelques boîtes de conserve et de biscuits de guerre.

— Et la flotte? s'inquiète leur adjudant en ne leur donnant pas le temps de souffler.

Le caporal hausse piteusement les épaules.

— Deux gourdes... C'est tout...

Les assiégés se partagent la maigre ration et, avant de manger les légumes de leurs boîtes, ils en sirotent le jus pour se désaltérer.

Dans le soir naissant, seuls quelques tirs de mortiers s'abattent encore sur l'abri de la section qui n'a subi aucune perte au cours du jour.

« C'est devenu bien calme par chez nous, s'étonne leur chef en mâchouillant une bouchée de corned-beef. Ça pète pourtant encore partout ailleurs. Faudrait pas que les Boches nous contournent! »

A la nuit, inquiet, il décide d'aller aux ordres au P.C. de Laborde après avoir confié le commandement à Pivette.

— Nos artilleurs n'ont presque plus d'obus, lui annonce le capitaine en devançant ses questions. Les Allemands sont partout... Ils se sont même par endroits infiltrés dans nos lignes...

— Pas chez nous, mon capitaine! Qu'est-ce qu'on fait?

— Les Anglais ont averti le général que nous devrons tenter une sortie de vive force car Bir Hakeim ne représente plus un élément capital dans leur dispositif...

Delsol est abasourdi.

— Alors, râle-t-il, ça aura servi à quoi que nous nous y cramponnions aussi longtemps...

— En résistant autant qu'on nous l'a demandé, nous avons permis aux Anglais d'acheminer des renforts autour d'El-Alamein, le but suprême de Rommel...

Le Compagnon de Quastina hoche la tête.

— Alors, c'est bien, lâche-t-il, je vais annoncer la bonne nouvelle aux copains...

Le capitaine le rattrape.

— Vous savez, Delsol, même si aucun d'entre nous ne s'en sort, nous aurons quand même gagné. Le monde entier est aux écoutes de notre bataille... De Gaulle a envoyé un message à Kœnig... « *Sachez et dites à vos troupes que toute la France vous regarde et que vous êtes son orgueil.* »

Emu, Delsol rejoint ses hommes.

— Alors? s'inquiète Pivette en venant à sa rencontre.

— On fout le camp en bousculant les Boches... Préparez votre barda...

21

A travers les lignes de Rommel

Bir Hakeim s'anime dans les premières heures de la nuit. Allant et venant des P.C. bataillonnaires à leurs sections, les officiers de la garnison préparent la sortie prochaine.

— Voilà comment nous allons tenter la percée, explique Laborde à Delsol. L'infanterie doit se glisser dans une trouée de mines qui va être pratiquée au sud-ouest par le Génie... Puis nous devrons percer les lignes ennemies sur une largeur de quinze cents mètres environ, pour permettre le passage des véhicules qui amèneront les blessés et les armes lourdes...

Attentifs au moindre mot, les Marsouins sont plus graves que jamais.

— Des unités anglaises sont déjà prêtes à nous recueillir, poursuit Laborde. A une quinzaine de kilomètres... Il faudra suivre une route à 213 degrés pour les rejoindre... Vous, Delsol, vous partirez avec le bataillon du Pacifique... Le mouvement commencera à 23 heures...

Le capitaine retourne à son P.C. pour détruire les documents de la compagnie. Les Marsouins enterrent leurs couvertures et les caissons de matériel dont ils ne peuvent s'alourdir, crèvent au poignard leurs dernières boîtes de conserve. Ils piègent des grenades là où l'ennemi sera tenté de fouiller, sous des caisses de munitions vides, dans des vêtements, autour des canons de 25 sabotés.

Puis, suivant les ordres de Laborde, le Gascon fait donner ses fusils-mitrailleurs dans tous les azimuts.

— Allez-y de bon cœur, conseille-t-il aux tireurs, il ne faut pas que les Boches puissent s'imaginer que nous sommes sur le point de filer en douce... Et il faut couvrir le boucan que font les copains pour désensabler les véhicules...

Bir Hakeim, malgré les précautions, bruit de rumeurs inhabituelles. Delsol attend encore pendant un quart d'heure le retour de deux caporaux partis chercher un dernier ravitaillement au P.C. de Laborde. Puis, ne voyant revenir que le caporal Brusson, l'un des Compagnons de Quastina, il le hèle.

— Où est Palayret ?

— Il est resté avec le capitaine...

Delsol râle sec, puis se contrôle.

« Les ordres sont faits pour être obéis, mais moi aussi j'aurais préféré me risquer hors de ce trou à rats avec les copains de la compagnie. »

Des blessés intransportables sont laissés à l'hôpital bien balisé de larges croix rouges. Des Hindous qui n'avaient pu être évacués se tapissent dans les abris libérés par les Français libres. Le 3e bataillon de Légion sort le premier de Bir Hakeim. Quelques Bren carrier font exploser des mines.

— C'est pas bien grave, commente Delsol, ça s'entend à peine dans le vacarme des armes qui tirent encore. Ça va bientôt être à nous... Tu n'as rien oublié, Pivette ?

Le sergent-chef grimace.

— Le gros de mes affaires est resté sur notre première position avec ma solde de quatre mois...

Delsol éclate de rire.

— Tu les retrouveras peut-être tes cinquante livres égyptiennes... Quand nous viendrons réoccuper notre paradis...

Les Marsouins attendent l'ordre de départ. Les explosions de mines se font plus nombreuses. Le ciel est clair comme jamais. Le long et large halo de la Voie lactée le tranche net.

— Tenez, annonce le Gascon en l'indiquant du bras, si vous vous perdez vous n'aurez qu'à la suivre, elle donne juste au 213...

Le 2e bataillon d'Amilakvari s'engage à son tour dans le goulet déminé. Le bataillon du Pacifique piétine en colonnes.

— C'est à nous ! ordonne enfin Delsol.

Une fusée éclairante jaillit soudain des lignes allemandes, puis le ciel s'illumine tout entier. Toutes les pièces de Rommel crachent la mort. Des groupes de fantassins affolés refluent vers Bir Hakeim. Des rafales de mitrailleuses allemandes les hachent. Delsol a du mal à se diriger dans la pagaille hurlante.

— On avait pris l'habitude de se repérer aux véhicules, souligne-t-il calmement, mais maintenant qu'ils ne sont plus là, c'est une autre paire de guêtres !

Roudaut, le commandant de la 2e compagnie du bataillon du Pacifique, passe près de la maigre section. Pivette le hèle :

— Qu'est-ce qu'on fait, mon capitaine ?

L'officier tend le bras vers la mêlée confuse.

— Tentez votre chance par petits groupes !

Puis il se fond dans la masse. Delsol décide de garder sa section groupée.

— Si on doit réussir à passer, leur hurle-t-il, ça sera tous ensemble !

Sa voix rauque porte à peine dans le concert des explosions, les enragements de moteurs et les grincements de chenilles aux barbotins mal huilés. Les Marsouins enjambent des morts. Des blessés fous de terreur tombent de leurs camions. Ils sont relevés, empoignés, réentassés au hasard dans des véhicules patinant dans les fondrières du sable ravagé par la ruée.

« Cette fois, se dit Delsol, nous y sommes vraiment, en enfer ! »

Rameutée en bouche-trou, une compagnie allemande dotée de mitrailleuses lourdes Breda se déploie au ras de la ruée désordonnée. Les Marsouins se jettent au sol sous ses rafales.

— Il faut avancer, malapeste de malapeste, éructe leur chef. Nous crèverons tous si nous restons ici...

Subjugués, les Coloniaux se ressaisissent et le suivent. Des véhicules les dépassent et sautent devant eux sur un fouillis de mines. Leurs occupants poursuivent la route à pied en soutenant leurs blessés.

— Merci, les gars, trouve la force de plaisanter Delsol en les rattrapant, vous nous avez ouvert le passage !

Les ombres des Marsouins lancés à la course dans les lueurs dansantes des fusées éclairantes s'allongent au flanc des dunes caillouteuses fouaillées par les explosions d'obus. Le groupe Delsol vient buter contre le P.C. de Savey.

— Qu'est-ce que je fais, mon commandant ? La section à laquelle vous m'aviez rattaché est restée plantée dans des trous, loin derrière...

— Mon pauvre Delsol, la surprise n'a pas été aussi totale que nous l'espérions ! Continuez au 213... Si vous tombez sur les Allemands, vous savez très bien quoi faire... Que Dieu vous garde !

Le Gascon donne l'ordre d'avancer encore.

« Il a, songe-t-il lorsqu'il a perdu le dominicain de vue, le même air absent que je lui ai vu en disant la messe... J'ai eu l'impression que ses yeux me bénissaient... »

Les formes floues de quelques dizaines d'Allemands apparaissent dans les halos de la bataille.

« Ils font des cibles idéales ! apprécie Delsol après avoir fait stopper sa progresion. C'est dommage, mais nous ne sommes pas là pour casser du Teuton... »

Il rameute ses hommes autour de lui, à l'abri d'un tertre.

— Ils ont l'air de nous attendre... On dirait bien qu'ils connaissaient notre cap ! Séparons-nous en deux groupes pour passer plus au nord-ouest...

Les Marsouins et un légionnaire égaré qui s'est incorporé à la section opinent. La marche forcée reprend. La première partie du plan réussit. Les mitrailleuses allemandes se déchaînent contre une unité plus mal engagée. Delsol ouvre la marche, suivi d'un tireur au fusil-mitrailleur qui a reçu l'ordre d'ouvrir le feu au-dessus de lui au cas où il se jetterait à terre. Ses hommes trouvent la cadence trop vive. Il leur accorde un peu de répit au bout de deux kilomètres.

— Malapeste, tempête-t-il, les autres ne suivent pas !

Loin vers le nord-est, Bir Hakeim est auréolé de lueurs rougeâtres jaillissant des véhicules incendiés. Des chapelets de balles traceuses marquent net la ligne des positions allemandes.

— Le plus dur est fait, affirme Delsol. On peut attendre les autres...

Comme rien ne vient au bout de vingt minutes d'angoisse, il donne l'ordre de repartir. Les bruits de la bataille s'éloignent, ouatés par le brouillard épais qui s'abat sur le désert.

— Ça, jubile le Gascon, c'est bon pour nous... On va se remettre au 213...

Le groupe marche longtemps dans la brume. Des bruits de moteurs montent dans la nuit. Les Marsouins sont tentés de se rabattre vers eux. Delsol les en empêche.

— Ce sont des Boches ou des Ritals... On continue comme ça...

Il est 5 heures. D'autres groupes épars serpentent dans le sable. Le Gascon et ses hommes, assoiffés, essoufflés, mordus de crampes, essayent de distinguer au large les trois feux rouges en triangle qui devraient marquer le point de ralliement.

— Le voilà, s'égosille un Marsouin, regardez, mon adjudant... Là-bas!

Enfin délivrés de leurs angoisses, les Marsouins s'embrassent, se claquent le dos, s'étreignent en riant. Delsol les regarde faire.

— Oh, leur lance-t-il faussement bourru, vous croyez tout de même pas que la guerre est terminée? En route!

Le groupe tombe deux cents mètres plus loin sur un char anglais dont les occupants les mettent sur la bonne voie. Le recueil est vite atteint. Les Marsouins parcourent les dernières centaines de mètres à la course, oubliant la fatigue et les crampes.

Le chauffeur d'un camion tend un bidon à Delsol.

— Bon Dieu que c'est bon l'eau pure! souffle-t-il le menton dégoulinant.

Accusant soudain le contre-choc des émotions de la nuit infernale d'enfer, il ferme ses paupières gonflées et brûlantes de larmes, s'écarte de ses hommes et pleure en espérant que le reste de la compagnie aura eu autant de chance que lui.

Quatrième partie

D'EL-ALAMEIN À TUNIS

22

Le retour à la vie

Les Marsouins ne réalisent pas qu'ils sont sortis de l'enfer. Les Anglais du recueil les obligent à monter dans un camion. Delsol ne se décide pas à obéir. Il court parmi les grappes d'arrivants harassés pour regrouper ceux de sa compagnie.

— Personne, avoue-t-il d'une voix rauque à Pivette dont le visage semble rétréci par la fatigue, nous sommes les premiers.

Roulant au pas, des véhicules sortent de la brume. Des légionnaires, des tirailleurs, des fusiliers marins qui se laissaient traîner par eux dans le sable puisent dans leurs dernières forces pour courir vers le salut. Un gradé anglais prend le Gascon par le bras.

— Il faut partir, insiste-t-il. Nous allons vous conduire à Gambut.

L'adjudant s'arrache au spectacle des hommes hagards qui affluent. Son camion s'éloigne de la centaine de véhicules établissant une noria vers Gambut. Une fois parvenu au camp de regroupement et de tri où reprennent déjà des forces quelques poignées de Français libres des unités motorisées, il reconnaît de loin un légionnaire d'Amilakvari et court vers lui en dévalant un tertre.

— Tu n'as pas vu le capitaine de Laborde?

Le képi blanc, allongé à l'arrière d'un Bren carrier au

blindage tavelé d'impacts de balles, sourit d'un air las. Ses yeux sont vides, ses lèvres sèches ne sont plus qu'un trait au milieu de sa barbe sableuse.

— On n'a pas vu grand-chose dans tout ce cirque...

Delsol s'éloigne en se demandant s'il a le visage aussi défait que son ami. Il n'est pas encore arrivé près des siens qu'un joyeux brouhaha le saisit. Quelques Marsouins à peine descendus de leurs camions s'agglutinent autour de lui. Ils lancent des noms en vrac, l'œil enfiévré, espérant une réponse le plus souvent vaine.

— Et le capitaine ? s'inquiète à nouveau le Gascon.

Laborde, qui a dû descendre d'un véhicule garé de l'autre côté d'un talus, s'impose en ombre chinoise dans le soleil levant.

— Delsol, laisse-t-il échapper en dévalant la pente sablonneuse, vous êtes là ?

— Oui, mon capitaine, et tous mes gars valides aussi... Sauf Palayret qui est resté avec vous, le sergent-chef Delsaux et Bergès, que j'avais envoyé à la compagnie antichar...

L'officier serre la main de son chef de section, le fixe dans les yeux, et lâche :

— Merci !

L'adjudant est à nouveau au bord des larmes.

« Malapeste, se morigène-t-il en se lançant à la course vers un nouveau groupe de rescapés, je m'amollis... Faut faire attention ! »

Le caporal Palayret est lui aussi sorti de l'enfer, comme Sibi et le second blessé de la section.

— C'est un miracle, laisse échapper l'adjudant, il ne manque plus que Bergès et Delsaux... Je vais finir par croire qu'on s'en sort tous !

Palayret explique pourquoi il n'avait pas rejoint la section à Bir Hakeim.

— C'est pas grave, le coupe Delsol, ce qui compte c'est que tu sois là...

— J'avais pas retrouvé mon sac, mon adjudant, insiste le caporal. J'ai perdu du temps à le chercher... Puis j'ai pris votre musette, celle qui contient le fanion de la section...

L'adjudant s'empare de l'emblème naïvement brodé et

chiffonné, le défroisse machinalement, le réenroule soigneusement sur sa courte hampe.

— Il n'aurait pas fallu le laisser aux Boches ! Va te reposer avec les autres, tu l'as bien mérité...

D'autres sections du bataillon n'ont pas eu le même bonheur. L'ambiance est morose au soir, malgré les encouragements prodigués par les Britanniques subjugués par l'exploit de leurs alliés. Elle devient sinistre lorsque Laborde vient annoncer :

— Le commandant est mort !

Le regard lumineux du prêtre-soldat s'impose en une fraction de seconde à Delsol.

« Il l'avait pressenti », songe-t-il.

La liste des morts s'allonge au fur et à mesure que les sections et les compagnies se regroupent. Les gradés font et refont des appels, refusant l'évidence. A l'aube du 12 juin, Laborde fait le point avec ses gradés.

— D'après les premières estimations, nous avons eu cent vingt-neuf morts dont quinze au bataillon et cent quatre-vingt-dix blessés, dont vingt-sept pour nous au cours de la sortie...

L'adjudant répète à plusieurs reprises son juron favori.

— En plus, nous devons compter cinquante-trois disparus, rien que pour nous, et il y en a un millier en tout ...

Delsol subit l'avalanche de chiffres comme une insulte personnelle.

« Quand je pense que nous n'étions que trois cent quarante au bataillon... »

— Lucien Vanner est mort, précise l'officier à son intention.

Le Gascon ferme les yeux une fraction de seconde pour recevoir le coup.

« Encore un Compagnon de Quastina qui s'en est allé... ».

Le camp s'organise. Les blessés les moins atteints sont soignés sur place. Les Marsouins touchent du ravitaillement de bouche, mais rien pour se protéger du froid de la nuit. Delsol, en short comme ses compagnons qu'il devine plus unis que jamais autour de lui et fiers d'être la seule section à s'être tirée du volcan presque sans pertes, grelotte malgré la capote qu'il a eu le réflexe d'empoigner en quittant Bir Hakeim.

Les Français libres apprennent bribes par bribes ce qui s'est passé sur le front après la percée qui leur a permis de sauver les deux tiers de leur matériel de combat. Les fusiliers marins d'Amyot d'Inville ont quant à eux réussi l'exploit de ramener neuf de leurs douze pièces de 40 Bofors.

— Les Allemands y vont fort, souligne Laborde. Ils claironnent sur toutes les ondes qu'ils ont enlevé Bir Hakeim après un combat glorieux mené par le colonel Haade...

Delsol balaye le mensonge d'un éclat de rire.

— D'après eux, poursuit le Landais, les gars de chez nous qui se sont laissé prendre au cours de la percée ne sont pas considérés comme des soldats appartenant à une armée régulière... Ils ne sont donc pas protégés par les lois de la guerre et seront exécutés !

Le Gascon est plein de rage en pensant soudain à Fortuné Delsaux, Compagnon de Quastina comme lui, et à Bergès qui doivent être captifs.

— Mais le général de Gaulle qui a, comme les Anglais d'ici, écouté le message de Berlin, n'y est pas allé par quatre chemins lui non plus, précise Laborde. Il a fait passer dans toutes les langues un message à la B.B.C. pour faire savoir aux nazis que si « *l'armée allemande se déshonorait au point de tuer des soldats français faits prisonniers en combattant pour leur patrie... il se verrait, à son profond regret, obligé d'infliger le même sort aux prisonniers allemands tombés aux mains de ses troupes* ».

— Bien parlé...

— Alors, poursuit Laborde, les Allemands ont rectifié le tir à la radio de Berlin en reconnaissant que « *les soldats du général de Gaulle seront traités comme des soldats* ».

Laborde s'éloigne dans le soir. Les Marsouins, pour la première fois depuis longtemps, retrouvent le goût du café.

— Nous allons, revient leur annoncer Laborde, être regroupés à Sidi-Barani...

Delsol grimace.

— Ça veut dire, explique-t-il à ses hommes, que les Anglais ont repris leur manie de faire retraite... Et que Rommel va nous repousser tous en Egypte...

Le long convoi est à destination le 13 juin. Des M.P. lui font quitter la route un peu avant Sidi-Barani. Les véhicules soulèvent des nuées de sable entre des touffes d'épineux.

— Encore un convoi prioritaire, avance Delsol habitué à la manœuvre.

Aucun véhicule ne se présente à l'horizon. Les Marsouins reçoivent l'ordre de mettre pied à terre. Des cinéastes ont planté leurs caméras au large.

— Qu'est-ce que c'est que ce cirque, mon capitaine?

— Du cinéma, mon vieux Delsol, c'est du cinéma pas du cirque... Ces messieurs n'ont pu nous filmer à Bir Hakeim... Comme il leur faut bien de la matière pour les actualités, il faut jouer pour eux...

Les rescapés de l'enfer ne montrent guère de bonne volonté à la mascarade. Les preneurs d'images n'insistent pas après quelques essais de mise en scène.

— Pourvu qu'ils aient pris le son, espère le Gascon en remontant dans la cabine de son camion, ils vont pas être déçus!

Les commentaires qui ont jailli des groupes filmés n'étaient que des lazzis du genre :

— Tas d'embusqués... Gagne-du-fric facile... Tricheurs...

Le convoi reprend la route et mène les Marsouins au bord de la mer. Delsol regarde les flots bleus et tranquilles. Il sent déjà leur douceur sur sa peau tannée lorsque tombe l'ordre d'établir le camp.

— Les Anglais distribuent de la bière, vient lui annoncer un caporal alors qu'il prépare sa couche à même le sol sur un tapis d'herbe, ça va nous changer de la flotte rouillée!

Le convoi se reforme le lendemain, après que les Marsouins ont eu le temps de se baigner. Delsol fait semblant de participer aux discussions animées, mais son esprit est ailleurs, comme il l'a été au long de la messe dite au matin pour les morts de Bir Hakeim. Il pense sans cesse à Bergès et à Delsaux.

— Bon sang, gronde-t-il en arrivant au nouveau point de regroupement de la brigade Kœnig, les voilà !

Bergès, hilare, plus maigre que jamais est bien là. Et Delsaux aussi, qui clopine vers ses compagnons enfin retrouvés.

— Ben voilà, commente le caporal, je suis resté coincé après le départ de la compagnie auto. Les Boches sont arrivés au matin... Ils sortaient de partout en gueulant... Je me suis enfoui dans un trou, sous des épineux... Et je les ai vus tout ravager...

Le Gascon a le cœur qui bat comme après un cent mètres.

— Mais, comment t'as fait pour leur échapper ?

— J'ai pas bougé pendant deux jours... Sans boire et sans manger... Je me retenais d'éternuer, j'avais des crampes... Mais j'ai tenu et me voilà...

— Et toi, Delsaux ? s'inquiète l'adjudant réalisant à peine que sa section tout entière est indemne.

— Moi, c'est aussi simple... Je me suis blessé à la cheville... J'ai eu le pot de rencontrer Bergès dans le désert alors que les Boches s'étaient regroupés dans Bir Hakeim... Il m'a soutenu pendant plus de cinquante kilomètres... On ne marchait que la nuit...

Gêné, Bergès baisse les yeux. Delsol l'empoigne.

— T'as rien oublié ?

— Quoi, mon adjudant ?

— Le whisky que je te dois pour le Boche... Tu ne te le rappelles plus ? Allez, en route pour la coopérative des Anglais... On va les boire ces foutues bouteilles, et peut-être bien quelques autres avec !

23

Un vol mouvementé

Les rescapés de Bir Hakeim sont promenés de camp en camp sans confort, dans la plus grande pagaille et au gré des ordres et contrordres anglais. Ils sont à El-Daba le 17 juin où ils s'installent, pour longtemps d'après les ragots qui parcourent leurs maigres sections, à quelques centaines de mètres de la mer. Les sections du bataillon du Pacifique fusionnent avec celles du B.I.M. pour former une nouvelle unité, le bataillon d'infanterie de Marine et du Pacifique, sous les ordres du capitaine Bouillon.

Le Gascon subit le contrecoup des privations de Bir Hakeim. Vidé de ses dernières forces par des coliques incessantes, il se sent d'heure en heure devenir une chiffe mais, craignant de se retrouver à l'hôpital au moment où les Anglais lanceront la contre-attaque qu'il espère, il joue la comédie de l'homme fort.

La manœuvre souhaitée ne vient pas. Les Anglais, étrillés sur la bande de Gazala, après avoir repoussé un débarquement à Tobrouk, coulant le *Rex* avec un renfort de sept mille hommes à son bord, ne peuvent plus opposer aux blindés de Rommel que soixante-dix chars de leur 8e armée.

Delsol, torturé par la dysenterie, voit un matin passer d'interminables colonnes de camions chargés de Tommies tristes. Un ordre de rassemblement l'arrache à la contemplation.

— Kœnig est là!

Le général, que les Marsouins appelaient familièrement le « Vieux Lapin » à Bir Hakeim, vient inspecter ses hommes qui attendent un complément d'armement. Les Marsouins n'ont fait aucun frais de toilette pour le recevoir. Il a la mine sombre sous un béret de la Légion. Il exprime sa mauvaise humeur aux barbus mal vêtus.

— Vous êtes sales!

Un mouvement de colère anime les rangs figés. Delsol se crispe. Le général durcit encore le ton :

— Vous êtes mal rasés... Il faut vous raser! Quand on est bien rasé, même si on a les c....... sales, on a l'air propre!

Une vague de rires étouffés parcourt le maigre bataillon. Kœnig adoucit ses traits d'un sourire, et enchaîne :

— Je vous remercie quand même pour ce que vous avez fait à Bir Hakeim... Mais ce n'était que notre devoir... Je sais qu'il a été écrit, ici et là, au Caire ou ailleurs, que nous étions des héros... Nous ne sommes pas des héros, les journalistes sont tous des c... Il vous sera encore beaucoup demandé...

« Moi, acquiesce Delsol, il peut m'ordonner tout ce qu'il veut le "Vieux Lapin"... Je lui obéirai, comme à de Gaulle! »

Tobrouk tombe le lendemain de l'inspection. Les trente-trois mille hommes de sa garnison se rendent aux Allemands. L'annonce de cette nouvelle défaite cueille Delsol à l'hôpital français libre où il a dû accepter de s'aliter après le départ de Kœnig, dans une guitoune surchargée de malades et hantée de bataillons de mouches inlassables et inchassables.

« Mais alors? songe-t-il. Pourquoi ont-ils laissé mourir tant de monde? Est-ce que de Gaulle sait tout ça? »

Des volées d'artillerie lourde s'abattent près des guitounes, sur une piste d'aviation. Dans le vacarme, le Gascon est obligé de rassurer des infirmiers défigurés par la peur. Devant la fréquence des bombardements, les malades sont évacués sur Alexandrie, à l'hôpital anglo-suisse. Delsol, les bras bleuis par les traces des dizaines de piqûres qui l'ont un peu requinqué, reprend conscience du temps qui passe.

— Nous sommes le 28 juin, déclare-t-il à un malade du bataillon du Pacifique alité près de lui, ça ne te dit rien?

Les yeux creux du gisant n'expriment aucune lueur d'intérêt.

— Non? Eh bien à moi, oui... Il y a deux ans, jour pour jour, on désertait...

Ce qui restait du front cède jour après jour devant les blindés allemands. Rommel est en Egypte. Les Anglais abandonnent Marsa-Matruh le 28 pour se replier sur El-Alamein. La panique s'installe parmi la population d'Alexandrie.

— Les Allemands ne vont plus tarder à arriver, annonce un médecin au cours de sa visite matinale du 1er juillet. Les moins malades d'entre vous peuvent s'en aller s'ils le désirent...

Le Gascon ne se le fait pas répéter deux fois.

— Les Boches ne nous ont pas eus à Bir Hakeim, grondet-il en bondissant de son lit. On va tout de même pas les attendre ici. Moi, je fonce au Caire...

Trois sous-officiers décident de le suivre. Passant devant un restaurant à l'enseigne sympathique du *Petit coin de France*, les évadés décident de s'accorder un copieux repas avant de gagner la capitale égyptienne.

Délaissant sa clientèle, le patron, un Français, est aux petits soins pour les convalescents. Il les pousse à la consommation et, au moment de l'addition, refuse leur argent.

— Ici, les soldats de la France libre ne paient pas! Je vous dois bien ça...

Les Marsouins repus se placent en guet près d'un poste de contrôle anglais et, dans l'heure qui suit, trouvent de la place dans un convoi allant vers Le Caire où ils arrivent à l'aube du 2 juillet.

Delsol, tout ragaillardi par l'équipée, avise à l'entrée d'un faubourg grouillant une patrouille de M.P. Rassemblant avec peine les quelques mots d'anglais qu'il a difficilement assimilés depuis deux ans, il se fait indiquer le Q.G. des forces françaises libres, où résident le général Catroux et son épouse qui règne avec une poignée d'amies sur la colonie française du Caire.

— Personne ne sait où est le bataillon, annonce-t-il aux trois sous-officiers en ressortant des bureaux. On va tâcher de trouver un hôtel pas cher, et on va reprendre des forces pendant quelques heures...

La quête reprend l'après-midi. Delsol se fait rabrouer dans tous les P.C. qu'il visite.

— Les choses ont l'air de s'arranger sur le front, claironne-t-il pourtant après un dernier échec, les Anglais tiennent le coup à El-Alamein... Les copains doivent être avec eux... On file par là-bas !

La rue dans laquelle venaient de s'engager les quatre Marsouins se vide en quelques secondes de sa nuée de promeneurs et de marchands à la sauvette chassés par des hurlements de sirènes. Mais aucun avion ne vient, au-dessus du Nil ocre, déranger les lentes volutes des pélicans dans le ciel bleu. Les sirènes miaulent la fin de l'alerte. La vie reprend dans la ville écrasée de soleil comme dans un film arrêté sur image et dont la projection reprendrait. Sur le fleuve, quelques vedettes de la *Navy*, grises et bâchées de blanc cassé, font danser dans leurs sillages des felouques chargées de marchandises jusqu'à la bôme de leurs deux mâts penchés vers leur proue effilée.

— Il faut, décide le Gascon, que nous trouvions le moyen de rejoindre Alexandrie... Et vite !

— Si vous êtes si pressé, mon adjudant, je ne vois que l'avion ! hasarde un sergent.

— Va pour l'avion !

Deux Marsouins décident de rester au Caire. Delsol ne cherche pas à les influencer et entraîne l'autre en taxi à l'aérodrome d'Almaza. Se faisant passer pour un envoyé du Q.G. français libre, il réussit à obtenir deux places dans un appareil de liaison déjà occupé par trois officiers anglais.

Le petit bimoteur, à peine envolé au-dessus du désert, vers l'ouest, est pris à partie par deux chasseurs allemands. Son pilote choisit de se défiler en rase-mottes. Il frôle les

Pyramides dans un large arc de cercle. La carlingue torturée vibre à se briser. Appelés par radio à la rescousse, des chasseurs de la R.A.F. viennent en nombre repousser les Messerschmitt.

— Nous allons essayer de passer une nouvelle fois, vient annoncer le mécanicien du transport.

Très calmes, les passagers anglais n'ont pas cessé de fumer leurs pipes dans le vacarme, et les deux Français de se tordre le cou pour essayer de voir l'ennemi. Les Pyramides s'estompent.

Les deux avions à croix noire reviennent sur le bimoteur en profitant de l'éblouissement du soleil. Les officiers de la Couronne sont toujours aussi calmes. Pendant que l'avion frémit de plus en plus fort, et que des rafales de mitrailleuses le frôlent, ils commentent, à voix basse comme dans leur club cairote, les évolutions acrobatiques du pilote.

La R.A.F., qui devait veiller au grain de très haut dans le ciel, replonge sur les intrus qui rompent le combat. Le copilote écarte d'un bras le rideau de tissu qui le séparait de ses passagers et, franchement désolé, annonce qu'il vient de recevoir par radio l'ordre de revenir à Almaza.

— Il aurait pu tout de même risquer le coup une troisième fois, souffle Delsol à son compagnon en dégrafant sa ceinture de sécurité.

Le Marsouin reçoit pour toute réponse un regard qui en dit long sur l'état d'esprit de son interlocuteur. Il n'insiste pas.

— *Sorry, sir*... vient s'excuser le pilote en retrouvant ses passagers après l'atterrissage, mais les ordres sont les ordres...

— Puisqu'on ne peut pas aller à Alexandrie, décide Delsol le lendemain matin du vol mouvementé, nous allons à Ismaïlia...

Les deux *Free French* trouvent sans peine un passage dans un convoi de ravitaillement. Le Gascon tombe tout de suite sur un infirmier de l'hôpital anglo-suisse qui s'est replié.

— Nous ne pouvons pas vous garder ici, lui annonce un médecin. Nous n'avons plus de place...

— Ça ne fait rien, nous savons où dormir...

Avant d'aller visiter sa famille marraine, l'adjudant fait le tour des alités pour recueillir des nouvelles du bataillon. Comme personne ne sait grand-chose, il décide d'attendre en ville. Il est invité à une soirée à *Heliopolis-House*, le palace bordé de jardins et de pièces d'eau où les Britanniques ont installé leur quartier général. Il se sent tout de suite attiré par une jeune femme aux cheveux courts et bouclés, brune et pas très grande. Il est séduit par son étrange et doux accent dont il ne devine pas l'origine.

— Je suis grecque, lui explique-t-elle en lui offrant un verre de bière embué.

Amadoué comme il ne l'a jamais été, il apprend en quelques minutes que la jeune femme dirige le personnel du palace. Elle est veuve, maman d'un petit garçon de trois ans et porte à la France libre une passion au moins égale à la sienne.

— Nous avons eu des morts dans ma famille en Grèce, lui confie-t-elle en voilant son regard ambré.

« Pourquoi me dit-elle tout ça ? » s'étonne l'adjudant en se dandinant comme un ours.

« Malapeste, reprends-toi ! se conseille-t-il en rentrant tard dans la nuit dans sa famille marraine. La guerre est à peine commencée, ce n'est pas le moment de risquer une affaire de cœur... »

— Le P.C. de ta compagnie est au Caire, apprend-il le lendemain.

Il jure contre la malchance qui l'a empêché de croiser le repli de son unité, va faire ses adieux à la directrice de l'*Heliopolis*, promet de lui répondre si elle lui écrit, et rejoint la compagnie Laborde à Hélouan, à 30 kilomètres de la capitale.

— Mon pauvre Delsol, comme vous êtes maigre, souligne l'officier landais en l'accueillant, il va falloir vous regonfler...

Delsol perçoit une couverture et va s'étendre à même le sol, au bord d'une route poussiéreuse. A l'aube, il entre dans une rage froide en découvrant, tout proche, un camp de prisonniers italiens pimpant.

— Malapeste ! gronde-t-il en prenant deux sergents à témoin. Ces macaques fascistes ont des guitounes neuves, l'électricité, une piscine, et même un cinéma ! Et nous n'avons que le droit de dormir par terre, à la belle étoile... Comme des chiens errants que nous sommes...

Un caporal enraye la diatribe.

— Mon adjudant, vous devez aller retirer un billet de convalescence au P.C. de la compagnie...

Il hésite à accepter le droit au repos.

— Vous n'avez pas à avoir de scrupules, lui conseille Laborde, car nous allons être mis au repos dans l'île Chevalier, près du canal de Suez... Alors, puisque vous avez des amis dans la région, ne vous privez pas de l'occasion de vous remettre tout à fait en forme...

Avant de se séparer, les deux hommes parlent de récompenses pour leurs Marsouins qui se sont bien battus à Bir Hakeim.

— N'oubliez pas Pivette, insiste l'adjudant. Il est toujours si calme... Mais il réagit à la perfection au premier coup de feu...

— Il aura la Médaille militaire...

Delsol est sûr d'être amoureux de la jeune Grecque d'Ismaïlia. Il lui parle mariage, mais ne peut s'empêcher d'abréger sa permission au bout de quelques jours de repos. Il rejoint sa compagnie le 20 juillet, au camp de Cassassine. Des convois ferroviaires bondés de prisonniers italiens frôlent les tentes des Marsouins.

— Le Duce, se souvient-il alors, avait promis de les faire défiler au Caire... Ils vont la voir la capitale, mais pas dans les conditions prévues...

Le général de Gaulle vient le 20 août passer en revue les troupes françaises libres. Il décore Kœnig de la croix de la Libération, puis Dimitri Amilakvari, et quatorze autres officiers de Bir Hakeim.

« Le ruban a changé », prend le temps de remarquer Delsol qui ne perd pas une miette des gestes du chef de la France libre.

Pour des raisons d'économie au tissage, la moire de la décoration n'est plus barrée en biais par des traits noirs symbolisant le deuil de la France sur le vert de l'espoir, mais de deux larges traits verticaux sur ses bords et deux filets au tiers de sa largeur.

« Moi, se promet le neuvième Compagnon de Quastina, je porterai toujours mon vieux ruban... »

De Gaulle s'est éloigné du prince géorgien et des officiers raidis sous le soleil. Il passe du même pas lent devant un alignement de vingt-deux sous-officiers récipiendaires de la Médaille militaire. Delsol, le cœur battant comme si s'était lui que le géant décorait encore, le regarde se pencher vers la poitrine étroite de Pivette pour lui épingler le ruban jaune et vert. Son ami est blême. De Gaulle le fixe en lâchant de sa voix épaissie par l'émotion :

— Pivette, je suis heureux de te serrer la main !

La cérémonie s'achève. Les flonflons d'une musique de la Légion étrangère accompagnent les longues enjambées du chef de la France libre, devenue depuis peu et par son bon vouloir, la France combattante.

24

Dans la bataille d'El-Alamein

Les bataillons de Kœnig passent trois mois dans leurs campements égyptiens. Delsol profite du répit pour voir et revoir la jeune Grecque de l'*Heliopolis*. Les forces de Rommel, malgré un formidable coup de boutoir donné le 30 août, n'ont pas réussi à déborder El-Alamein. Depuis le 15 août, le général Alexander a remplacé Auchinleck au commandement en chef des forces armées au Moyen-Orient et le général Montgomery a pris la tête de la 8e armée britannique. Une seconde division française libre, commandée par le colonel Cazaud, a été acheminée du Liban pour renforcer le bouclage d'El-Alamein.

La 1re division française libre touche au début d' octobre des armes et des équipements américains et reçoit, le 12 du même mois, l'ordre de reprendre le chemin du désert.

Delsol, malgré tous ses efforts pour reprendre la tête de sa section, a été affecté à la compagnie de commandement. Entre deux séances d'instruction sur le matériel américain et des heures pénibles de tri de munitions de toutes sortes, il vivait jusque-là dans l'attente du départ, en guettant les nouvelles de la guerre en Europe, principalement celles de Stalingrad où les Allemands piétinent depuis le 20 juin.

Sa fiancée l'embrasse une dernière fois.

— Nous aurons le temps de vivre plus tard, lui souffle-t-elle en guise d'adieu, quand vous aurez gagné la guerre et que la France sera libérée...

Le Marsouin admire la sérénité de la jeune femme. Il jubile en retrouvant le désert et reprend vite l'habitude de tenir les yeux mi-clos sous les gifles du sable qui ne cessent qu'au soir, lorsqu'une pluie fine vient prendre la relève du vent.

Les Marsouins découvrent le 18 octobre à l'horizon les longues barres rocheuses de l'El-Himeimat, à soixante-dix kilomètres au sud d'El-Alamein, où Montgomery a décidé de lancer les Français libres et sa 7e Brigade dans une attaque de diversion qui lui permettra, après avoir attiré des forces en renfort, d'enfoncer le gros de ses troupes dans le front ennemi dégarni.

Les Bren carrier qui éclairaient la route des Français libres sont accueillis par des tirs de 155 italiens. Ils se dispersent et le mouvement se fige pendant deux jours devant l'obstacle vomissant le feu.

La Luftwaffe, qui bombarde sans répit toute la journée du 22 octobre, rend encore plus difficile l'approche des falaises. Delsol ronge son frein au P.C. du bataillon en déchargeant des camions de munitions avec les Canaques et les Tahitiens. Le gros des forces anglaises piétine aussi à El-Alamein.

— D'après des renseignements, confie au Gascon un lieutenant du P.C. bien plus jeune que lui, ce serait le général Stumme qui commande maintenant en face... Rommel serait malade et rapatrié en Allemagne.

Delsol exècre les nazis et les fascistes italiens, mais il porte au stratège éloigné de la bataille du désert un étrange sentiment où se mêle à sa haine, malgré le sang qui a coulé à Bir Hakeim, une once d'admiration.

— Alors, fait-il remarquer en haussant le ton dans le vacarme des explosions, qu'est-ce que ça serait s'il était là !

La 13e D.B.L.E., qui a dû dissoudre son 3e bataillon après Bir Hakeim, se lance à l'assaut de l'Himeimat après une formidable préparation des centaines de canons que Montgomery a massés entre El-Alamein et les positions françaises libres. Le Gascon contemple à la jumelle les éclatements qui coiffent la falaise à conquérir.

« Les Italiens ont l'air de tenir le coup, se dit-il. Ils remontent un peu dans mon estime... »

Le 2e bataillon d'Amilakvari réussit enfin à prendre pied sur les hauteurs à l'aube du 24. Il est tout de suite pris à revers par un alignement de chars allemands rameutés du nord comme l'avait espéré Montgomery.

Impavide, le prince géorgien dirige le combat en se tenant bien droit, pour que tous ses hommes puissent le voir. Une salve de quatre obus s'abat sur son observatoire. Il est touché à mort.

Assommés par la nouvelle, les képis blancs se ressaisissent. Ils reviennent vers leurs lignes, en bon ordre, chargés de leurs blessés et de leurs morts.

L'annonce du retour de Rommel sur le front tombe le surlendemain au P.C. du B.I.M.P.

— Ça promet du joli, envisage Delsol. Pas vrai, mon lieutenant?

L'officier acquiesce en pointant des messages sur un fichier. Des centaines d'avions de la R.A.F. viennent cracher leurs bombes tandis que la Luftwaffe se fait de plus en plus discrète et que l'artillerie allemande ne lève pas le pied.

« Nos munitions vont finir par sauter, et nous avec! » envisage le Gascon lorsque quelques obus labourent le sol à trente mètres de son abri.

Le commandant Bouillon vient balayer ses inquiétudes.

— Delsol, ramassez tout! Nous faisons mouvement vers le nord...

Le bataillon roule pendant toute la nuit au milieu des lucioles et occupe à l'aube les anciennes positions d'un bataillon de parachutistes italiens de la division *Folgore*. Le capitaine Bouillon poste son P.C. dans une dénivellation, à l'écart des sépultures nues de dizaines de parachutistes enterrés là à la va-vite. Des obus s'abattent aussitôt sur l'installation. Rameutant une douzaine de Canaques et de Tahitiens, Delsol leur indique du bras la hauteur désolée qui domine le site de quelques mètres.

— On va planter le marabout des munitions là-haut, en plein milieu du plateau... Au boulot!

Un caporal s'étonne :

— Mais, mon adjudant, les Boches vont le voir... Il ne restera pas dix minutes intact.

— T'occupe ! J'ai ma petite idée...

Les Coloniaux font la chaîne pour aller entasser les caisses sous la tente vite dressée.

— Maintenant, annonce le Gascon, on va y ajouter un drapeau français...

Un Marsouin frappe le fanion au sommet du marabout. Le duel d'artillerie reprend. Les Allemands s'acharnent sur tout le site peu à peu débarrassé des brumes matinales par le vent. Seul le plateau où Delsol a installé sa réserve de munitions est épargné.

— Et alors, triomphe l'adjudant, j'avais pas raison de croire qu'ils allaient prendre notre marabout pour un leurre destiné à attirer leur tir ?

Montgomery lance son attaque principale le 30 octobre. Delsol regarde partir avec un pincement au cœur Pivette et ses anciens camarades de section maintenant commandés par l'aspirant Dommange.

« Je sais bien qu'il en faut un pour assurer la distribution des munitions au fur et à mesure des besoins, râle-t-il, mais je préférerais que ce soit quelqu'un d'autre qui ait hérité de la corvée ! Je risque d'en prendre plein la figure sans pouvoir rien faire d'autre que de subir en attendant que ça passe... Vivement qu'on me redonne une section... La mienne ou une autre ! »

Le lieutenant du P.C. ajoute encore à son trouble lorsque ses anciens compagnons de Bir Hakeim se sont dilués dans la nuit, mêlés aux quatre-vingts Marsouins de Laborde.

— La cote 192 qu'ils doivent enlever est occupée par des parachutistes...

Insensible au vacarme des obus qui tombent aux alentours du P.C., Delsol ne desserre pas les dents pendant tout le temps que dure le coup de main. Il ne s'anime qu'au retour de la colonne.

— Malapeste ! laisse-t-il échapper. On dirait qu'ils ont souffert !

Il repère tout de suite dans le long étirement des fantassins las la silhouette de Pivette qui porte un bras en écharpe. Il cherche vainement celle de Bergès.

— Disparu ! lui apprend un caporal. L'aspirant Dommange est mort... Et Mourgues aussi...

Les pertes se précisent au P.C. de Bouillon.

« Trente-trois hommes au tapis ! comptabilise tristement le Gascon. Sur quatre-vingts ça fait beaucoup... »

Questionnant avec pudeur les survivants de l'attaque, il réussit à savoir ce qui s'est passé.

— Il y avait trois compagnies d'Italiens en face de nous, lui apprend un caporal.

— L'aspirant Dommange, poursuit un deuxième classe, nous a menés juste en dessous d'eux... Il a dégoupillé une grenade et l'a lancée pour donner le signal de l'attaque, mais un parachutiste l'a rejetée vers nous... C'est là qu'il a été touché...

— Après, enchaîne un troisième rescapé de l'assaut, nous sommes restés coincés sous le feu, à seulement vingt mètres des Ritals... Le sergent Pivette a reçu une grenade entre les jambes... Il a pris un éclat dans le bras... On a même cru un moment que le capitaine Laborde avait été tué... Puis on a reçu l'ordre de repli...

Le corps de Mourgues est retrouvé le surlendemain, lorsque l'ennemi plie enfin sous la puissance de feu anglaise, alors que Rommel ne peut plus aligner qu'une quarantaine de chars sur les deux cent cinquante que Stumme avait engagés dans la bataille. Le mouvement de retraite s'accentue dans les premiers jours de novembre et le 6, la défaite italo-allemande est consommée.

Malgré les pertes des derniers combats, l'ambiance est à la fête au P.C. de Bouillon. Delsol ne croit pas encore tout à fait à la déroute de l'ennemi.

— Avec Rommel, craint-il, il faut s'attendre à tout... Il pourrait très bien aller nous contourner on ne sait pas où dans le désert, et nous retomber dessus dans quelques jours...

Pour balayer ses doutes, ses interlocuteurs lui lancent des chiffres.

— Les Boches ont perdu six cents avions...

— On leur a démoli deux cent soixante-dix canons!

— Rommel a ordonné à ses officiers de se replier sans s'occuper des Italiens... Les Anglais les ramassent par milliers...

Delsol admet l'évidence.

— Je souhaite de tout cœur que vous ayez raison... Et que Montgomery décide de leur courir aux fesses!

Une formidable nouvelle enfièvre le 8 novembre le P.C. du bataillon : « Les Américains ont débarqué cette nuit au Maroc et en Algérie! »

Des messages précisent au long de la journée le déroulement de l'opération *Torch*. Le Gascon, malgré l'enthousiasme des premières heures, fait grise mine en apprenant que des troupes françaises résistent aux Alliés. Il fait un rapprochement avec Madagascar où le gouverneur Annet vient enfin de signer, l'avant-veille, la capitulation des troupes de Vichy, après des mois et des mois de tergiversations.

« J'espère que ces vichystes d'Algérie et du Maroc ne feront pas traîner les choses aussi longtemps... Ça risquerait de tout foutre en l'air... »

L'adjudant devine que la guerre entre dans une phase cruciale. Il épie les réactions des officiers qui défilent au P.C. de Bouillon, glanant à chaque passage de nouvelles informations. Il ne se sent rassuré qu'au soir du 11 novembre, lorsqu'il apprend que le général Noguès a signé un cessez-le-feu à Fédala, au Maroc. Toutes les troupes françaises d'Afrique du Nord ont rallié les Américains.

« Reste plus que la Tunisie, songe-t-il, et l'Afrikakorps sera balayé! »

25

Ruée sur la Tunisie

Montgomery ne laisse pas de répit à Rommel. Les Italiens se rendent partout devant sa 8e armée. Les Français libres nettoient le terrain derrière les Anglais, aux alentours de la cote 192. Ils ramassent de pauvres hères, assoiffés, affamés et résignés qui ne leur opposent pas de résistance.

— Les Allemands n'ont pas tenu parole, se plaint l'un de leurs officiers au P.C. de Bouillon, ils nous ont abandonnés en utilisant tous nos véhicules !

Delsol, qui suit l'entretien, sourit :

— C'est bien fait ! Ça vous rappellera votre traîtrise du 10 juin 1940 !

L'adjudant vindicatif, tout en se plaignant de ne pas avoir à commander une section, s'estime au meilleur poste pour suivre le déroulement général de la guerre. Le 11 novembre 1942, les Allemands ont envahi en France la zone occupée au moment même où Noguès signait au Maroc l'armistice avec les Américains. L'amiral Darlan a été nommé, le 13, haut commissaire en Afrique du Nord avec l'approbation du général Eisenhower. Le 14, il devient commandant en chef des forces armées, alors que le général Giraud commande l'aviation et l'armée de terre.

La situation se complique encore lorsque le maréchal Pétain, estimant que la décision prise par Darlan est contraire à la mission qu'il lui avait confiée, donne solennellement l'ordre à l'armée d'Afrique de « n'exercer aucune action contre les forces de l'Axe et de ne pas ajouter aux malheurs de la Patrie ». Le lendemain, le vainqueur de Verdun accuse Darlan de trahison car, pour lui, il s'est placé au « service de l'étranger » et « en dehors de la communauté nationale ».

« Les rats commencent à se manger entre eux, estime Delsol pendant que ses chefs discutent de la situation nouvelle qui les ravit et les inquiète à la fois. Pour moi le seul chef c'est de Gaulle ! Et il le restera... »

Les Allemands débarquent des renforts en Tunisie le 19.

— Les gars de Giraud leur ont résisté ! triomphe un officier.

Delsol oublie un peu de son aversion pour tous ceux qui n'ont pas rallié la France libre en 1940.

« Il faudra bien que nous acceptions leur renfort... Nous ne serons jamais assez nombreux pour gagner la guerre tout seuls... »

Le bataillon d'infanterie de Marine et du Pacifique, mis à la disposition d'une unité anglaise avec un bataillon de spahis marocains, se lance en convoi à travers le désert le 21 novembre. Il laisse derrière lui Marsa-Matruh, Sidi-Barani, puis pénètre en Libye par la passe de Halfaya. Les approches de Tobrouk ne sont qu'un cimetière de blindés, de camions brûlés, d'avions déchiquetés et marqués de cocardes ou de croix noires. Des centaines de tombes jalonnent le bord de la route.

L'équipée piétine à Derna. Les sections de Laborde sont désignées pour aller assurer la protection directe de Montgomery, le gros du bataillon s'installe en défense de terrains d'aviation. La compagnie de commandement assume la sûreté de l'aérodrome de M'Sus.

— C'est tout de même pas pour jouer les chiens de garde qu'on a bouffé tant de carburant, râle Delsol en inspectant ses gardes.

Un ordre pousse les Marsouins plus au sud, à Antelat, en dessous d'Adjédabia. Delsol est en pays de connaissance. Des avions allemands matraquent chaque jour leurs anciennes positions. Des chasseurs de la R.A.F. offrent aux Français libres un spectacle de folles acrobaties. Le Gascon se désintéresse des mortelles cabrioles lorsque, le 26 novembre, tombe au P.C de Bouillon l'annonce du sabordage de la flotte de Toulon. Seuls, quatre sous-marins, le *Casabianca,* le *Glorieux*, l'*Iris* et le *Marsouin*, ont réussi à s'échapper.

— Les traîtres, grommelle l'adjudant.

Le 28, il tempère son jugement lorsque le général de Gaulle ordonne à toutes les unités de la France combattante d'observer une minute de silence en l'honneur des marins morts à Toulon.

« Après tout, songe-t-il pendant l'acte symbolique, ils n'ont peut-être pas pu faire autrement... En tout cas, c'est mieux que d'avoir laissé les bâtiments intacts aux Boches... »

Les Anglais et l'armée française d'Afrique n'ont pas réussi à percer les lignes allemandes en Tunisie. Les Allemands ont contre-attaqué le 6 décembre et, le 8, après un ultimatum, l'amiral Derien qui commande à Bizerte un groupement de trois torpilleurs, sept sous-marins et un contre-torpilleur, leur livre ses bâtiments.

Delsol est atterré.

« Pourquoi l'amiral qui commandait en juillet 40 à Mers el-Kébir n'en a-t-il pas fait autant devant les Anglais? Pauvre marine... En comptant les pertes qu'elle a subies au Maroc et à Oran en résistant aux Américains et le sabordage, elle a perdu en un mois la moitié de ses bâtiments! »

L'amiral Darlan est assassiné le 24 décembre, à Alger. La nouvelle de sa mort ne suscite pas beaucoup de commentaires parmi les Marsouins. Delsol hausse simplement les épaules :

« Ça fera toujours un combinard de moins dans le panier de crabes vichystes! »

Les Français libres passent Noël sous les bombes allemandes, non loin d'un gigantesque arc de triomphe édifié par les Italiens au temps de leurs rêves de conquêtes. Le monument chargé d'aigles enjambe la route de Tripoli. Il danse dans les éclairs des bombes destinées au P.C de Montgomery tout proche.

« Pourvu, espère Delsol, qu'une de ses saletés boches le mette en l'air ! »

L'arc insultant est toujours debout à l'aube du 25 lorsque, poursuivis par des tirs de D.C.A. et les chasseurs de la R.A.F, les bombardiers s'éloignent. Delsol et les Marsouins vont le voir de plus près.

— C'est l'arc de la Victoire, leur apprend un officier anglais. C'est Mussolini qui lui a donné son nom...

Les blindés anglais repoussent encore un peu plus les Allemands vers l'ouest en frôlant le golfe de la Grande Syrte. Delsol apprend qu'un groupement commandé par le colonel Leclerc a bousculé les garnisons ennemies du Fezzan et qu'elle est sur le point de rejoindre la 8e armée britannique. Il connaît le serment fait par Leclerc à Koufra, où il s'était promis de ne cesser le combat que lorsque le drapeau français flotterait sur le clocher de la cathédrale de Strasbourg.

— Ce sont des purs, souligne-t-il à l'adresse d'un sergent du P.C. de Bouillon.

La compagnie Laborde rentre de sa garde d'honneur.

— Montgomery est un homme tout simple, raconte Pivette à Delsol.

Le Gascon apprend au fil de la conversation que le général anglais est un protestant pratiquant, qu'il lit souvent la Bible à ses hommes, mange très peu et n'importe quoi. Laborde, gourmet comme tout bon Landais, était très sensible à l'honneur de dîner une fois par semaine à la table du vainqueur de Rommel. Mais il prenait la précaution de bien se sustenter le midi.

— Toi, en tout cas, mon bon Albert, souligne l'adjudant amusé par le récit de son compagnon, je ne sais pas si c'est l'effet du régime Montgomery, mais tu n'as pas bonne mine... Tu couves pas quelque chose ?

Pivette a le teint cireux. Le médecin du bataillon lui

annonce une jaunisse. Il évite de justesse l'évacuation en promettant de ne pas faire d'efforts.

Tripoli tombe le 23 janvier. Les Français libres viennent occuper le terrain d'aviation de Castel-Benito, à quelques kilomètres au sud-est.

— Attention, prévient un Anglais, les Italiens ont piégé tout le secteur... Quand nous sommes arrivés, ils étaient en train de saboter la piste à la charrue...

L'homme ne va pas au bout de sa phrase. Le premier appareil de ravitaillement qui se posait saute sur une mine. Delsol et ses hommes partent en patrouille tout autour du terrain, au milieu des carcasses de quatre cents avions bombardés par la R.A.F. et de dépôts de bombes éventrés. Le bataillon prend ses quartiers dans une coopérative vinicole italienne bâtie au milieu d'une amandaie.

— Doucement sur le rosé, avertit Delsol. C'est pas parce qu'il y en a assez pour se baigner dedans qu'il faut attraper des cirrhoses galopantes...

Les Français libres découvrent Tripoli, toute blanche face à la Méditerranée. Armé d'un Colt 45, Delsol déambule sur une longue avenue du bord de mer gangrenée de place en place par des batteries de D.C.A. et où, le cœur serré, il rencontre les premiers éléments de la colonne Leclerc.

Avec trois hommes, il va ensuite visiter en jeep la campagne alentour où les Anglais occupent toutes les fermes.

— La main-d'œuvre ne manque pas, à ce qu'on dirait, s'étonne-t-il auprès d'un Anglais qui parle français et lui a offert de la bière.

Ce dernier anime d'un étrange sourire ses traits grillés par des mois de désert.

— Tous les gars que vous voyez en train de tailler les oliviers sont des déserteurs italiens... Comme ils n'ont pas l'air dangereux on se contente de les surveiller de loin... Ils nous coûtent moins cher que dans un camp...

La contrée, jadis désertique, est verdoyante. La fibre paysanne de Delsol vibre.

— En tout cas, déserteurs ou pas, chapeau les Ritals!

Les Français libres changent de régime. Ils abandonnent leurs boîtes de conserve pour se gaver de légumes frais, de volailles et d'œufs ramassés par les patrouilles dans les fermes.

Sir Winston Churchill vient leur rendre visite. Le bataillon lui est présenté au repos. Le moignon d'énorme cigare qu'il mâchouille avec délectation, ses petits yeux pétillants d'intelligence perdus au fond du cloaque de ses paupières bouffies, le font ressembler aux plus mauvaises caricatures des tracts que des avions allemands lâchaient parfois au début de la guerre sur les positions françaises libres, en Egypte.

« Il a une bonne sale gueule de dogue, se dit Delsol en lui serrant la main avec émotion. Sans lui je me demande si le général de Gaulle aurait tenu le coup face à Darlan, Giraud et quelques autres... »

Après la visite éclair du vieil homme en uniforme et casquette plate, le Gascon est fou de joie en apprenant le 31 janvier la capitulation de von Paulus à Stalingrad.

« Ça, triomphe-t-il, c'est peut être la meilleure nouvelle depuis l'entrée des Américains dans la guerre ! Tout va aller vite maintenant... Un dernier petit coup de balai en Tunisie et hop, la France ! »

26

Victoire totale en Afrique du Nord

Les Marsouins de la France libre abandonnent la verdure de Castel-Benito le 22 février 1943. Leur convoi traverse des marécages noyés sous une pluie qu'un vent tenace plaque en bouillie mêlée de sable contre les pare-brise. Un panneau indique que la frontière tunisienne n'est plus qu'à douze kilomètres.

« Nous serons bientôt un petit peu en France », songe Delsol plus fébrile qu'aux précédents départs en campagne.

Un poste isolé marque la frontière. Des gardes s'y agitent. Le drapeau français monte à un mât.

— Ils nous prennent pour des Anglais, avance le Gascon.

Le chef de poste comprend vite la méprise. Il fait aligner ses hommes pour rendre les honneurs aux Français libres. Des larmes coulent sur les visages burinés des plus anciens Marsouins qui, comme Delsol, arborent maintenant au-dessus de leurs galons cinq chevrons comptant chacun pour six mois passés dans la France libre. Dominant leur émotion, ils échangent des plaisanteries avec les gardes frontières tout aussi émus.

Le commandant du bataillon donne l'ordre de continuer le mouvement vers le nord-ouest, vers Médenine, le premier bourg important de Tunisie après la frontière. L'unité s'installe au soir à cinq kilomètres de la ville encore aux mains des forces de l'Axe, sur la route de Tataouine, le bagne où croupissaient les « Joyeux », les disciplinaires d'avant-guerre.

A l'aube du 24 février, Delsol suit le manège grondant d'un petit bulldozer qui nivelle un grand champ sur le bord de la route. Moins de deux heures après le début des travaux, jaillissant de nuées prêtes à éclater, un premier avion de transport vient déposer du matériel sur la piste improvisée.

— Débarquez-moi tout ça en vitesse, ordonne Delsol qui a été envoyé à la réception.

Les Canaques et les Tahitiens s'échinent à la corvée, leur sueur se mêle aux gouttes de pluie sur leur peau foncée. D'autres niveleuses amenées en renfort agrandissent la piste. Au soir, alors que les Marsouins se sont établis sous leurs guitounes et que Delsol a entassé les munitions près du P.C., plus d'une centaine de bombardiers et chasseurs sont déjà garés en plein champ. A une dizaine de kilomètres à l'ouest, les Allemands tiennent les basses montagnes du Dahar qui culminent à sept cents mètres.

Des renforts rejoignent le lendemain les Français libres sur la route de Tataouine. Les Britanniques concentrent en arrière des pièces d'artillerie bien enterrées.

Un tir de barrage allemand se déchaîne la nuit sur l'aérodrome improvisé. Les avions alliés décollent en catastrophe. Les obus allemands n'explosent pas tous.

— Un sur trois ! estime Delsol. Il y a du sabotage dans les usines...

Le terrain est vide à l'aube. Il ne reste plus alentour que des tentes vides, des chariots de bombes, des pompes et des caisses. Delsol erre sur la position ravagée, puis va aux nouvelles au P.C.

Les Allemands se battent bien à Kasserine, mais un mouvement conjugué des forces de Montgomery, des troupes américaines et de l'armée française du général Juin oblige Rommel à renoncer à ses visées sur Tébessa, en Algérie.

L'intrusion de centaines d'appareils des deux camps dans

le ciel arrache le Gascon à ses réflexions sur la guerre. Pendant trois heures, à perte de vue, des avions se frôlent en échangeant des rafales de mitrailleuses et de canons légers. Des appareils s'écrasent en flammes sur les montagnes de l'ouest ou vers la mer. Les autres, à bout de munitions et de carburant, s'égaillent dans les nuages. Le calme revient.

Les Marsouins reçoivent l'ordre de quitter la route de Tataouine. Les M.P. qui les guident dans des jeeps leur font contourner Médenine pour les mener au fond du golfe de Bou-Grara fermé au nord par l'île de Djerba.

Dans les jours qui suivent, les Tahitiens, retrouvant leurs gestes ancestraux d'îliens, pêchent assez de poissons pour nourrir toute la compagnie. Le farniente lasse Delsol qui se morfond dans ses fonctions de fourrier en munitions.

— La compagnie va finir par ressembler à une colonie de vacances, mon capitaine, se plaint-il.

Les Allemands cèdent sur la ligne de défense qu'ils avaient établie à partir de Mareth. Ils abandonnent Gabès le 29 mars. Le commandant Bouillon reçoit le 9 avril l'ordre d'occuper Sfax. Pendant que la compagnie Laborde va au bord de la mer, les Marsouins de la compagnie de commandement sont chargés de remettre en état une école technique.

— On aura fait tous les métiers dans cette guerre, lâche le Gascon.

— Et ce n'est pas fini ! s'amuse son capitaine. Quand vous en aurez terminé avec la maçonnerie, vous passerez à l'instruction des nouvelles recrues...

L'écolage des engagés pressés de se battre est vite expédié. Le premier contingent, sachant tout juste marcher au pas, saluer, reconnaître les grades et tirer, est éparpillé dans les compagnies.

— Et maintenant, s'inquiète Delsol, on passe à quoi, mon capitaine ?

— Le 9e corps d'armée britannique est déjà à Tunis... Nous montons en ligne !

La réponse de l'officier a claqué sec. L'adjudant ramasse son barda et rameute ses hommes. Le 6 mai, le convoi traverse Sousse où les Marsouins prennent le temps d'arracher et déchirer un peu partout des photos du maréchal Pétain. Delsol n'est pas le dernier à barbouiller des croix de Lorraine sur les murs de la ville. Des passants se détournent devant le spectacle applaudi par une nuée de gosses musulmans.

« On dirait, pense l'adjudant, que cela ne plaît pas à tout le monde... »

La compagnie de commandement rejoint celle de Laborde aux abords du djebel Garci, le premier contrefort sans grand relief du massif du Zaghouan qui culmine à plus de mille mètres, à quinze kilomètres au nord-ouest d'Enfidaville. Une fois le cantonnement installé, le Gascon va aux ordres au P.C. du bataillon.

— Delsol, s'entend-il annoncer, vous retournez à votre compagnie d'origine...

Le sous-officier met quelques secondes à réaliser.

— Merci, mon capitaine. Où est-elle, la 3?

— Par là-bas, sur le Garci...

L'adjudant trouve le 7 mai une jeep pour rejoindre ses anciens compagnons. Chargé de son sac de combat, sous une pluie serrée, il serpente ensuite vers les hauteurs par des sentiers de chèvres bordés de buissons de cactus ruisselants.

— Vous arrivez à pic, lui lance Laborde en bienvenue. Vous reprenez votre section...

Rajeuni de quelques mois, il retrouve les plus anciens de ses Marsouins. Alors que la pluie persiste, la compagnie relève une unité écossaise.

« Les Boches doivent être sourds là-haut, estime le Gascon. Avec le boucan que nous faisons ils devraient pourtant nous entendre et nous allumer ! »

La colonne écossaise se fond dans les nuées vers la route d'Enfidaville. Delsol découvre le lendemain un canon de 37 abandonné par les Italiens qui occupaient l'endroit avant l'assaut des Britanniques. L'appareil de pointage de la pièce est hors d'état et son frein ne fonctionne plus très bien.

— Ça ne fait rien, déclare Delsol, on va s'en servir en tirant à vue...

Les obus de 37 agacent les postes allemands. Leur riposte ne se fait pas attendre. Une volée d'obus de mortiers éclate. Les Marsouins étirés en éventail sur la droite des deux autres sections de Laborde se tapissent dans les trous d'hommes creusés par les Ecossais.

— On ne leur aura peut-être pas fait beaucoup de mal, aux Boches, souligne leur adjudant lorsqu'il est venu à bout du stock d'obus, mais il faut croire qu'on les a tout de même gênés, puisqu'ils nous ont répondu...

Des explosions déchirent la nuit du 11 mai.

— Ça vient de chez les Boches, estime Delsol. Ils sabotent leur matériel!

Les échos d'un accrochage entre un élément d'une autre compagnie et les défenseurs du djebel Garci se mêlent aux sourdes déflagrations. Aucun obus ne s'abat sur les sections de Laborde et, à l'aube, un tir d'artillerie française n'attire aucune riposte.

— Nous allons voir ce qui se passe là-haut! décide Laborde à 10 heures. Il me faut dix volontaires...

Delsol prend d'autorité la tête de la reconnaissance.

— Séparez-vous en deux groupes, ordonne-t-il après quelques dizaines de mètres. Et marchez à bonne distance...

Laborde fait partie de l'équipée. Il imite ses voltigeurs pour donner moins de prise aux tirs des mitrailleurs allemands qui peuvent se dévoiler à tout moment. Delsol entraîne le premier groupe en dessous d'un mamelon raviné de tranchées.

La brume crève. Un drapeau blanc s'agite à cinquante mètres sur la droite d'un étendard à croix gammée. Laborde décide de marcher droit sur eux tandis que Delsol poursuit la reconnaissance vers un fossé antichar avec deux hommes.

Des fantassins sortent de leur abri en criant et gesticulant.

— Ce sont des Italiens, reconnaît Delsol en ralentissant la progression.

Les vaincus sont coiffés de hauts calots à pompons. Ils hurlent de plus belle lorsque le Gascon donne l'ordre d'avancer.

— Ce sont eux qui nous guident! réalise ce dernier en comprenant que les vaincus lui indiquent un passage dans un glacis de mines. C'est le monde à l'envers...

Le trio traverse sans encombre les trente mètres qui le séparaient de la tranchée. Une vingtaine d'Italiens sortent de leur abri, mains en l'air. Le jeune aspirant qui les commande, l'air furieux, a seul conservé son arme.

« Il ne devait pas être d'accord pour se rendre ! » estime Delsol en le soulageant de son pistolet.

Des pierres roulent soudain d'une autre position installée à une trentaine de mètres au-dessus des Italiens. Trois soldats entament la descente, mains croisées sur la tête.

— Ceux-là, prend le temps de reconnaître Delsol, ce sont des Boches!

Suivant les trois premiers captifs, vingt Allemands emboîtent le pas de leurs alliés. Delsol les épie.

« Ils se tiennent aussi droits qu'au défilé... L'ordre de reddition a dû tomber de haut... Ils n'ont obéi qu'à contrecœur... ».

D'autres prisonniers, Italiens chargés d'informes baluchons et Allemands à l'équipement impeccable, se rendent encore par dizaines. Une algarade éclate. Un officier allemand, archétype de l'aryen blond, yeux bleus et morgue aristocratique, s'adresse à Laborde d'une voix rancie par les ordres hurlés au cours des derniers accrochages. Un caporal alsacien traduit son propos.

— Il n'admet pas que vous mélangiez ses hommes aux Italiens...

— C'est bon, décide Laborde, dites-lui qu'ils resteront ensemble... Demandez-lui l'effectif exact de son unité...

Très raide, l'officier vaincu donne un ordre. Ses sous-officiers comptent leurs hommes.

— Cent vingt-six, traduit l'Alsacien lorsqu'un *Feldwebel* a recueilli l'effectif de chaque section.

Delsol est impressionné par la démonstration de discipline qui tranche sur le laisser-aller des Italiens vautrés à quelques mètres.

— Demandez-lui, poursuit Laborde, s'il peut me donner sa parole que pas un de ses hommes n'a conservé d'armes dans son paquetage?

L'officier du Reich refuse de s'engager. Laborde insiste. L'Allemand se retourne vers ses sections alignées sac à terre.

— Ils n'ont plus d'armes, promet-il.

— Alors en route, ordonne Laborde.

Les Italiens s'ébranlent en désordre. Les Allemands se chargent de leur sac et ne bougent pas. Leur chef lance un dernier regard sur sa position conquise, où les pièces lourdes ont été sabotées. Il fait un signe à son ordonnance. Le deuxième classe ramasse son sac et l'aide à le passer sur ses épaules. Il époussette de la main sa tenue de combat, toise Laborde, et ordonne lui-même le départ.

— Ça c'est du soldat, souffle Delsol. Du vrai!

27

Intermède nord-africain

La victoire est totale en Tunisie. Grâce à l'apport des dizaines de milliers d'hommes de Giraud et des milliers de Français libres, les forces alliées ont capturé près de cent cinquante mille prisonniers. Elles se sont emparées d'un millier de canons. Plus de deux cents chars s'alignent dans leurs dépôts. Les Français libres de Magny ne quittent pas les abords d'Enfidaville.

Le 31 mai, huit Marsouins sont désignés dans chaque section de la compagnie Laborde. Ils doivent représenter la France libre à Tunis. Delsol en est, Pivette aussi. Tandis que le père Starcy, un aumônier, se charge de la propagande en ville, Laborde investit une école italienne de la rue du Maroc.

L'établissement prend vite des allures de caserne. Débarrassés des effigies du Duce, les murs sont lavés des inscriptions fascistes qui l'ornaient. Le fronton d'aigles s'agriffant aux haches de licteur est mis à bas sous les applaudissements d'une nuée de petits Arabes quémandeurs.

Delsol part à la chasse aux emblèmes pétainistes. Il arrache les affiches de la Phalange africaine et distribue avec ses hommes quatorze mille photos de De Gaulle. La propagande est payante. L'école de la rue du Maroc s'emplit de « déserteurs » de l'armée d'Afrique las des tergiversations de leurs chefs.

Au retour d'un meeting improvisé sur une place de la ville grouillante de troupes, un sergent retient Delsol par le bras.

— Tu as vu?

— Quoi?

— Le nom de cette rue...

Le Gascon lève la tête.

— Malapeste ! jure-t-il. Rue d'Italie ! C'est pas Dieu possible...

Les plaques disparaissent à la nuit tombée et, le lendemain, les passants empruntent la « rue du Général de Gaulle ».

— Comme ça, commente le Gascon, Tunis restera la première ville au monde a avoir eu sa rue de Gaulle !

Un défilé anime la capitale le 20 mai. Toutes les troupes qui ont participé au nettoyage du pays sont présentes. Les unités françaises libres sont ostensiblement séparées de l'armée d'Afrique.

— Quand est-ce que Giraud et ceux qui l'entourent, surtout eux, comprendront que l'union doit prévaloir sous l'autorité de De Gaulle ? commente Delsol après la longue parade qui lui a laissé un arrière-goût d'amertume.

— Vous savez, Delsol, lui fait très justement remarquer Laborde, tout bien réfléchi, Giraud c'est quelqu'un ! Il faut tout de même du courage pour s'évader à soixante ans passés d'une forteresse allemande en se lançant dans le vide au bout d'une corde comme il l'a fait en avril 42... Vous ne trouvez pas?

— C'est certain...

— En plus, il n'a jamais obéi aux pressions de Pétain qui lui conseillait de se rendre aux Allemands... Hitler considère d'ailleurs que le vieux général « Vaut à lui seul trente divisions »...

Le Landais précise encore que ce sont les Américains qui sont venus chercher Giraud en France et lui ont confié le pouvoir en Afrique du Nord.

— Ceux de Vichy lui ont balancé Darlan dans les jambes... Rien n'était facile...

— Vous avez raison, mon capitaine, reconnaît le Gascon, il n'y a qu'à notre échelon que tout est simple : d'un côté les bons, nous! De l'autre les mauvais, les Italiens, les Allemands et les vichystes!

Après les festivités de Tunis, les forces françaises libres sont ensuite, sur ordre d'Alger, renvoyées en Libye. Bien qu'une bonne partie de sa compagnie reste à Tunis, le Gascon trouve là une nouvelle source de rancœur.

Au matin du 22, Laborde a son masque des grands jours.

— Delsol, annonce-t-il, il faut former une section d'honneur pour aller assurer la protection du général de Gaulle à Alger pendant ses discussions avec Giraud...

Le Gascon choisit ses hommes parmi les plus sûrs et les plus grands. La section vêtue de neuf part en avion pour l'Algérie. Des gendarmes mobiles l'entourent dès qu'elle a débarqué à Maison-Blanche, à l'est de la capitale algérienne.

— Drôle de comité d'accueil, gronde le Gascon en se tenant sur ses gardes.

Laborde est entraîné vers le P.C. des gendarmes casqués.

— Sales gueules de vichystes! souffle son chef de section à Pierre Brusson, un grand et large caporal-chef qui a été fait, au grade de simple soldat, Compagnon en même temps que lui.

Le vétéran de la France libre ne répond pas car Laborde est ramené manu militari à l'avion. La section réembarque. Son Dakota décolle. Delsol questionne :

— Qu'est-ce qui s'est passé, mon capitaine?

— Les gens de Giraud n'ont pas confiance en nous!

Le 30 mai, de Gaulle est à Alger. Ses discussions avec Giraud s'achèvent le 22 juin par un compromis séparant le pouvoir militaire français en deux. L'Afrique du Nord et l'Afrique-Occidentale française demeurent sous le commandement de Giraud, les autres armées et les forces de la Résistance en métropole sous celui de De Gaulle.

— C'est tout ce qui compte, se réjouit Delsol lorsque la

nouvelle de l'accord tombe à Tunis, puisqu'on se battra dorénavant en Europe...

Laborde approuve son analyse.

— Vous avez raison... Mais la nomination de deux chefs d'état-major pour chaque armée de terre et de mer, Larminat et Auboyneau pour nous, Juin et Collinet pour ceux d'Alger, ne facilitera certainement pas les choses...

Le général Juin qui assumait par intérim les fonctions de résident général en Tunisie depuis la déposition de Moncef Bey et l'accession au trône du bey Sidi-Lamine cède la place le 22 au général Mast, l'un des artisans de l'opération *Torch*.

De Gaulle vient à Tunis le 26 juin. La compagnie Laborde défile cette fois en vedette. Après la parade noyée sous les acclamations d'une foule incomptable, le cortège du chef de la France libre se rend à la cathédrale. A la fin d'un office solennel, il s'adresse à la population place Gambetta.

La France se renouvelle!

Les mots sont déformés par l'amplificateur. Le Gascon ne saisit que quelques bribes du discours.

... ce peuple aura subi tant de douleurs, accumulé tant d'expériences sur son propre compte et sur celui des autres, comprimé en lui-même tant d'espoirs et tant de fureurs, qu'à peine ses liens brisés, il reparaîtra décidé à balayer les vieilles idoles, routines et formules dont il faillit périr et à organiser dans l'Empire, sur des bases plus larges et plus justes, la collaboration de sa souveraineté avec le loyalisme des millions d'hommes qu'il a la charge de guider...

L'élite musulmane est subjuguée, la place Gambetta se transforme en volcan. L'ovation enfle et dure. Delsol se croit revenu aux pires moments des bombardements de Bir Hakeim. De Gaulle salue les bras en V. La multitude, comme à regret, quitte la place en lentes théories chamarrées.

Le Gascon, saoulé par le brouhaha, demeure longtemps sous le choc. Puis il ramène sa section à l'école italienne en empruntant sa rue du Général de Gaulle.

Les Alliés occupent dans la première quinzaine de juin les îles qui s'égrènent entre la Tunisie et la Sicile. Puis la Sicile elle-même est envahie le 10 juillet par la 7e armée américaine du général Patton et la 8e armée britannique. Seule unité française engagée à l'assaut de la citadelle italienne, la 4e Tabor, détachée de l'armée Giraud pour renforcer la 3e division d'infanterie américaine, débarque quatre jours plus tard au sud de l'île, à Licata.

La section d'honneur de Delsol repart pour Alger le 6 août, en camion G.M.C. américain, sous les ordres du capitaine Mezan, un solide Picard du 22e bataillon de marche qui répète à la moindre occasion : « Souvenez-vous que les *Free French* sont des seigneurs ! » et garde dans sa cantine une impeccable tenue de cérémonie, vareuse bleu ciel et pantalon garance pour le jour de la victoire. Le convoi se heurte aux abords de Constantine à un contrôle américain.

— Décidément, gronde le Gascon, il est écrit que nous n'arriverons jamais à Alger !

Mezan discute longtemps avec son homologue yankee. Des messages radio sont échangés. La frise qui barrait le chemin s'écarte enfin. Les Marsouins s'installent à la nuit dans une caserne de pompiers. Delsol découvre une affiche recrutant pour la L.V.F.

— Enlevez ça tout de suite ! ordonne-t-il à un gradé des pompiers.

L'homme le dévisage, étonné.

— Pourquoi ?

Les autres Marsouins, tous Français libres de 40 et menaçants, entourent les pompiers. L'affiche est arrachée et déchirée. L'ambiance se détend.

— Mon adjudant, ici y a pas de voleurs, annonce le gradé, vous n'aurez pas besoin de mettre des sentinelles autour de vos véhicules...

Au moment du départ, Delsol constate que les affaires personnelles de ses hommes ont été pillées.

— Pas de voleurs, qu'il a dit le pompier... Malapeste ! Si je lui tombe dessus...

Le fautif ne se présente pas à la caserne avant le départ des Marsouins furieux. Le petit convoi atteint Alger sans autres ennuis. Après avoir reconnu ses postes de gardes, Delsol est invité à coucher dans une famille des hauts d'El-Biar.

— Notre fils, lui confie le chef de maison pour le persuader d'accepter son hospitalité, est un des rares résistants des premiers jours.

Les croix de Lorraine font naître en ville des réactions mitigées. Des insultes fusent parfois sur les trottoirs de la rue Michelet et de la rue d'Isly lorsque Delsol, entre deux gardes de De Gaulle, se promène avec ses hommes. Dans les quartiers populaires, sur le port et à Bab-el-Oued, les Marsouins sont fêtés, invités à partager l'anisette et la kémia, questionnés sur leur guerre, chargés de messages pour des frères, des cousins, des amis qui se sont engagés dès qu'ils l'ont pu pour se battre en Tunisie. Les journaux d'Alger, tout aux nouvelles tractations entre de Gaulle et Giraud, ne font pas leurs gros titres sur la guerre. Les combats cessent en Sicile le 17 août. Le Führer et le Duce ont perdu plus de cent cinquante mille hommes de la 6e armée allemande et du 14e corps d'armée italien.

Delsol rejoint la Tunisie le 27 août. Une longue jeune femme noire aux yeux immenses, en uniforme de l'armée de l'Air, s'est mêlée au convoi. Elle rit et chantonne tout le long de la route.

— C'est Joséphine Baker, apprend un légionnaire au Gascon.

L'adjudant n'a guère entendu parler de la chanteuse dévouée à la France libre depuis la première heure.

— J'étais en Indochine jusqu'en 38, puis au Liban en 39, plaide-t-il pour expliquer son ignorance, et depuis juin 40 la chanson, pour moi, tu sais...

Le képi blanc jette un coup d'œil sur la barrette de compagnon de l'adjudant, hoche la tête et murmure :

— Je comprends...

Le Gascon retrouve son bataillon à Sfax.

— On remonte vers Tunis, lui annonce un de ses plus vieux Marsouins.

— Tant mieux ! Ça ne me disait pas grand-chose d'aller croupir en Libye.

Il y a eu du changement à la 1re D.F.L. Kœnig en a quitté le commandement le 18 août après avoir promis qu'elle abandonnerait bientôt le purgatoire des sables libyens. Elle est maintenant commandée par le général Diego Brosset qui la ramène en Tunisie. Le nouveau patron des Français libres a conservé l'intrépidité du sergent quatre fois cité au feu qu'il était pendant la Grande Guerre et la vivacité de gestes de l'officier des sports qu'il fut pendant des années. Condottiere turbulent il s'entoure d'officiers hauts en couleur et tapageurs, comme Barberot, un officier fusilier marin qui avait combattu au B.I.M. en 1940.

Le B.I.M.P. s'installe entre Hammamet et Nabeul, à la naissance du cap Bon qui ferme le golfe de Tunis à l'est. Il est rééquipé de pied en cap. A l'américaine cette fois. Delsol soupèse un casque très profond de G.I.

— Cette casserole ressemble beaucoup trop au casque allemand, regrette-t-il.

Quelques Marsouins refusent tout net la nouvelle protection.

— On s'y fera à ce pot de chambre, leur lance le Gascon en coiffant le casque neuf.

Cinquième partie

LE GARIGLIANO

28

Vers l'Italie

Des éléments doivent être prélevés dans chaque unité française libre pour aller au Maroc prendre livraison du nouveau matériel roulant de la D.F.L. amené d'Angleterre par bateaux.

— Delsol, ordonne le capitaine Laborde, je vois bien que vous commencez à vous ennuyer... Vous êtes donc désigné pour aller là-bas...

Les Marsouins partent en chemin de fer.

— Quarante hommes, huit chevaux! commente leur adjudant en prenant place dans un wagon de marchandises. Voilà une excursion qui ne coûtera pas trop cher aux fourriers d'Alger...

Habitués depuis longtemps aux pires moyens de transport, les Coloniaux s'installent avec bonne humeur dans leur fourgon. Quelques wagons plus loin, des fusiliers marins estiment l'inconfort trop dégradant. Ils redescendent sur le quai et prennent à partie des fonctionnaires du réseau. L'un d'eux aperçoit des wagons de voyageurs sur une voie de garage. Ils obligent des cheminots à les atteler au convoi des Français libres et s'installent d'autorité sur des banquettes.

Au Maroc, la prévôté française brime les élans gaullistes. Les Marsouins sont assaillis sur les quais de Casablanca par des jeunes gens qui les supplient de les cacher dans leurs véhicules et de les emmener en Tunisie où ils veulent s'engager dans la France libre. Delsol accepte d'en prendre quelques-uns, mais il s'aperçoit vite que leur enthousiasme n'est pas le reflet des sentiments de toute la population casablancaise envers de Gaulle.

Les camions américains, conduits avec précautions pour roder leur moteur neuf, traversent l'Algérie. Delsol passe le 11 novembre à Sidi-Bel-Abbès, la Mecque de la Légion étrangère. Averties par le téléphone arabe de l'arrivée de la colonne, des familles françaises offrent des petits fanions à croix de Lorraine pour orner chaque véhicule.

Le convoi rejoint sans ennuis la division Brosset qui a déjà touché ses chars acheminés par chemin de fer par les fusiliers marins de Barberot et les spahis du 3e R.S.M.

La discipline a repris tous ses droits au bataillon Magny. Les Marsouins, accoutumés au laisser-aller des campagnes dans le désert, sont réprimandés avec sévérité pour le plus minime manquement aux règles militaires. La plus anodine bagarre en ville avec d'anciens vichystes, la plus légère cuite prise dans les bistrots de Nabeul et le moindre retard à l'appel sont sanctionnés. Les Français libres, surtout ceux qui se sont seulement engagés pour la durée de la guerre, acceptent mal le changement de régime.

« Le temps où la seule punition était le renvoi sur l'arrière est bien révolu... », regrette Delsol pourtant à cheval sur l'étiquette.

Le général Brosset, soucieux d'aligner les manières de sa division sur celles de l'armée d'Afrique, décide à contrecœur de former une compagnie disciplinaire dans le bled.

— Il ne tient pas à ce que nous nous fassions remarquer, explique Laborde à Delsol. Il faut le comprendre... Des bobards distillés par les vichystes dans les états-majors nous font passer pour de grandes compagnies de mercenaires... Il va falloir que nous assurions à tour de rôle l'encadrement de ce foutu bagne...

Le Gascon et le capitaine visitent le camp disciplinaire. Une large pancarte annonce le programme à son entrée : *On entre ici comme un lion, on en sort comme un mouton.*

Les disciplinaires, harcelés par une garde hurlante, se déplacent au pas de course. Ils sont pieds nus. Un casque lourd porté sans casque léger bat sur leur crâne rasé à zéro. Ils reçoivent pour toute nourriture un infect rata, et leur camp de tentes est entouré de barbelés.

— Ils sont plus mal traités que l'étaient les prisonniers italiens et allemands dans le désert! fait remarquer Delsol qui sort écœuré de la visite.

— Ce n'est pas encore à nous de venir monter la garde, le rassure Laborde tout aussi dégoûté. Nous n'aurons d'ailleurs peut-être pas à le faire si les rumeurs de débarquement en Italie se confirment...

Les deux hommes remontent dans leur jeep. Delsol profite du retour vers Nabeul pour demander d'un ton faussement dégagé :

— N'aurais-je pas le temps d'aller faire un petit tour en Egypte?

— Pour quoi faire, grands dieux?

— Me marier!

Laborde demeure coi. L'adjudant, soudain rajeuni de deux ans, lui raconte sa rencontre avec la jolie Grecque de l'*Heliopolis*.

— J'aurai bientôt trente-cinq ans, conclut-il, c'est le bon âge...

— C'est bon, Delsol. Vous convolerez si on nous en donne le temps...

Le capitaine fait accélérer les formalités paperassières pendant que le bord de mer tunisien se transforme en parc à canons, à camions et à blindés et que, de Bizerte à Nabeul, les petits ports s'encombrent de barges de débarquement.

De grosses unités croisent au large, couvées du ciel par d'inlassables patrouilles de chasseurs.

Les Marsouins sont au début de 1944 bien entraînés au service de leurs nouvelles armes. Delsol, qui a ajouté un chevron à son macaron de Français libre, trouve à nouveau le temps long.

— Rien ne va plus, mon capitaine, s'ouvre-t-il à Laborde. La Corse est libérée depuis septembre, les Alliés et quelques troupes de l'armée d'Afrique sont en Italie... Et nous, pendant ce temps : une... deux... on passe les jours à jouer au petit soldat!

— Je suis comme vous, mon pauvre Delsol... Mais la guerre est une longue préparation...

Le Gascon n'est pas le seul à se plaindre. Sa fébrilité est partagée à tous les échelons de la hiérarchie. Le général de Larminat entame une tournée des popotes pour calmer les esprits.

— Si on ne vous a pas encore engagés dans la bataille en Italie, explique-t-il devant le B.I.M.P., c'est qu'on vous réserve pour débarquer en France!

Un frisson de satisfaction parcourt les rangs de Tahitiens, de Canaques, de Français de souche venus du Maroc, d'Algérie, de Tunisie, et de métropolitains.

— Mais, poursuit l'ancien colonel de Palestine, je peux vous prédire sans me tromper que vous vous battrez tout de même en Italie... Les Alliés ont besoin de vous...

Le Gascon reçoit peu après son autorisation de mariage. La cérémonie, qui réjouit tous ses amis français d'Ismaïlia, est vite expédiée le 4 avril 1944. Le nouveau marié écoute chaque jour la radio pour se tenir au courant de la bataille en Italie. Devinant l'imminence de l'entrée en guerre de la D.F.L., il écourte de moitié sa lune de miel pour rejoindre sa compagnie. Son épouse accepte le sacrifice et ne fait rien pour le retenir.

« L'Italie... C'est un grand classique des voyages de noces », songe-t-il tristement dans l'avion qui l'emmène vers Tunis.

Bousculant la nostalgie, il essaye d'apercevoir sous le ventre de l'appareil des traces des combats passés. De minuscules points noirs tavellent le désert là où se sont déroulées les plus tragiques batailles. Avant de s'endormir, le Gascon a une pensée pour les morts de Bir Hakeim.

Le camp de Nabeul est désert.

— Malapeste! gronde-t-il. J'aurais pas dû aller en Egypte...

Le bataillon Magny a pris la mer le 22 avril, à bord d'un *Liberty ship*.

— Toute la division est partie d'un coup, lui raconte un éclopé. Il y avait plus de cent bateaux...

Le Gascon, dépité, se fait conduire au port de Bizerte. Jouant le faux M.P. et abusant de sa barrette de décorations, il embarque sur un navire en partance.

Le *Liberty* chargé de canons et de camions navigue dans un convoi escorté par des bateaux de guerre. Delsol a élu domicile dans la cabine d'un G.M.C. Une saucisse anti-aérienne se balance mollement au-dessus de chaque navire qui avance tous feux éteints la nuit. Dans le concert des sirènes qui permettent d'éviter les abordages, des M.P. patrouillent sur le pont pour empêcher les voyageurs d'allumer des cigarettes et de se servir de leurs lampes torches pour aller aux toilettes.

« J'ai connu mieux comme croisière ! » reconnaît le Gascon en prenant pied à Naples. Il ne s'intéresse pas à la ville penchée vers la mer en dessous du Vésuve et dont tout le petit peuple erre sur les quais encombrés de pièces d'artillerie luisantes de graisse, d'alignements d'obus et de caisses de toutes tailles. Des M.P. américains, noirs pour la plupart, larges épaules et gueules carrées, faussement nonchalants, se fraient un chemin dans le désordre bruyant avec des moulinets de matraque.

— Où sont les *Free French* ? s'inquiète le Gascon auprès d'un de leurs gradés.

Le sous-officier feuillette une liasse de paperasses et se lance dans une longue explication. Lorsqu'il a salué et s'est remis à mastiquer son chewing-gum, Delsol n'a retenu que deux mots : « Albanova... Route n° 6... »

Sans prendre le temps de manger, grignotant quelques biscuits de guerre et du chocolat, il décide de faire de l'auto-stop à la sortie du port. Un petit blindé tout neuf s'arrête.

— Où vas-tu ? lance son chauffeur, un fusilier marin au bonnet déformé et peu soucieux des grades.

— Albanova...

— Nous aussi ! Embarque...

Le scout-car prend la route n° 6. Après les faubourgs de Naples, dansant sur des ornières creusées par des milliers de passages de tanks, il se mêle à un train de camions chargés de troupes qui croise des ambulances redescendant du front, plus nombreuses au fil des kilomètres.

L'auto-stoppeur engage la conversation dans le concert discordant des moteurs.

— Est-ce que vous avez entendu parler d'un nommé Gloria ?

Un sako connaît l'ancien Marsouin, Français libre de la première heure qui avait combattu au B.I.M. dans la section de Barberot lors de sa première campagne dans le désert.

— Il est au commandement, avec Amyot d'Inville...

— Et Desmet ? Il a été fait Compagnon en même temps que moi...

Les fusiliers marins n'ont pas le temps de répondre. Delsol sursaute en apercevant le capitaine Laborde dans une jeep qui croise le scout-car.

— Stop ! hurle-t-il.

Le chauffeur pile net. Une volée d'injures jaillit du camion qui le suit.

— Merci, lance le Marsouin en sautant dans la jeep de Laborde.

— Qu'est-ce que vous faites là, Delsol ? s'étonne l'officier. Vous devriez être en train de roucouler en Egypte...

L'adjudant ne prend pas le temps de s'expliquer.

— Où sont les autres ?

L'officier est obligé de hurler pour se faire entendre dans le vacarme des camions qui défilent toujours.

— En réserve... A quelques kilomètres de Naples...

Le dernier G.M.C. du convoi a disparu vers le nord. Les deux hommes retrouvent un ton plus naturel.

— Nous ne sommes pas encore montés en ligne, explique Laborde. Je viens d'effectuer une reconnaissance sur le front... Nous n'allons pas tarder à entrer dans le bal...

— J'espère bien, mon capitaine... Je suis revenu pour ça !

— Alors, ça tombe bien... Vous en profiterez pour arroser vos galons d'adjudant-chef !

29

Les ponts du Garigliano

La division française libre, comme tout le corps expéditionnaire français en Italie, est mise aux ordres de la 5e division d'infanterie américaine du général Clark, ce dernier dépendant lui-même du général Alexander. Delsol est pressé d'étrenner ses nouveaux galons au feu.

— Il m'importe peu de savoir sous les ordres de qui on doit se battre, plaisante-t-il, puisque, de toute façon, mon seul chef c'est de Gaulle ! Surtout depuis que Giraud lui a abandonné tous les pouvoirs, le 9 avril...

Laborde dévisage le bouillant adjudant-chef que le mariage n'a pas défait d'un atome de pugnacité.

— Alors, d'après ce que je sais... Vous allez être particulièrement gâté...

Pressé de questions, le capitaine refuse d'en dire plus.

— Pour garder toute sa saveur à la surprise, souligne-t-il avant de s'éloigner.

Les Marsouins sont assaillis par des nuées de gosses aux yeux d'ange et à la main leste. Des hommes à chapeaux de feutre et chaussures de danseur rutilantes viennent leur proposer tout ce qui peut honnêtement ou malhonnêtement se trafiquer, des bas nylon, des cigarettes américaines, du whisky, des vêtements d'uniforme. Le tout dérobé pièce par pièce dans les entrepôts du port au nez des M.P. Ils proposent aussi des femmes. De très jeunes femmes vierges et même des garçons. Le Gascon moleste un ou deux trafiquants particulièrement insistants.

— Malapeste ! Ils nous prennent pour qui ces bouffeurs de nouilles... Ça ne suffit pas de les avoir endurés dans le désert, faut encore les supporter alors qu'ils sont en train de perdre la guerre...

La situation est des plus confuses en Italie. Les Marsouins ne comprennent plus vraiment qui y commande. Laborde démêle un peu pour eux l'écheveau des événements qui ont changé la règle du jeu au cours des derniers mois.

— Depuis le renversement de Mussolini en juillet dernier, le pays est en principe dirigé par le roi Victor-Emmanuel et le maréchal Badoglio qui a signé un armistice avec les Alliés le 3 septembre 43...

Un Marsouin lève la main, comme un gosse à l'école.

— Alors, mon capitaine, s'ils ont signé l'armistice, qu'est-ce qu'on fout là ? Pourquoi on ne nous envoie pas en France ?

Le Landais pèse sa réponse.

— Le Duce a été libéré dix jours plus tard par un commando monté par le général SS Otto Skorzeny... Il a formé au nord du pays, à Salo, une République fasciste italienne...

Quelques Coloniaux renoncent à comprendre. Ils se désintéressent de l'exposé. Laborde décide d'abréger le propos.

— Les troupes allemandes ont pris un peu partout la relève des unités italiennes... C'est donc à eux que nous aurons affaire...

— Ça ne me gêne pas, lâche Delsol. Je préfère ça...

Le bataillon quitte le 4 mai 1944 les faubourgs de Naples pour aller se poster en première réserve, à soixante kilomètres au nord-ouest.

— Nous devons nous attendre à être engagés dans une offensive baptisée « Diadème », explique Laborde une fois le camp établi... Nous attaquerons après avoir traversé le Garigliano...

Delsol sursaute.

– Celui de Bayard?

– Bien sûr...

Le cours d'eau légendaire est large de cent mètres par endroits. Descendant du monte Cassino où les Alliés piétinent devant l'ennemi depuis le 31 octobre 1943, grossi par le Liri, il serpente en larges méandres vers la mer.

Le 6 mai, les Marsouins rejoignent sa rive gauche en fin d'après-midi. Delsol se retourne vers le sud où des centaines de camions soulèvent un long nuage de poussière.

– Les routes sont bien trop sèches, regrette-t-il. Les Boches n'ont pas eu de mal à nous voir venir de loin...

Pendant que le franchissement du Garigliano s'articule, Delsol épie les réactions des derniers engagés. Il devine leur angoisse.

– C'est rien, le baptême du feu, lance-t-il à deux Marsouins qu'il trouve un peu trop crispés, c'est comme un dépucelage... Ça se passe toujours pas trop mal... Y a qu'à laisser faire les choses...

Les deux jeunes soldats se forcent à sourire. Les colonnes se forment et avancent vers un pont de bateaux agencé par le Génie de la division et baptisé « Tigre » sur les cartes d'état-major. Elles croisent des lentes cohortes de tirailleurs marocains.

Les Nord-Africains sont à bout. Ils ne répondent pas aux manifestations d'amitié des Marsouins. Delsol respecte leur fatigue.

« Nous ne ferons peut-être pas plus de bruit qu'eux si nous en revenons », songe-t-il lorsqu'ils disparaissent dans la nuit.

Le Tigre est atteint sans encombre. Il est serti dans un halo permanent de fumigènes qui le cachent aux vues des observateurs allemands. Des obus tombent alentour, au petit bonheur la chance. Les Marsouins traversent l'ouvrage mouvant par petits groupes espacés.

– A nous, ordonne Delsol en ayant pris soin de placer derrière lui les deux plus jeunes voltigeurs de sa section.

Des explosions de mortiers lourds accompagnent le bond. Des gerbes d'eau se mêlent aux fumées de camouflage dans un crissement épais.

— Ça va ? s'inquiète le Gascon une fois parcourus les cent mètres de pont.

— Tout le monde est là, le rassure le grand Brusson qui est passé sergent.

Le Gascon rejoint ses jeunes protégés.

« Ils sont bien dans leur peau, constate-t-il. En tout cas bien mieux qu'avant les coups de canon... »

Les Marsouins rejoignent la tête de pont française. D'autres unités marocaines décrochent à leur approche en abandonnant quelques muletiers pour assurer le transport du ravitaillement vers les hauteurs du Girofano. Delsol reçoit l'ordre d'étaler ses hommes dans les trous creusés par l'élément relevé. La compagnie Laborde fait le gros dos pendant deux jours sous des matraquages d'artillerie.

« Continuez comme ça, messieurs les Boches, se réjouit-il dans le vacarme, vous ne nous faites pas de mal et vous permettez à mes jeunes gars de prendre goût au feu... »

Le tir allemand se précise peu à peu. Un obus de mortier s'abat le 9 mai sur le P.C. de Magny. Pivette, qui assure les transmissions, est blessé à la tempe gauche mais refuse l'évacuation en prétendant qu'il ne souffre pas.

« Il a eu de la chance ! », grommelle Delsol en découvrant au cours d'une liaison avec son commandant la face doublée de volume et les yeux bouffis de son ami.

Quinze autres Marsouins sont plus ou moins gravement touchés au cours des deux jours qui suivent.

— Ça commence à bien faire, râle Delsol de plus en plus pressé de donner l'assaut. Il ne faudrait tout de même pas que le baptême de feu de nos jeunes se termine par une cérémonie funèbre...

Les commandants de compagnie et leurs chefs de section sont rameutés le 11 au P.C. du bataillon bien camouflé sur le flanc du Girofano.

— Nous allons nous frotter à la 94ᵉ division de Panzer grenadier, annonce le commandant Magny.

Delsol ne peut retenir un discret « Enfin ! ». Le quatre galons penché sur une carte explique ensuite que la division du général Brosset doit occuper le flanc droit d'un dispositif comprenant au centre la 2e division d'infanterie marocaine du général Dody et sur son aile gauche la 4e division du général Sevez.

— Nous attaquerons en direction de San-Andrea, San-Ambrogio et plus tard sur le confluent du Liri et du Garigliano, conclut l'officier... Le mouvement est prévu pour 23 heures...

Les cartes surchargées de traits épais marquant les objectifs principaux sont repliées, les commandants de compagnie et les chefs de section rejoignent leurs hommes. La nuit tombe.

Le Génie installe au soir de nouveaux ponts de bateaux pour permettre aux chars de la D.F.L. de traverser le Garigliano. Un rayon lumineux, rouge, jaillit soudain des hauteurs. Il passe la position des Marsouins et balaye les bords du cours d'eau.

— Les Boches cherchent à repérer les pontonniers, avertit Delsol.

Le manège agaçant dure quelques minutes à peine.

— Vous pouvez être sûrs que les mouchards sont en train de balancer au mètre près à leurs artilleurs les coordonnées des sapeurs...

Des grappes épaisses de mortiers labourent les bords du Garigliano. Le faisceau lumineux troue encore la nuit à trois reprises puis, à 23 heures, le ciel s'embrase sur quarante kilomètres au moins. Les pentes du Girofano frémissent de longues ondes.

— Je n'ai jamais vu ça! avoue Delsol à Laborde.

— Moi non plus, mon vieux, hurle presque l'officier saisi lui aussi par la féerie. Deux mille trois cents pièces viennent de tirer dans la même seconde...

Une seconde secousse, égale à la première, fait trembler la montagne. Puis une troisième. Delsol, sous son casque américain bien ajusté à la mentonnière, a les tempes battantes. Ses Marsouins, transpercés d'ondes qui les électrisent, se sont tapis au sol, mains crispées sur leurs armes.

Devant eux, les hauts du Girofano apparaissent et disparaissent dans le halo permanent des explosions.

La fantasmagorie dure environ une heure. Laborde consulte de plus en plus souvent sa montre-bracelet. Lorsqu'il estime que la préparation d'artillerie va cesser, il fait signe à Delsol.

— Ça va être à nous de jouer...

La nuit se calme tout à coup. Le Gascon a l'impression de décoller de terre. Des rafales de mitrailleuses lourdes s'échappent des positions allemandes. Elles bourdonnent très haut sur les Marsouins assourdis. Au signal de Laborde, les premiers voltigeurs commencent à grignoter la pente où flotte une entêtante odeur de poudre brûlée. Deux sections disparaissent dans la nuit. Delsol vérifie le harnachement de son sac de combat, prend longuement son souffle. Il a une pensée fugace pour sa jeune femme, et ordonne :

— En avant!

30

Sur la ligne Gustav

Les hauteurs imprécises du monte Cassino, nimbées d'un halo blanc-bleu, apparaissent parfois au nord, sur la droite de la progression des Marsouins. Delsol y jette de temps en temps un regard en calquant son avance sur le dernier voltigeur de la section qui le précède.

Les rafales allemandes prennent de plus en plus d'importance dans le concert de la bataille.

« Le rouleau compresseur de l'artillerie ne leur a pas fait grand mal ! regrette le Gascon. Il faut dire qu'ils sont enterrés là-haut depuis l'hiver dernier et que ce genre de préparation doit durer plus longtemps... »

Les canons alliés cessent de tirer pour ne pas massacrer les premières vagues d'assaut. L'effet de surprise escompté par l'état-major allié et qui avait interdit une plus longue préparation d'artillerie ne joue pas. Les Allemands se ressaisissent tout de suite. Leurs mortiers et leurs canons relayent les pièces françaises et américaines.

Grand fantôme dansant dans les éclairs, Laborde engage ses Marsouins dans une ravine. Le mouvement furtif est tout de suite pris sous un épais tir de barrage. Des hurlements de douleur et des ordres se mêlent dans un charivari démentiel. La progression s'enraye. Delsol met un genou en terre.

— Je vais voir ce qui se passe, crie-t-il à son adjoint de section, ne bouge plus sans mon ordre...

Frôlant le Gascon, des Marsouins rebroussent chemin, ahanant sous la charge des blessés.

— Le capitaine est touché, lui annonce un caporal.

Laborde, transporté sur un brancard de fortune, fait stopper son charroi près du chef de section.

— Nous ne passerons pas, souffle-t-il. Il faut faire remonter tout le monde vers le P.C. du commandant...

Dans la lueur des éclatements, Delsol se rend compte que le capitaine a puisé dans l'extrême fond de ses forces pour lui expliquer la situation. Il refuse de le faire souffrir davantage et ordonne aux porteurs en sueur de reprendre la pénible ascension. Un second officier blessé, le sous-lieutenant de Blois, l'accroche par le bras.

— J'ai été touché au moment où je venais de recevoir un ordre de repli...

— Et les autres officiers?

De Blois se raidit sous la douleur.

— Plus un seul de valide sur les six que nous étions... C'est vous qui commandez la compagnie!

Le sous-lieutenant se laisse emmener. Delsol étudie pendant quelques secondes les hauteurs tenues par l'ennemi.

— Gombert, ordonne-t-il ensuite au sergent qui le suit, remonte un peu vers la crête pour placer ton groupe en recueil des blessés...

Il atteint presque le fond du ravin lorsqu'une volée de mortiers s'éparpille autour de lui en éclats hurlants. Des balles de mitrailleuses lourdes accompagnent les obus. Des fantassins allemands tout proches lancent des grenades à manche. Une voix monte dans le vacarme.

— Delsol!

Le Gascon essaye d'apprécier l'endroit d'où a jailli l'appel. L'adjudant Haozi, comme lui vétéran de 40, le hèle à nouveau.

— Je ne te vois pas! lui crie-t-il.

— Un peu en dessous...

Il bondit sans se soucier des branches qui le fouettent.

— J'ai regroupé les derniers blessés, lui annonce Haozi.

Le Gascon rameute une poignée de Marsouins épargnés par le feu. Il les charge des hommes qui souffrent. Puis il indique à Haozi l'itinéraire relativement bien protégé qu'il a emprunté pour descendre.

La colonne se coule dans les buissons. Delsol fouille le fond du ravin avec deux Marsouins armés de mitraillettes.

— Il n'y a plus personne... Je remonte...

Les mitrailleuses du bataillon balayent les points de feu allemands. Delsol passe sous les rafales pour revenir vers ses hommes qui se sont étalés à mi-pente autour de l'élément de recueil de Gombert.

— Le plus dur reste à faire, apprécie-t-il.

Les Allemands lancés en contre-attaque approchent. Les blessés retiennent leurs gémissements pour ne pas trahir leur position. Un infirmier fait des piqûres de morphine, noue des garrots.

— Ils sont prêts, souffle-t-il à Delsol.

Le Gascon place un groupe en arrière-garde avec deux mitrailleuses et donne le signal du repli vers le P.C. du commandant Magny.

Les Marsouins, muscles tétanisés par l'effort, se poussent, dérapent en jurant, se tirent, et réussissent au bout de deux heures à sortir les gisants du volcan.

L'aube se lève. A l'est, le Garigliano disparaît sous des couches de brume étagées. Delsol repère à la jumelle un poste de secours installé à l'abri dans une dénivellation. Il y dépose les blessés et les morts et regagne la position qu'il occupait au signal de l'assaut.

Les Allemands pilonnent les rives du fleuve pour empêcher les chars des spahis et des fusiliers marins de s'enfoncer dans leurs lignes. Le Gascon fait le point.

— Nous avons eu quatorze tués et trente-quatre blessés, annonce-t-il d'une voix brisée au commandant Magny.

L'officier est atterré.

— Gardez le commandement de la compagnie, mon vieux Delsol... Tâchez de récupérer ce qui peut l'être...

Le Gascon court retrouver ses hommes en zigzaguant parmi des éclatements de mortiers légers.

— Il nous reste à peine de quoi reformer deux sections, se

rend-il compte en évaluant son maigre effectif. Haozi, tu en prends une, et toi, Sabot, tu vas t'installer là-bas sur notre droite avec la deuxième...

Les Marsouins profitent du moindre repli de terrain pour se réorganiser.

Pendant qu'ils s'installent, Delsol détaille à la jumelle des colonnes de fantassins qui se replient. Il distingue à peine dans des langues de brume quelques chars qui n'ont pas réussi à percer la ligne allemande et demeurent embourbés sur la rive ouest du Garigliano gorgée par les pluies abondantes du printemps. Une colonne d'ambulances file sur la route de Naples emmenant les blessés les plus gravement atteints. Le capitaine de Laborde fait partie du convoi.

— Je retourne au P.C., annonce le Gascon.

Il ne parcourt pas dix mètres, se jette au sol. Deux obus froufroutants le frôlent et vont s'abattre à cent mètres devant lui.

— Malapeste ! rugit-il. En plein sur la position de Sabot....

Il s'élance vers les cratères fumants.

— Le sergent est touché ! hurle une jeune recrue dont les traits accusent dix ans de plus que la veille.

Le Gascon craint pour la vie du sous-officier qui a été fait Compagnon de la Libération en même temps que lui. Une fois rassuré, il rejoint le P.C. après avoir lui avoir fait donner les premiers soins.

— Il reste trois blessés sur la pente, lui annonce Magny. Il faut les récupérer avant la nuit...

Delsol rejoint ses hommes qui saisissent tout de suite la situation.

— Je vais voir où ils sont, propose le caporal Bolmont.

Le volontaire disparaît sur la pente.

— Je les ai trouvés, annonce-t-il une heure plus tard.

Le sergent Chantoiseau prend la tête d'un groupe avec le caporal Martinez, un volontaire d'Afrique du Nord. Pendant que le secours progresse vers les blessés, des patrouilles de quatre ou cinq hommes sillonnent les ravines pour ramasser les sacs des blessés et des morts. L'artillerie alliée calme le feu adverse.

Chantoiseau et ses hommes ramènent au P.C. le médecin Escale, le sergent-chef Guillot et le deuxième classe Poli.

— Picol, ordonne ensuite Delsol, viens avec moi...

L'adjudant et le jeune sergent, armés chacun d'une lourde mitraillette Thompson de 11,43, entraînent quelques voltigeurs vers l'endroit où Laborde a été blessé. Un guetteur allemand décèle le mouvement. La ravine redevient un volcan. Delsol se tapit à l'abri d'un tronc abattu pendant la nuit. Son compagnon a plongé à quelques mètres.

— T'as rien? lui hurle-t-il.

Le sergent lève le bras pour signifier qu'il est sauf. Le feu allemand prend de l'épaisseur.

« Tout ça pour une poignée de Marsouins! pense Delsol. Ils ont des munitions à perdre, les Teutons... »

Le vacarme croît.

« On dirait des obus de chez nous! », estime le chef de patrouille en reconnaissant des explosions de 155.

Les Marsouins pris entre deux feux profitent d'une accalmie pour remonter vers le reste de la compagnie.

Le P.C. du commandant Magny est encombré de tout ce qui a été retrouvé par les patrouilles. Les morts sont allongés à l'abri des tirs allemands. Quelques blessés légers endurent leur mal en silence. Pivette, dont le visage a presque repris ses proportions naturelles, s'active auprès de ses radios. Delsol trouve enfin le temps d'échanger quelques mots avec lui.

— Mon pauvre Albert, qui aurait cru en 38 qu'on se retrouverait un jour dans une pareille aventure...

Le sergent-chef, comme toujours avare de ses paroles, hoche la tête.

— Sale coup! lâche-t-il. Quarante et un tués.... Quatre-vingt-quatre blessés...

— Plus du tiers rien qu'à ma compagnie, laisse échapper le Gascon. Et Laborde, as-tu des nouvelles?

Pivette grimace.

— Tout ce qu'on sait, c'est qu'il est salement touché !

Le Gascon quitte le P.C. La nuit tombe. Les pièces allemandes continuent à vomir le feu. Les Marsouins, comme étonnés d'être encore en vie, se terrent dans leurs trous, emmitouflés dans leur mince couverture de l'armée américaine.

Delsol vide machinalement une boîte de corned-beef et fait le tour de sa position, rectifiant çà et là l'angle de tir d'une mitrailleuse.

« Elle tient le coup, la ligne Gustav, trouve-t-il la force d'ironiser en se coulant à son tour dans un abri creusé par les tirailleurs. Les Boches qui l'occupent ont bien arrosé mes galons d'adjudant-chef ! »

Il a une pensée pour Laborde. Il sombre dans un sommeil de bête.

31

Mourir sur le monte Oro

Les Africains d'un bataillon de marche relèvent le B.I.M.P. à l'aube du 13 mai. Les Marsouins se replient en emmenant leurs morts. Sur le front grondant, les blindés d'Amyot d'Inville et ceux des spahis percent enfin la ligne Gustav. Le général Juin exploite aussitôt son avantage et le Girofano, une pièce maîtresse du dispositif allemand, est balayé malgré la résistance acharnée de ses occupants.

A quelques kilomètres du feu, Delsol suit le déroulement de la bataille à la jumelle pendant que des Marsouins torse nu creusent quarante et une tombes pour les morts de la veille à qui les honneurs sont rendus au cours d'une brève cérémonie.

Le commandant Magny reçoit au petit matin du 16 mai l'ordre de rejoindre un corps d'attaque dans une boucle du Garigliano, au sud du monte Cassino qui résiste toujours.

— Laborde est mort, s'entend annoncer Delsol à la fin du briefing de l'attaque.

— Ce n'est pas vrai ! gronde-t-il en s'éloignant des autres commandants de compagnie. Pas lui...

Il lui faut une bonne minute pour se contrôler et trouver la force d'aller annoncer la triste nouvelle à ses hommes. Quelques Marsouins ne peuvent retenir leurs larmes. Les autres crispent les mâchoires, serrent les poings, et jurent de venger le capitaine.

Delsol, avec un soupçon d'amertume, passe le commandement de sa compagnie au capitaine Roudaut.

– Naturellement, lui annonce ce dernier, je vous garde comme adjoint... Nous partons dans moins d'une heure.

Les Marsouins suivent en camions la rive sud du Liri. En préparation de l'assaut, l'artillerie déverse des milliers d'obus sur les hauteurs de l'ouest.

– Cette fois, nos chefs ne comptent plus sur l'effet de surprise !

Les G.M.C. stoppent aux approches de San-Giorgio, une bourgade à demi détruite et déserte. Le commandant Magny déploie ses compagnies.

– Des tanks vont venir nous appuyer, annonce Roudaut à Delsol.

Les Marsouins lancent leur attaque dès que les blindés les ont rejoints. Ils enlèvent les ruines d'un seul élan et le combat de poursuite, bien partagé entre les chars et les fantassins, se déroule avec bonheur jusqu'à 16 heures. Les Allemands rompent en direction du monte Oro qui domine le site à l'ouest, au-dessus d'Esperia.

– Tout va bien jusqu'ici, se réjouit Delsol en poussant quelques prisonniers vers la compagnie de commandement.

L'assaut s'étire de plus en plus sur les pentes de la montagne. La compagnie Roudaut est placée en réserve. A 17 heures, le commandant Magny ordonne à Delsol d'aller consolider l'avance en articulant une section entre ses deux premières compagnies.

Le mouvement ralentit car les blindés ne suffisent plus à épauler les unités éparses. Les Allemands profitent du répit inespéré pour installer un solide point de résistance sur la gauche de l'attaque.

– Palayret, ordonne alors le Gascon, rejoins le commandant avec ta section... Je te couvre...

Trois groupes de Marsouins manœuvrent comme à la parade sous les rafales et les éclatements de mortiers. Magny décide de balayer l'obstacle qui retarde l'ensemble du mouvement. Delsol suit à la jumelle l'avance des groupes de Palayret qui ont été rejoints par des chars.

— Regarde comme c'est bien mené, lance-t-il au Marsouin le plus proche. Ils vont les avoir !

Le sergent Gombert enlève la première ligne de feu en profitant au maximum de l'appui des tanks. Delsol jubile et s'apprête déjà à relancer le mouvement de sa section. Le commandant Magny, qui a suivi les voltigeurs sur la pente, choisit d'exploiter son avantage et d'aller occuper un petit talus qui barre l'accès à la crête.

Le Gascon suit le déroulement de l'action à la jumelle. Gombert, avec un groupe et le commandant, n'est plus qu'à vingt mètres du sommet. Les tanks postés en attente à trois cents mètres ne tirent plus. Les Marsouins prennent leur souffle et se ruent à l'assaut.

— Ils sont foutus ! gronde Delsol en les voyant s'écrouler au milieu d'un flot d'impacts de mitrailleuses.

Profitant de la surprise, les Allemands lancent une contre-attaque furieuse. Ils enjambent les assaillants hachés par leurs tirs déclenchés à moins de quinze mètres et jettent des grenades sur les deux autres éléments. Les chefs de groupes de l'attaque s'écroulent sans avoir eu le temps de trouver une parade.

Les Allemands attaquent sur toute la ligne du front. Durement malmenées, les deux autres compagnies de Marsouins se replient vers un ruisseau bordé de trembles écimés par les coups de canons.

Delsol reçoit le renfort d'une mitrailleuse de la 2e compagnie et prend position sur un chemin de terre pour protéger le repli.

— Mon adjudant, l'avertit un caporal, les Boches ont installé une pièce lourde là-bas...

Le Gascon découvre l'ennemi qui a profité de la pagaille pour venir se camoufler dans une maison en ruine à flanc de coteau.

— Ne bouge pas ! ordonne-t-il. Je vais chercher du renfort...

Rampant d'abord, courant ensuite, poursuivi par une rafale qui le manque, il réussit à rejoindre un blindé posté à l'affût d'un talus. Il grimpe sur l'engin au moteur haletant au point mort.

— Il y a une pièce à faire taire par chez moi, annonce-t-il au fusilier marin chef de char.

Le blindé rugit et se cabre. Ses chenilles arrachent des mottes de terre. Il file droit sur les Marsouins menacés. Quelques coups de canons suffisent à détruire la pièce allemande. Jusque-là dissimulées dans des maisons éparses sur la pente piquetée de gros nuages de fumée, d'autres armes lourdes entrent dans la bataille. Les sakos les engagent et les réduisent l'une après l'autre.

Rejoint par un second blindé, le tank-destroyer permet aux survivants de la section de Gombert de revenir vers Delsol. Puis les blindés sont rappelés en renfort devant un autre point de défense allemand.

— On ne bouge pas d'ici tant que tout le monde ne nous aura pas rejoints, annonce le Gascon.

Soutenant les blessés, guidés par deux Marsouins, Leclerc et Hertzmann, les survivants du carnage rejoignent un à un le chemin. Le sergent Palayret, blessé comme Picol et Maugard, les deux autres sous-officiers, ne prend pas le temps de souffler en atteignant la position du Gascon.

— Le commandant a disparu, annonce-t-il en se laissant tomber au sol, et le sergent Roux est mort ! Voilà son arme...

— Le pauvre gars, gronde l'adjudant-chef, c'était son premier combat avec nous... Et Gombert ?

— Il a été touché au moins deux fois... Les Boches l'ont emmené...

Delsol surveille les mouvements, inspecte les bords du ruisseau où s'est replié le gros du bataillon, et déclare :

— On va les rejoindre...

Les Marsouins valides se partagent les armes des morts. Les blessés les moins touchés tiennent à marcher. Les autres sont transportés à la hâte. Delsol fait tirer de longues rafales pour couvrir la section en repli et, lorsqu'il estime qu'elle est assez loin, il abandonne à son tour la position.

Des volées de mortiers et des rafales de mitrailleuses poursuivent la colonne étirée.

— Les Teutons ! jure l'adjudant-chef en se jetant au sol. Ils attendaient qu'on bouge pour nous tirer comme des pipes à la foire.

Un tireur à la Browning riposte au matraquage.

Les tanks sont loin. Delsol ne peut plus compter sur leur aide. Des mortiers amis s'abattent encore sur les masures occupées par l'ennemi qui risque de se lancer en poursuite d'un instant à l'autre.

De l'arrière, quelqu'un se rend enfin compte du drame qui se joue. Rameutés in extremis, des chars américains viennent se poster à quatre cents mètres des Allemands.

— On va s'en tirer, claironne Delsol pour remonter le moral de ses blessés tassés sous le feu.

Des coups de canons et des rafales américaines épaississent le vacarme. Dreyfus, un deuxième classe de dix-huit ans, court de groupe en groupe sans se soucier du feu.

— Il y a deux morts de plus ! vient-il annoncer à son chef. Le caporal Soler et Pigeard... Et Marco-Blanco est blessé !

Le jeune Marsouin retourne vers les blessés sans manifester plus de fébrilité qu'au cours d'une manœuvre. Les Allemands cèdent enfin sous la pression des tanks. Delsol ramène son monde au P.C. du bataillon où l'ambiance est lourde.

Le capitaine Roudaut assume dans la nuit qui tombe le commandement du B.I.M.P.

— Delsol, ordonne-t-il, vous reprenez la tête de la compagnie...

Les officiers font le point de la bataille. Les lignes allemandes ont été enfoncées jusqu'à Esperia, à quinze kilomètres à l'ouest. Delsol hoche la tête en grimaçant.

— Ils nous auront coûté cher ces malheureux kilomètres arrachés aux Boches depuis ce matin... Dix morts à la compagnie... Autant de blessés... Et notre chef de bataillon qui est sans doute mort lui aussi !

32

Rome

Les Marsouins ramenés à l'arrière épient dans la nuit les derniers souffles de la bataille. Des grondements trahissent des mouvements de chars. Delsol ne trouve pas le sommeil. Il compte et recompte ses hommes. La silhouette vive de Gombert le hante.

« Pourvu que Palayret ne se soit pas trompé, songe-t-il, et que les Boches aient eu le cœur de le soigner... »

La nuit traîne en longueur, rythmée par les chuintements des obus éclairants. Le paysage s'aplanit sous leur lumière irréelle. Les ombres des ruines s'allongent, s'élancent en flèches sur la montagne, et reculent dans les derniers feux des fusées. Des rafales s'échappent des postes de guet. Au nord, monte Cassino rougeoie toujours. A l'aube, Delsol a trouvé un peu de repos. Transpercé de rosée, il réveille les hommes qui n'étaient pas postés en sentinelle. Le P.C. du capitaine Roudaut s'anime. Des jeeps s'y arrêtent. Delsol décide de le rejoindre.

— Le sergent Gombert n'est pas mort! lui lance un Marsouin au visage dévoré par une barbe de trois jours. Il est revenu...

Le chef de section a la tête bandée et une jambe raide.

— Alors? le presse le Gascon.

Le Marsouin a déjà fait le récit de son aventure pour les officiers du P.C. Il recommence de bon cœur.

— Le commandant Magny est mort tout de suite avec quatre de mes gars... Je n'ai pas eu le temps de réaliser... Les Allemands m'ont ramassé et emmené...

Lorsque les choses ont commencé à mal tourner pour les défenseurs du monte Oro, le sergent a cru un instant sa mort venue lorsque, à 2 heures, un officier lui a indiqué du bras la direction des lignes françaises et conseillé d'y retourner.

— J'avais tort, répète-t-il d'une voix lasse, ils voulaient simplement se débarrasser d'une charge inutile...

Le miraculé explique comment, pendant des heures, rampant puis reprenant des forces, bien soutenu par les piqûres administrées par un infirmier allemand, il a pu se faire reconnaître à un poste de guet.

Le monastère du monte Cassino, écrasé par les bombes des forteresses volantes américaines, laminé par les obus depuis trois mois, tombe enfin le 18 mai après un dernier assaut d'une troupe polonaise du général Wladyslas Anders.

La ligne Gustav est éventrée, et la ligne Hilter qui la prolongeait cède aussi. Le B.I.M.P. participe à la poursuite des régiments du général Kesselring qui se replient en bon ordre, livrant quand il le faut de féroces combats retardateurs.

Delsol abandonne une seconde fois la tête de sa compagnie à un officier.

— Le capitaine Golfier a combattu dans la France libre dès 40, comme nous, explique-t-il à quelques Marsouins qui n'acceptent pas facilement le changement. Tout se passera bien...

Le Gascon accepte de redevenir officier adjoint.

— Mais, mon capitaine, prévient-il après la prise de commandement expédiée sans flonflons, quand on remontera en ligne, vous me redonnerez une section... Promis?

Le 22 mai, le capitaine Magendie, un jeune officier de trente-deux ans qui avait déserté en juin 40 de son unité à Djibouti, condamné à mort de la première heure, prend le commandement du B.I.M.P.

La jonction entre les troupes importantes qui avaient

débarqué à Anzio au sud-est de Rome et celles qui, comme la division Brosset, ont percé la ligne Gustav s'effectue le 25 mai.

Le bataillon de Marsouins a perdu plus de deux cents hommes. Il n'est plus qu'un fantôme lorsqu'il remonte au feu en traversant le massif du Lepini, libérant au passage des villages aux murs écroulés avant d'occuper un faubourg de Palestrina.

Rome n'est plus qu'à trente kilomètres au nord-ouest. Cette proximité excite les Marsouins qui considèrent la Ville éternelle comme une étape capitale de leur croisade pour la liberté.

Le 2 juin 1944, le pape Pie XII annonce dans un discours capté au P.C. du B.I.M.P. qu'il prie pour que Rome soit épargnée : « Quiconque menace la ville sacrée commet un parricide... Le désir de vengeance ne doit pas prévaloir sur l'esprit de justice. »

La ville est prise le 4 juin. Le jour même, le haut commandement fait prélever une compagnie d'honneur par division. Le Gascon choisit huit hommes par section dans sa compagnie. Les élus touchent une tenue de parade américaine et des guêtres neuves.

— On défilera en calot de la Colo, les avertit Delsol en veillant à la perfection de leur mise, il faut tout de même montrer qu'on est français !

La compagnie qui doit représenter la D.F.L. est mise aux ordres du capitaine Perreau.

— Nous allons retrouver les gars des autres divisions à un carrefour, avertit ce dernier.

Le convoi s'ébranle. Les Marsouins ont oublié leurs peines des mois passés. Delsol rêve à un autre défilé, auquel il s'est fait le serment de participer. A Paris.

Les compagnies attendues ne se présentent pas au rendez-vous.

— Qu'est-ce qu'on fait, mon capitaine? s'inquiète le Gascon.

Perreau étudie une carte routière. Il réfléchit un moment puis décide de foncer sur Rome. Des M.P. intraitables lui interdisent de s'engager sur la route nationale 6 réservée à l'usage du 30e corps anglais qui doit contourner la capitale pour se lancer à la poursuite des Allemands. Il engage sa jeep et le G.M.C. à travers champs.

— Tous les chemins mènent...

L'officier n'a pas le temps d'achever le proverbe. Des obus s'abattent autour des Marsouins. Les chauffeurs rebroussent chemin en faisant hurler leurs moteurs.

— C'est pas le moment de se faire avoir ! plaisante Delsol lorsque les tirs cessent.

Empruntant des routes secondaires, les Marsouins se perdent, retrouvent la bonne direction, s'égarent à nouveau. Le petit convoi parvient dans un faubourg de Rome à 22 heures. Malgré l'heure tardive et la guerre toute proche, des Italiens s'agglutinent autour de lui. Delsol prend son air des mauvais jours pour les éloigner. Il rattrape un vieillard par le bras.

— Où est l'ambassade de France ?

Un concert joyeux couvre la voix du vieil homme. Gesticulant, tout le monde se propose pour guider les Marsouins au Palais Farnèse. Un jeune Italien crie en français.

— Conduis-nous, ordonne Perreau en lui faisant signe de s'asseoir sur le capot de la jeep.

La jeep et le G.M.C. débouchent sur une petite place.

— C'est là...

Le guide empoche quelques paquets de cigarettes américaines et disparaît à la course. C'est un capitaine médecin du corps expéditionnaire français qui vient ouvrir la porte de l'ambassade. Il est accompagné d'un aumônier.

— C'est pas trop tôt, lâche-t-il en faisant les honneurs du palais, cela fait quarante-huit heures que nous sommes là, seuls avec ce monsieur...

L'homme présenté par l'officier est un fonctionnaire de l'ambassade qui s'empresse d'expliquer aux intrus qu'il ne leur sera pas possible de dormir au palais.

Perreau décide de laisser une garde sur place et, guidé par le fonctionnaire, il va en poster d'autres dans les principaux immeubles de Rome sur lesquels la France a des droits, la villa Borghèse et la villa Médicis. Puis, suivant le conseil de son guide, il traverse la ville pour aller s'installer avec Delsol à la villa Stroffen où étaient logés avant guerre les candidats français au Grand Prix de Rome de peinture.

Le lendemain, Delsol fouille dans des tiroirs du palais Farnèse.

— Qu'est-ce que vous cherchez ? s'inquiète Perreau.

— Un drapeau, mon capitaine. Maintenant que nous avons réoccupé ce petit bout de territoire français, il lui faut un drapeau...

L'adjudant découvre enfin un emblème bleu-blanc-rouge. Il s'empresse de le frapper à la façade du palais. Les compagnies d'honneur des autres divisions ne rejoignent Rome que deux jours plus tard. Juste à temps pour défiler le 6 juin sous les ovations de la population.

« Il n'y a pas longtemps, se dit le Gascon en marchant très raide à la gauche de la compagnie, c'étaient les Boches et les fascistes qu'ils applaudissaient... »

Les Marsouins passent sous le large balcon du palais de Venise où le Duce, maintenant président d'une république fantoche, aimait tant à pérorer au temps de sa splendeur.

— Les Alliés ont débarqué en Normandie ! annonce un chauffeur après la parade.

Delsol, crispé pendant tout le défilé, a subi les vivats italiens comme autant d'insultes. La nouvelle l'assomme. Son cœur bat la charge.

— Le débarquement ! Enfin, souffle-t-il. Ça sera bientôt à nous...

Le général Kesselring, malgré la perte de six divisions en quelques mois, conserve encore presque intacte sa 14e armée au nord de l'Italie. Le canon tonne à quelques kilomètres de Rome où les Marsouins passent six jours à la caserne Mussolini tout de suite rebaptisée Bayard. Le Gascon ne participe pas à la fête.

— Quand nous aurons libéré Paris, explique-t-il à ses hommes qui ne se privent pas des délices romaines.

Les Marsouins remisent leur tenue de gala et rejoignent le B.I.M.P. à quatre-vingts kilomètres au nord-ouest de Rome. Kesselring n'a pas renoncé à contenir les Alliés et ses régiments se battent avec l'énergie du désespoir.

Delsol apprend avec tristesse la mort d'Amyot d'Inville qui a sauté le 10 juin sur une mine, alors qu'il attaquait Viterbe. Des Français libres tombent encore à Orvieto, puis d'autres à Radicofani où la mêlée redevient générale sous des averses têtues. Les chars patinent dans des bourbiers. Le capitaine Mezan, avec qui Delsol avait fait le voyage de Tunis à Alger en 1943, tombe à son tour. Puis le capitaine Blanchet, qui commandait jusqu'en 40 la garde française à Shanghai où il rivalisait de ruse avec les pirates et les trafiquants chinois, est fracassé le 18 juin par un obus de 88.

Un ordre étrange tombe un matin au P.C. du bataillon. Pivette tend le message à son commandant : « *Désigner les deux plus mauvais soldats du B.I.M.P.* »

Magendie fronce les sourcils et convoque ses commandants de compagnie.

— Je ne sais pas trop ce que cela veut dire, leur confie-t-il après leur avoir donné connaissance de l'ordre peu commun, mais il va falloir obéir...

Le choix n'est pas aisé.

— C'est plus facile de trouver des gars à décorer, rage Delsol que l'affaire n'enchante pas.

Deux franches arsouilles sont tout de même dénichées en prison. Sans qu'on les avertisse de quoi que ce soit, mal fagotés, râleurs, jouant les gros bras, ils sont dirigés vers le P.C. de la division et alignés avec les autres « plus mauvais soldats » de toutes les unités du corps expéditionnaire français.

Un peloton d'exécution est formé. Une salve abat deux hommes surpris en train de détrousser des cadavres. Les spectateurs forcés, la mine défaite, s'attendent au pire.

— Que ce que vous venez de voir vous serve de leçon, leur explique un officier de la prévôté après la macabre exhibition.

Les deux arsouilles du B.I.M.P. sont ramenés près de leurs camarades et racontent ce qu'ils ont vu.

— C'est dur, je sais, commente Delsol pour ses hommes, mais nous, les Français libres, nous devons rester purs...

Comme disait le pauvre Mezan : « N'oubliez jamais que les *Free French* sont des seigneurs ! » Nous nous battons pour la liberté, et rien que pour cela...

Le bataillon est relevé le 22 juin et ramené quelques jours plus tard en camions à Anzio où il embarque à bord d'un transport de troupes qui appareille pour Naples.

— C'est une répétition générale ? fait remarquer Delsol à Golfier. Nous aurions été plus vite par la route...

Le capitaine acquiesce.

— Vous avez raison, Delsol... Nous débarquerons bientôt chez nous...

33

Entracte napolitain

Le B.I.M.P. retrouve ses cantonnements d'Albanova. La 1re D.F.L. a perdu en six semaines de combat près de sept cents tués. Deux mille blessés sont soignés dans les hôpitaux de Naples. Les Marsouins savent qu'ils débarqueront en France. La réorganisation du bataillon se passe dans la fièvre.

Le 27 juin, Magendie, qui a reçu son quatrième galon, fait appeler Delsol à son P.C.

— Vous partez demain avec moi à Rome, lui annonce-t-il. Notre drapeau doit être décoré par le général de Gaulle.

La garde d'honneur du B.I.M.P. piétine de longues heures à l'aérodrome de Rome.

— Qu'est-ce qui se passe, mon commandant? s'impatiente le Gascon.

— Je n'en sais pas plus que vous. Le général a dû avoir un empêchement de dernière heure...

Un message annonce que de Gaulle ne viendra pas.

— La cérémonie est remise au 30, à Naples, précise Magendie en donnant l'ordre du retour.

Le 30 juin, la D.F.L. est rameutée sur l'aérodrome de Naples.

— Delsol, vous ne vous occuperez pas de la garde au drapeau...

— Et pourquoi donc, mon commandant?

Magendie n'en dit pas plus.

— Ne discutez pas... Vous verrez bien...

Des ordres claquent dans le vent tiède. Des crosses de fusils heurtent la piste avec un bruit de vagues se fracassant sur des rochers. Les Français libres répètent une dernière fois la parade. De Gaulle est là. La troupe frissonne. Delsol trouve que le temps s'accélère. On le tire par le bras. Il se place dans une ligne d'hommes à décorer.

— Récipiendaires un pas en avant, hurle un maître de cérémonie.

Il obéit machinalement.

— Ouvrez le ban!

Les clairons et les tambours jouent la musique rapide du décorum. De Gaulle est là. Il reconnaît Delsol. Il lui sourit, tend le tissu de sa chemise américaine pour lui épingler le ruban jaune et vert de la Médaille militaire.

— Décidément, Delsol, nous nous rencontrons souvent... La dernière fois c'était à Quastina et vous étiez alors sergent... C'est bien ça?

Le Gascon trouve que le géant a beaucoup de mémoire. Il hasarde quelques mots qu'il voudrait assurés mais qui ne sont que des balbutiements maladroits. Le Général, déjà, s'éloigne.

— Fermez le ban! hurle un officier.

La musique clôt la remise de décorations. De Gaulle salue une dernière fois le drapeau du B.I.M.P. qu'il a orné de la croix de la Libération, et s'en va à grands pas, suivi par quelques généraux.

L'instruction s'accélère dans les jours suivants. Les jeunes recrues sont vite à la hauteur de leurs anciens.

— On verra ce que ça donnera au feu, confie Delsol à son commandant de compagnie. Mais j'ai confiance... Les premières embûches révéleront de sacrés combattants! Et ce ne sera pas forcément ceux qui ont brillé par ici...

Les deux hommes font la tournée des hôpitaux. Ils terminent par l'hospice de Bagnoli où sont soignés les deux officiers survivants des combats du 16 mai.

— De Blois, décide le capitaine en se réjouissant de l'amélioration de la santé du sous-lieutenant, on vous emmène faire un tour en ville !

Le blessé obéit. Le trio se fait conduire en jeep sur la corniche. La baie de Naples s'étend devant eux, majestueuse et veillée par le Vésuve.

— Au fait, Delsol, se souvient soudain le capitaine Golfier, le commandant voudrait vous voir...

De Blois est ramené à l'hôpital. Le Gascon, dès son retour au bataillon, file au P.C. de Magendie.

— Ah, Delsol ! Je vous attendais...

« Encore une quelconque mission de garde d'honneur à la clé », imagine le Gascon.

— Vous êtes nommé sous-lieutenant !

— Quoi ? Nous sommes le 6 juillet, mon commandant, pas le 1er avril...

Magendie, tout heureux de faire plaisir à celui qu'il considère comme un des piliers du bataillon, lui tend un message.

— C'est pourtant vrai, ne trouve qu'à dire le promu. Merci, mon commandant !

Une fois dehors, le Gascon reprend ses esprits. Ivre de joie, il revit en quelques secondes toutes les peurs surmontées, les doutes qui sont venus le hanter aux pires moments de Bir Hakeim, les fatigues endurées, les insultes subies en Syrie.

Fêté à sa compagnie, invité à dîner par son commandant, puis par le colonel commandant la brigade, félicité par le général Brosset, le nouveau sous-lieutenant ne voit pas passer les jours.

« Il est temps d'arrêter les arrosages, se rend-il compte au bout d'une semaine de fête, mon pauvre foie ne tiendra pas le coup... »

Le 21 juillet, le bruit court que Hitler a échappé la veille à un attentat.

— Les nazis sont foutus, conclut le Gascon qui s'est remis aux tâches de l'instruction avec encore plus de cœur. Des officiers dignes de ce nom ne croiront plus longtemps à leur Führer de malheur...

Il en apprend un peu plus au fil des jours sur l'attentat qui a eu lieu à Rastenbourg, au cœur du *Wolfschanze*, « la tanière du loup », le Q.G. de Hitler.

— C'est le colonel von Stauffenberg qui a posé la bombe dans un porte-documents, précise un capitaine du P.C. de Brosset. Les conjurés avaient prévu d'agir dans toutes les capitales européennes dès l'annonce de la mort du Führer... Ils devaient former un gouvernement antinazi après avoir arrêté les principaux chefs de l'armée...

— Dommage qu'ils n'aient pas réussi... La guerre serait finie...

Puis, le Gascon se reprend :

— Et puis non... Après tout, c'est peut-être mieux comme ça... C'est à nous de libérer le pays... Ils sont quand même foutus et il y en a qui auraient profité du coup d'Etat pour échapper à la punition... !

Delsol sait que les Alliés avancent inexorablement vers Paris et que la Résistance porte partout en France des coups sérieux aux corps de troupes allemands en paralysant leurs transports.

— D'après vous, mon capitaine, s'inquiète-t-il lorsque l'officier en a terminé avec son exposé sur l'opération *Walkyrie*, quand débarquerons-nous en France ?

Le trois galons lui serre la main en lâchant un imprécis « Très bientôt ! ».

L'annonce du départ court au soir du 28 juillet parmi les compagnies à l'effectif reconstitué.

— Ce n'est qu'une première étape, annonce Delsol à ses Marsouins impatients d'en découdre en France, nous partons demain matin pour Tarente où se regroupe la division...

Le bataillon doit gagner en train le grand port de la mer Ionienne, tout au sud de l'Italie. Les Tahitiens et les

Canaques chantent lorsque le convoi s'ébranle dans des chuintements de vapeur. Une collision avec une autre rame les jette les uns contre les autres. Deux d'entre eux ont un bras cassé. Leurs compagnons se lancent à la course derrière un cheminot.

— Il a volontairement aiguillé l'autre train contre nous, hurle un Marsouin en ramenant le fautif.

Des Canaques pointent leurs armes sur l'Italien qui tente en vain de se justifier.

— Malapeste, gronde Delsol, ils vont le tuer!

Le capitaine Golfier s'interpose in extremis. Les Marsouins furieux lâchent le saboteur.

— Il va payer, leur promet le capitaine tandis qu'ils remontent à regret dans leur wagon.

Le train repart. Les chansons reprennent.

— Je ne sens pas ce bled, grommelle Delsol une fois débarqué à Tarente.

— Vous dites, mon lieutenant?

Le Gascon a du mal à préciser sa pénible impression.

— Je dis que ce bled ne me dit rien qui vaille... Les gens nous dévisagent d'une drôle de manière...

Le port de Tarente est nuit et jour animé par les opérations d'embarquement de pièces d'artillerie, de chars et de camions qui vont s'aligner sur le pont de dizaines de bateaux. Ceux-ci, une fois chargés, retournent mouiller au large.

Les Marsouins et les fusiliers marins profitent de l'attente pour traîner en ville sous la surveillance de patrouilles de M.P. Des Italiens poignardent quelques permissionnaires. Les Marsouins et les sakos lancent de sanglantes opérations de représailles.

— Ma première impression était la bonne, confie Delsol au commandant Magendie qui a réuni les officiers pour ramener l'ordre, nos gars n'ont pas tort!

— Tort ou pas, j'ai reçu l'ordre de les consigner... Plus de sortie à partir de maintenant!

Delsol transmet à contrecœur la nouvelle à ses hommes. La mesure est prise comme une brimade.

— M'en fous, grommelle un vétéran canaque. On sortira quand même !

Delsol fait mine de n'avoir rien entendu.

— La pilule ne passera pas facilement, annonce-t-il à Golfier.

Les Marsouins sont consignés à quelques kilomètres de la ville. La prévôté les surveille. L'ambiance se détériore encore plus lorsqu'un fusilier marin est assassiné.

— C'en est trop, reconnaît Delsol, il faut faire quelque chose, mon capitaine !

— Nos chefs ont obtenu des garanties auprès des autorités civiles... Les choses vont s'arranger... Les hommes pourront à nouveau aller en ville...

Rien ne s'arrange. Au contraire et, malgré les promesses des édiles communistes, des gendarmes italiens ouvrent le feu sur des permissionnaires désarmés, tuant un second fusilier marin. Un accrochage sérieux éclate aux abords d'une caserne de carabiniers alors qu'un officier d'Amyot d'Inville venait avec des représentants de la mairie faire une enquête sur les événements des derniers jours.

Le camp des Français libres est en effervescence à la nuit tombée. Des fusiliers marins, des légionnaires et des Marsouins armés sont prêts à lancer une opération punitive sur la ville. Prévenus à temps, des officiers tentent de les détourner de leurs intentions. Delsol, pourtant de tout cœur avec ses hommes, essaye une dernière fois de les retenir.

— Vous allez gâcher tout ce que nous avons fait de bien jusqu'ici, leur explique-t-il. C'est ce que ces salopards espèrent... Ne leur donnez pas raison...

Des groupes d'indécis grommellent. L'arrivée au camp du général Brosset calme les esprits. Il trouve le mot qu'il fallait pour enrayer l'expédition :

— Si vous ne rentrez pas dans vos baraquements, menace-t-il, vous ne débarquerez pas en France !

Le silence se fait en quelques secondes. Les Marsouins vont remettre leurs armes à leur place.

— Ouf ! souffle Delsol lorsque le calme est revenu dans le camp cerné par la prévôté. J'ai bien cru que la ville allait être mise à feu et à sang...

Sixième partie

La Provence

34

Le débarquement de Provence

7 août 1944. Les Marsouins sont depuis des heures entassés à bord de l'*Empire Pride*, un paquebot anglais transformé en transport de troupes. Delsol s'impatiente dans la cohue. Il ne sait ni la date de l'appareillage, ni la destination précise de l'expédition. L'*Empire Pride* ne bouge pas de son quai protégé par un cordon de M.P.

— On pourrait tout aussi bien se retrouver en Tunisie, laisse échapper un caporal au lendemain de l'embarquement, pas vrai, mon lieutenant?

Le Gascon balaie l'éventualité d'un geste agacé. Les machines font enfin vibrer la coque de l'*Empire Pride*. Les amarres sont larguées. Le paquebot sort du port en lançant des hurlements de sirène. Les Marsouins se pressent à son bastingage. Un frisson de désappointement parcourt leurs lignes serrées lorsque le commandant du navire revient au port après avoir tracé de larges cercles d'écume au large de Tarente. Le manège reprend le lendemain, par deux fois, puis se poursuit jusqu'au dimanche 13 août 1944.

L'*Empire Pride* s'éloigne cette fois de Tarente. Il prend au large la tête d'un convoi protégé par des bâtiments alliés. Les officiers du bataillon se réunissent quelques heures plus tard dans le grand salon du paquebot.

— Messieurs, attaque le colonel Raynal, commandant de

la brigade, nous allons débarquer en Provence, à Cavalaire... Le 15 août pour être précis...

Delsol se sent délivré de l'oppression qui le torturait depuis l'embarquement.

— Vous découvrirez vos objectifs sur les cartes que nous allons vous faire distribuer...

Le Gascon est déçu en apprenant que son bataillon ne débarquera qu'après une première vague de commandos et un largage massif de parachutistes américains. Un officier prend la relève du colonel pour expliquer les mesures de black-out à respecter durant les nuits de navigation.

— Interdisez à vos hommes de se pencher par-dessus bord... Vous vous doutez bien que le bateau ne s'arrêterait pas pour repêcher ceux qui tomberaient à la mer...

L'*Empire Pride*, qui a navigué chaque nuit tous feux éteints, approche des côtes françaises. Les Marsouins sont fous de joie en apprenant enfin la destination de l'expédition. Les officiers sont tenus d'heure en heure au courant des premiers résultats du débarquement.

— Tout va bien, à ce qu'il paraîtrait, vient expliquer Delsol à ses hommes. Les parachutistes sont en train de bousculer les Boches de la 19e armée du général Wiese...

La Provence est en vue au soir du 15 août. Delsol fixe la ligne montagneuse survolée par quelques avions. Plus de deux cents bateaux encombrent la baie de Cavalaire. A la nuit, les Marsouins sont transbordés dans des barges américaines.

Les Allemands ne lancent qu'une timide reconnaissance aérienne du convoi. Les pièces de l'armada se déchaînent contre les intrus qui trouvent le salut dans la fuite. Les bateaux à fond plat, chargés à l'extrême, touchent le sable. Les Coloniaux pataugent dans un mètre cinquante d'eau. Croulant sous leur matériel de combat, engoncés dans une bouée de sauvetage gonflable, ils ressemblent à des bibendums maladroits. Surtout ceux qui ont été chargés d'un jerrican d'eau douce pour pallier un empoisonnement possible des eaux dans les villages qu'ils auront reconquis. Les plus petits suffoquent dans les rouleaux. Les plus grands les poussent, les tirent. Tout le monde est sur la plage en moins d'une heure.

Delsol regroupe ses hommes débarrassés de leurs brassières. Il s'assure que personne ne manque à l'appel et s'accorde le temps de parcourir du regard les abords de la plage.

« Ça sent bon, songe-t-il sans retenir ses larmes. Je crois bien, messieurs les Boches, que le moment est venu de régler quelques comptes... »

La colonne se coule derrière des guides au travers d'un champ de mines. Un ordre remontant de la plage la fait stopper jusqu'au matin. Delsol scrute les environs à la jumelle. Des lueurs dansent à l'ouest. Des coups de canons rythment la nuit tiède. Pressé de découvrir le paysage, tout le monde est debout bien avant l'aube. Le canon ne tonne plus. Il n'y a pas un nuage dans le ciel. Les bateaux de l'armada se balancent légèrement au rythme d'un petit vent. Des alignements de ballons antiaériens dansent à la même cadence au bout de leur câble. Une odeur de café chaud court dans la vigne aux feuilles humides de rosée. Des boîtes de conserve crissent sous les ouvre-boîtes. Delsol ne se lasse pas de balayer à la jumelle le terrain peu à peu éclairé par le soleil levant. Il découvre les hauteurs de Ramatuelle à l'est, puis Cogolin plus au nord, et inspecte les contreforts des Maures, mauves à l'ouest.

— Il manque quelque chose ici, lance-t-il à Sabot, son adjoint, tu ne trouves pas?

— Quoi donc, mon lieutenant? s'étonne le sous-officier qui a tenu à débarquer malgré les avis contraires des médecins.

— Les couleurs!

Le Gascon appelle un caporal.

— Va chercher un drapeau au P.C., lui ordonne-t-il, et va l'installer sur le plus grand des pins que tu vois là-bas...

Le soleil est déjà haut dans le ciel lorsque le drapeau à croix de Lorraine flotte dans le vent. L'ordre de demeurer en réserve n'entame pas la bonne humeur qui règne dans les sections. Un orage éclate au soir. La foudre déchire plusieurs saucisses du réseau antiaérien.

L'ordre de lever le camp tombe à l'aube du 18 août, les commandants de compagnie étudient les objectifs autour de Magendie.

— Nous allons relever les commandos et les paras, annonce Delsol au retour du briefing.

Une formidable détermination se devine dans les regards des Marsouins qui se lancent à bons pas sur la route de Hyères. Le canon tonne à nouveau. Des gosses bavards, pédalant sur des bicyclettes grinçantes, harcèlent les Français libres.

— D'où venez-vous? leur lance un gamin juché sur un vélo bien trop grand pour lui.

— Ça serait trop long à t'expliquer, lui répond Delsol.

L'escorte tapageuse, chargée de biscuits de guerre et de sucreries prélevés dans les boîtes de rations, abandonne la troupe au bout de quelques kilomètres. Une marmaille identique, chemisettes mal boutonnées et bérets trop petits, bicyclettes mal huilées, voix aiguës à l'accent chantant, prend leur relève aux abords du hameau suivant. Aux haltes, à l'entrée des villages à toits de tuiles rousses, des adultes, pour la plupart embrassardés de bleu-blanc-rouge, quelques-uns armés de vieilles pétoires, viennent poser exactement les mêmes questions que les gosses. Des ordres font hâter le mouvement, les Marsouins avancent à marche forcée sur les bas-côtés de la route se déroulant au milieu des champs de vignes et bordée de platanes à troncs lépreux.

— Brosset veut arriver à Toulon avant la 9e D.I.C. de Magnan, ironise le Gascon.

La colonne, qui a perdu au soir une bonne partie de ses derniers éléments égaillés dans les villages pour fêter les retrouvailles avec le pays, est au soir au nord de Hyères, au-dessus d'une plaine où serpente le Réal-Martin qui va se jeter un peu plus au sud dans le Gapeau. Le colonel Raynal est furieux lorsque Magendie lui apprend qu'il attend des traînards.

— Mais, fait remarquer ce dernier, m'aviez-vous, oui ou non, ordonné de rallier les abords de Hyères le plus vite possible?

Comme le colonel acquiesce, il poursuit son avantage :

— Alors, c'était bien naturel que je sème en route les moins bons marcheurs... Plus de quarante-cinq kilomètres à marche forcée, ça compte...

Raynal ne décolère pas.

— Je ne veux pas le savoir! Le général est très monté contre vous... Je vous donne quinze jours d'arrêt! Et vous me casserez l'officier qui commandait les traînards...

Magendie laisse passer l'orage.

— C'est tout, mon colonel?

— Non, ce n'est pas tout! Votre bataillon n'aura pas le droit de participer au défilé dans la première grande ville libérée...

Le commandant du B.I.M.P. traduit grande ville par Toulon. Il explose :

— C'est injuste! J'accepte toutes les punitions que vous voudrez à titre individuel, mais pas de châtiment collectif... Dites-le bien à Brosset!

Le message passe. Le général le comprend. Magendie et les autres punis ne subiront qu'une peine de principe.

Golfier réunit ses chefs de section après l'algarade.

— Pas le temps de souffler... Nous avons reçu l'ordre d'attaquer l'Oratoire où les Allemands ont installé une solide défense... De l'autre côté du Gapeau...

Delsol étudie la carte en grimaçant.

— C'est tout ce que vous avez comme renseignements, mon capitaine ?

L'officier hausse les épaules.

— Oui, mon vieux Delsol, c'est tout..

— Alors on fera avec...

La colonne de voltigeurs se met en marche vers l'objectif en profitant de l'absence de lune. Les Marsouins traversent sans mal le Gapeau aux eaux très basses.

— Jusqu'ici, souffle Delsol à son adjoint de section, tout va bien... On va piquer par là-bas...

Les maisons basses occupées par les Allemands se

découpent à peine derrière un rideau d'ifs. Les Marsouins sont presque à distance d'assaut lorsque des mitrailleuses déroulent un tapis de feu au ras de leurs têtes. Un combat aveugle s'engage. Le paysage s'illumine lorsque éclatent des volées de mortiers légers. Trois Marsouins sont touchés et se jettent à l'abri d'un boqueteau de pins. Delsol fait donner toutes ses armes. La colline sent la poudre. Des pièces d'artillerie, alertées par l'accrochage, pilonnent au large, vers des bastions allemands repérés au cours de la journée.

— Ils auraient pu en faire autant par ici avant qu'on arrive, râle Delsol en étudiant le dispositif ennemi qui dévoile une à une ses pièces.

Un Marsouin essoufflé se jette contre lui.

— Cecchini est mort, mon lieutenant!

La forme inerte du voltigeur fauché par une rafale de M.G. gît à quelques mètres du bouquet de pins rabougris. Delsol fait cracher ses mitrailleuses à l'unisson. Deux Marsouins profitent de leur couverture pour aller récupérer le mort.

Les Allemands engagent leur tir lorsque faiblit celui des Français libres. Delsol est obligé de battre en retraite.

— Chargez les blessés, ordonne-t-il à ses voltigeurs en plaçant une pièce en protection du repli, je vous couvre...

La progression est ardue, les porteurs sont vite à bout de forces. Le Gascon fait décrocher la Browning une fois qu'ils sont enfoncés assez loin dans la forêt de pins. Sabot vacille soudain en franchissant le Gapeau.

— Tu es touché? craint Delsol.

— Non, ma blessure a dû se rouvrir...

— Tu tiendras le coup?

Le sous-officier, malgré la douleur, acquiesce d'un mouvement de tête. Le Gascon l'aide à escalader la rive.

— Ça va aller, lui souffle-t-il, les copains ne sont plus loin...

Les Marsouins s'éloignent du cours d'eau.

— Plus qu'une petite grimpette et on y est, les encourage Delsol qui s'est chargé de la mitraillette et du sac de combat du mort.

Alerté par les échos de l'accrochage, un groupe approche

en recueil. Les blessés sont tout de suite dirigés vers l'arrière.

— Je l'avais bien dit, mon capitaine, souffle le Gascon en regagnant le P.C., nous n'avions pas assez de renseignements...

Et, comme Golfier est d'accord, il poursuit :

— Il nous faudrait des guides connaissant bien la région... Nous ne pouvons pas canarder les villages au petit bonheur la chance...

35

Combats pour Hyères

La journée du 20 août s'écoule en observations au nord de Hyères. Les trois compagnies de voltigeurs de Magendie se sont partagé les moindres recoins de rochers sur les pitons arides. En dessous d'eux, la ville s'étale au soleil. Ses toitures rouges tranchent sur les reflets de la mer qui paresse, poignardée par l'étroite presqu'île de Giens. Plus au sud, plates sous le soleil, les îles de Porquerolles et de Port-Cros marient leurs verts aux bleus du ciel et de l'eau.

— On ne voit pas un seul Teuton! regrette Delsol en fouillant le paysage. Il y en a pourtant un peu partout, on s'en est aperçu cette nuit...

Au soir, le Gascon reçoit l'ordre d'attaquer à nouveau l'Oratoire.

— Cette fois, lui explique son capitaine, vous agirez en tenaille avec la section du lieutenant Anglade...

Les deux chefs de section se partagent les missions. Leurs groupes parviennent à approcher des défenses allemandes sans éveiller la moindre attention.

— Cette fois, jubile le Gascon en attendant le signal d'Anglade, ils sont foutus!

Les servants de mitrailleuse se postent aux meilleurs emplacements pour tenir l'ensemble des maisons sous leur feu. Les voltigeurs se défont de leur sac.

— Paré, Brusson? souffle Delsol au grand sergent Compagnon de Quastina.

Le géant hoche la tête. Les Marsouins, furtifs, se faufilent entre les arbres. Ils sont vite à distance d'assaut. Ils lancent quelques grenades et entament le dernier bond.

D'abord surpris, les Allemands se reprennent. La mêlée ne leur permet pas d'utiliser au mieux leurs mitrailleuses.

— Attention, Leroy! hurle soudain Delsol lorsqu'un de leurs groupes menace de contourner l'attaque.

Le sergent alerté à temps détourne les feux de ses armes vers le danger. La tentative de contre-attaque s'enraye. Des ordres hurlés annoncent le repli de la petite garnison. Delsol, pistolet à la main, lance la poursuite. Un Allemand posté en combat retardateur se dresse soudain devant lui. Les deux hommes tirent dans la même seconde. La tête fracassée, le grenadier allemand s'écroule.

« Si je meurs, prend le temps de songer le chef de section en rameutant ses hommes autour de lui, je suis au moins certain d'en avoir eu un... »

Les Allemands sont loin. Les Marsouins retrouvent quelques cadavres sur la position abandonnée. Les mitrailleurs qui avaient couvert le dernier assaut se placent en défensive.

— Pas de casse? s'inquiète Delsol une fois retombée l'excitation de l'assaut.

Quatre Marsouins ont été blessés à sa section et autant chez le lieutenant Anglade.

— C'est pas trop cher payé, admet-il.

Des fusillades continuent sur la gauche.

— C'est loin d'être terminé, avertit Delsol en faisant le point de la situation avec Anglade. Il faut s'attendre à une contre-attaque... Personne ne doit dormir...

Le gros de la compagnie Golfier rallie l'Oratoire dans les dernières heures de la nuit. A l'aube, des colonnes de fantassins allemands profitent de la puissance de leurs pièces lourdes pour ébaucher un mouvement de repli vers les collines. Delsol les suit quelques secondes à la jumelle et bondit vers ses mitrailleuses.

— Allumez-les ! Il ne faut pas qu'ils se débinent...

Les Allemands accélèrent sous la grêle de balles. Une de leurs pièces de 88 prend la section du Gascon sous son tir. Dix obus éclatent entre les pins sans faire de dommages. Puis, à quatre cents mètres vers la gauche, une centaine de prisonniers lèvent les bras devant deux sections de Tahitiens.

— D'où sortent-ils tous ces gars ? s'étonne le Gascon.

Les Allemands avaient creusé un tunnel à double entrée qui menait à des salles aménagées à dix mètres sous terre d'où ils accédaient directement à un observatoire installé au sommet d'une cheminée de huit mètres de haut. De là, ils contrôlaient la rade de Hyères, les îles et le massif des Maures.

La bataille n'est pas terminée avec la prise de l'observatoire. Une compagnie de Sénégalais piétine devant le Golf Hôtel, un établissement luxueux, haut de sept étages balconnés, bâti au flanc des Maurettes et d'où les Allemands tiennent sous leur feu la route de Toulon. La place a été reconnue dans la nuit par la 1re compagnie du B.I.M.P. guidée par un jeune Italien. Mais Magendie n'a pas voulu lancer ses Marsouins à l'aveuglette. Sa compagnie est revenue occuper le contrefort des Maurettes. Au matin, après l'échec d'un commando formé par la compagnie antichar de la brigade, les pionniers du sous-lieutenant Morand ont réussi à approcher à vingt mètres de l'hôtel. Un feu d'enfer les a obligés à se replier en catastrophe en traînant trois blessés et deux morts.

Quelques fantassins allemands, séparés de leurs sections au début de l'engagement, tentent de rejoindre l'hôtel. Les Coloniaux les abattent au fusil. Personne ne bouge plus aux approches du palace défendu par un réseau de barbelés.

Magendie a occupé un à un et sans trop de pertes les objectifs qui lui avaient été assignés. Il est harcelé à son P.C. par des messages radio du colonel Raynal. Le commandant de la brigade est pressé de voir tomber les dernières défenses qui barrent la route de Toulon. Il fait distribuer à ses compagnies les vivres trouvés dans les souterrains allemands.

— Comme ça, se réjouit Delsol en partageant la manne à ses hommes, nous ne serons pas obligés d'attendre le ravitaillement qui doit être amené par avion...

Les Marsouins sustentés profitent des recoins d'ombre pour se reposer sous la protection de quelques guetteurs. Le front s'organise au fil des heures. Des téléphones de campagne relient les unités de pointe aux P.C. de l'arrière.

A huit cents mètres en dessous des positions de Magendie, des blindés légers du 1er R.F.M., commandé depuis la mort d'Amyot d'Inville par le capitaine de corvette de Morsier, se hasardent un par un sous le Golf Hôtel, entre le Gapeau et les premières maisons de Hyères. Les Marsouins sont aux premières loges pour suivre leurs tentatives.

— Celle-là va réussir à passer! souhaite Delsol après que neuf scouts-cars et des jeeps armées d'une mitrailleuse aient été touchés par les pièces allemandes.

Tandis que sa Browning crache des rafales, la jeep blindée zigzague entre des impacts de 88 et des rafales de M.G. Le Gascon laisse échapper son juron favori lorsqu'elle verse dans le fossé. Ses occupants courent courbés vers les autres blindés qui ouvrent un feu d'enfer pour les couvrir.

Le jeu de mort se poursuit malgré les pertes. Des hourras montent des positions de Magendie chaque fois qu'un véhicule réussit à rejoindre un talus de déblai qui le préserve des vues de l'ennemi.

— A ce rythme-là, souligne le Gascon en prenant Brusson à témoin, il va falloir un mois pour que tout le monde passe...

Les Marsouins, tout au spectacle, attendent les ordres. Le téléphone sonne au P.C. de Magendie.

— C'est pour vous, mon commandant, annonce le lieutenant Hervé, l'officier de liaison du bataillon. Ça vient du P.C. de la brigade...

Le commandant prend le combiné des mains de l'officier à lunettes que les Tahitiens appellent familièrement « *Œil de lézard* ».

— Ici Magendie...

Il sursaute en écoutant l'ordre que lui transmet le capitaine Roudaut.

— Quoi? Attaquer le Golf Hôtel!

Hervé et les officiers du P.C. suivent la conversation animée.

— Et il faudrait que tout soit terminé pour 17 h 30? Ils sont cinglés... L'hôtel n'est pas à nous...

Le commandant rappelle le premier ordre de bataille.

— Et le commando spécial... Qu'a-t-il fait?

Il n'oublie pas les quarante-cinq kilomètres parcourus à marche forcée de Cavalaire aux abords de Hyères.

— Dis au colonel Raynal, précise-t-il, que les hommes sont crevés.

Puis il repose le combiné et se penche sur sa carte d'état-major. L'aigrelette sonnerie l'arrache une nouvelle fois à ses études d'itinéraire. C'est encore le capitaine Roudaut.

— Il faut, précise ce dernier, que l'hôtel soit enlevé à 17 h 30.

Magendie tempête.

— Pas possible, mon vieux... L'hôtel, moi je le vois pendant que je te parle... C'est un gros morceau... Il est clôturé de grillages renforcés de barbelés...

Tout en parlant, le chef de bataillon échange des regards entendus avec ses officiers.

— C'est un coup de main important qu'il faut lancer, poursuit-il en consultant son bracelet-montre. Il est déjà 16 heures... Ce n'est pas en une heure et demie que j'aurai rameuté du monde, expliqué les missions à chaque chef de groupe et combiné les tirs d'artillerie...

— C'est un ordre du colonel Raynal...

— Un ordre? C'est pas plus malin pour ça... Pourquoi ne pas me l'avoir donné à midi?

Magendie crispe les mâchoires, réfléchit quelques secondes et prend sa décision :

— De toute façon, c'est impossible pour 17 h 30... Je veux bien essayer à 19 heures...Terminé!

Le chef de bataillon, l'œil allumé, se tourne ensuite vers ses officiers.

— Faites prévenir la 1 et la 3 de se tenir prêtes à attaquer...

36

A l'assaut du Golf Hôtel

Un caporal court vers Delsol.

— Mon lieutenant... Le capitaine vous demande...

Le Gascon jette un regard sur ses hommes qui somnolent éparpillés au soleil et rejoint le P.C. de Golfier.

— Mon vieux Delsol, annonce tout de suite le capitaine, je viens de recevoir l'ordre de monter une section de trente volontaires pour attaquer le Golf Hôtel...

Le Gascon retourne vers ses Marsouins. Un de ses plus anciens caporaux râle.

— Pourquoi ils prennent pas quelqu'un d'autre... Il y en a pourtant qui n'ont presque rien fait depuis le débarquement...

— Ils sont bien trop loin pour avoir le temps de descendre avant l'heure prévue pour l'assaut... Si tu ne veux pas venir, tant pis pour toi...

Le caporal bougon empoigne sa mitraillette et rejoint les premiers volontaires.

Une agitation fébrile règne au P.C. de Magendie. Les officiers peaufinent l'attaque. Le téléphone sonne.

— Quoi, s'étonne le chef de bataillon, 18 h 30 et c'est impératif? Dans ces conditions je pars avec mes groupes d'assaut...

Il précise ensuite la progression sur la carte.

— Les groupes de la 3 et de la 1 attaqueront par l'ouest...

Il rameute vers son P.C. une grosse section commandée par le lieutenant Malfettes et demande une préparation d'artillerie.

— Trois minutes de 155 pour démolir le maximum de défenses et de salopards, précise-t-il à l'officier artilleur, un Bigors de la Coloniale. Deux minutes d'arrêt pour nous permettre de serrer au plus près... Trois minutes de 105 à cadence maximale pour entretenir les effets des 155, trois minutes d'accalmie pour nous permettre d'avancer encore... Puis trois minutes de 105, dont les deux dernières d'obus fumigènes, pour nous aider à franchir les barbelés...

Delsol a allégé ses volontaires au maximum.

— Pas besoin de casque, leur a-t-il ordonné. Prenez des cartouches et des grenades autant que vous pourrez en porter...

Les Marsouins, rouspétant toujours pour la forme, rejoignent le P.C. de Magendie où les attendent déjà les autres éléments de l'attaque. Le chef de bataillon fait un ultime briefing avec les chefs de section, précisant sa mission à chacun de ses groupes d'assaut numérotés de un à six.

— Vous, Salvat, ordonne-t-il au lieutenant qui commande un groupe de neuf Marsouins de la 1re compagnie, vous nettoierez le rez-de-chaussée de l'hôtel après y avoir pénétré par la verrière de la salle à manger...

L'ancien sergent de Quastina acquiesce et rejoint son groupe.

— Loaec, ordonne ensuite le chef de bataillon en s'adressant à un sous-lieutenant, vous emprunterez l'entrée principale, côté mer, et vous vous chargerez du premier étage...

Magendie passe à un second sous-lieutenant.

— Quant à vous, Duchène, avec vos douze hommes vous nettoierez le deuxième étage...

Delsol s'impatiente.

« Il ne va plus rien me rester ! »

Le chef de bataillon s'adresse au lieutenant Malfettes qui vient de rejoindre le P.C.

— Vous entrerez par les fenêtres de la face nord... Avec vos dix hommes vous aiderez au nettoyage du rez-de-chaussée... Et vous placerez des bouchons aux descentes de cave...

Magendie ordonne encore à un adjudant chargé de huit hommes armés de quatre fusils-mitrailleurs de surveiller les étages de l'hôtel à partir du troisième.

— Vous vous placerez éventuellement en recueil après le réservoir d'eau que vous voyez là-bas, lui précise-t-il.

Le commandant annonce qu'il mènera lui-même un groupe de dix hommes armés de quatre fusils-mitrailleurs à la recherche des souterrains dans lesquels se terre, d'après les renseignements de la Résistance, le gros de la garnison de l'hôtel.

« Enfin à moi », souffle Delsol lorsqu'il se tourne vers lui.

— Vous, Malapeste, avec vos trente hommes, vous nettoierez les bâtiments et les dépendances de l'hôtel en dessous du réservoir... Et vous regrouperez les prisonniers...

Le Gascon, flatté que l'officier ait usé de son surnom, regrette de ne pas être lancé directement à l'assaut de la forteresse.

— La section de pionniers de Muller et Morand, précise Magendie, progressera du nord au sud en empruntant une passerelle... Attention de ne pas les prendre pour des Fritz... Pas de questions ? Non... Alors, on va se déployer au-dessus du réservoir en attendant les fumigènes... Bonne chance !

Les groupes s'engagent à la course dans le maquis, dans l'ordre six, cinq, un, deux, trois, quatre, et Delsol ferme la marche avec Magendie.

— Les jardins sont farcis de tranchées, souffle ce dernier en attendant la préparation d'artillerie.

Les premiers obus de 155 s'abattent sur l'hôtel à 18 h 15. Les Marsouins se lancent à la course dès que leurs éclats sont passés au-dessus d'eux. Les canons de 105 tirent la deuxième salve. Delsol entraîne ses hommes vers le réservoir. Le Golf Hôtel disparaît sous des volutes de fumée et de poussière. La ravine qui coule vers l'hôtel n'est plus qu'un fleuve de brume empuanti. Suffoquant, les assaillants ont du mal à s'y diriger. Ils axent leur course sur deux tourelles à colonnades qui émergent de temps en temps des fumerolles.

Un troisième grondement continu naît à l'est, la salve d'artillerie, encore plus épaisse que les précédentes, déferle sur l'objectif. Tapi à la hauteur du réservoir Delsol apprécie le déroulement de l'attaque en connaisseur, tel que l'a voulu Magendie qui, près de lui, fouille à la jumelle les tourbillons de fumée.

Les Marsouins avancent encore lorsque l'orage d'acier s'est tu. Les servants de pièces mitraillent les ouvertures créées dans les murs de l'hôtel par le matraquage d'artillerie pendant que les premiers voltigeurs franchissent les barbelés dans le brouillard épais des fumigènes demandés par leur commandant. Ils progressent jusqu'à une levée de terrain qui masque un bâtiment annexe d'où sort un Allemand. L'homme se presse courbé vers une carrière sableuse. Une grenade explose derrière lui et le crible d'éclats.

Des échos de rafales montent dans la pinède. Des Allemands jettent leurs armes et se rendent. Delsol les récupère au milieu des tranchées effondrées où gisent des morts, écrasés sous des poutres de béton armé, déchiquetés par des éclats d'obus.

L'ordre de bataille est bouleversé. Le lieutenant Malfettes lance le premier ses hommes dans l'hôtel au travers de la verrière de la salle à manger. Ses tireurs au fusil-mitrailleur se postent instinctivement en défense vers l'extérieur pendant qu'il abandonne le long et large hall désert et entraîne ses voltigeurs vers les étages enfumés. Lorsque la fouille de l'hôtel est terminée, un Marsouin se hisse sur les épaules de deux voltigeurs essoufflés pour arracher de sa hampe un drapeau nazi. Les rares captifs regroupés sur la pente ne ressemblent pas à la troupe décidée qui tenait tête à une division entière depuis deux jours.

— Ce n'est pas possible, gronde Delsol, il doit y en avoir d'autres...

Il n'a pas le temps d'épiloguer. Un Marsouin de la section de pionniers remonte vers eux à la course.

— Mon commandant... Le lieutenant Muller est mort... Et le sous-lieutenant Morand est blessé... Un obus en plein sur nous... C'est le capitaine Malard qui m'a envoyé ici...

Magendie veut en savoir davantage.

— Et les autres ?

— Le sergent Plé et les trois gars qui n'ont pas été touchés sont en train de ramener les blessés... Le capitaine demande à ce que le lieutenant Delsol couvre l'hôtel face à la ville...

Le Gascon laisse les prisonniers à la garde des Tahitiens venus avec le commandant et file se placer en bouchon à l'écart du palace.

Magendie est pressé de découvrir l'entrée du tunnel dans lequel s'est retirée la garnison. Le sergent Maheux, qui obligeait un Allemand à le guider en le menaçant du canon de son pistolet dans les reins, hurle :

— Je l'ai trouvé !

Un simple panneau de planches ferme mal l'entrée du tunnel. Deux fusils-mitrailleurs tirent à l'aveuglette dans le refuge éventé. Puis les Marsouins, se tenant prêts à lancer des grenades, fixent le trou fumant. Un bras sort de la pénombre, agitant un mouchoir. Quatre *feldgrau*, nu-tête et désarmés, se risquent à l'air libre. Ils sont poussés vers les autres prisonniers. D'autres vaincus sortent un à un du tunnel.

— Il y en a encore, exulte un Marsouin. Attention...

Le tunnel vomit encore des dizaines de soldats. Magendie les fait fouiller et, après en avoir dénombré plus d'une centaine, ordonne à Delsol de les rassembler sur le court de tennis de l'hôtel.

— Mon lieutenant, avertit un Marsouin, voilà un officier !

Le Gascon considère un minuscule sous-lieutenant à monocle. Ce dernier, redressé sur ses petits pieds bottés de cuir noir, refuse de rejoindre ses hommes.

— Je suis officier ! argue-t-il d'un ton rogue.

— Malapeste ! jure son gardien. Ah, tu ne veux pas aller où je te dis ?

Armant son pistolet d'un coup sec il vocifère :

— Nous ne sommes plus en 40... C'est nous qui commandons... Allez, *raus !*

Le calme revient peu à peu dans l'hôtel et son parc

enfumé. Les blindés des fusiliers marins et des spahis grondent sur la route libérée, accompagnés par les vivats ensoleillés des Hyérois qui commencent à s'attrouper.

Des infirmiers se chargent des Marsouins blessés. Des hommes du service de santé allemand, dirigés par un capitaine désarmé, ont regroupé les leurs. Trois civils en chemise sortent d'un recoin du tunnel investi. Ils avancent vers les prisonniers, tranquilles, sans même lever les mains.

— Mains en l'air, comme tout le monde ! leur ordonne Delsol.

Le premier plaide en souriant :

— Mais nous sommes italiens...

— Tu parles d'une référence... Mains en l'air, et tout de suite ! Je n'ai pas oublié le 10 juin 40, moi... Déculottez-vous, et en vitesse...

Les fascistes s'exécutent et piétinent en caleçon sous les lazzis des Marsouins.

Le lieutenant Malfettes ramène ses hommes vers la Bastide ou l'attend le gros de la compagnie d'accompagnement. Une jeep pénètre en trombe dans le parc au moment où Delsol allait entraîner la colonne de vaincus vers un centre de tri.

— C'est le général Brosset ! reconnaît-il.

L'officier général conduit lui-même sa jeep. Il freine tout près de Magendie en soulevant des graviers et saute en voltige de son véhicule. Il a tellement donné d'ordres depuis le débarquement que sa voix est quasi inaudible.

— Messieurs, coasse-t-il en s'adressant aux officiers allemands prisonniers, bravo ! Vous vous êtes bien battus... Mais vous avez eu affaire à plus fort que vous... Aux Français libres...

Il se tourne ensuite vers Magendie, lui signifie que les punitions sont oubliées, bondit en voltige dans sa jeep et lance en prenant congé :

— C'est bien, le B.I.M. !

37

Le dernier combat

Les blindés de la division française libre se sont engouffrés vers Toulon. Les Marsouins qui ont participé à la réduction du palace demeurent au repos jusqu'au 22 août 1944 à 14 heures. Delsol et ses hommes sont menés en camions à la relève d'un bataillon de tirailleurs sénégalais qui a subi de grosses pertes devant La Garde, aux faubourgs de Toulon. Les Marsouins parcourent les dernières centaines de mètres à pied. Delsol dépasse les Africains en suivant un ruisseau et fait stopper ses voltigeurs aux abords de la petite gare de La Garde. Des obus tombent sur le village.

— On va s'installer ici, décide le Gascon. Les Boches ne doivent pas savoir que nous sommes si près d'eux... Ils vont nous foutre la paix...

La masse du mont Faron, abrupte et blanche, reflète le soleil au-dessus de Toulon qui n'est plus qu'à quelques kilomètres.

« Nous y défilerons bientôt, anticipe le Gascon. Et ça sera autre chose que Rome ! »

Le gros de la compagnie rejoint les éclaireurs une demi-heure plus tard.

— Delsol, ordonne le capitaine Golfier, allez vous placer en bouchon sur la route de Toulon...

Les batteries lourdes du grand port pilonnent l'avance de

la D.F.L. Le Gascon installe son poste de combat à la courbe d'une route dominée par un parc.

A la nuit tombée, sûr de n'être pas vu par les observateurs allemands qui dirigent le tir de leurs canons, il fait avancer ses deux mitrailleuses à l'embranchement d'un petit chemin, en dessous de la colline du Touar qui brûle par endroits.

— Deux groupes derrière le mur du jardin, là-bas...

Il désigne ensuite à deux Marsouins de son troisième groupe une villa isolée.

— Allez reconnaître cette baraque... On ne sait jamais...

Le dispositif de guet est en place. La reconnaissance ne rentre pas. Delsol s'impatiente.

— Les voilà! avertit un guetteur à 23 heures. Ils reviennent par la route...

Un homme seul approche de l'embuscade. Il est sans arme.

— C'est un Boche! s'étouffe le guetteur.

L'Allemand, sans arme, marche au beau milieu de la nationale.

— Cravate-le, souffle le Gascon à Martinez dont la souplesse et la force sont légendaires au bataillon.

Les guetteurs retiennent leur souffle. Leur compagnon se glisse entre les platanes du bord de la route. Il bondit, roule à terre avec l'Allemand, l'étrangle, le tire en arrière.

Les tireurs à la Browning sont prêts à ouvrir le feu.

— On dirait qu'il était seul, s'étonne le chef de section lorsque le prisonnier reprend ses esprits.

Comme personne ne parle allemand dans la section, Delsol fait conduire le captif à demi assommé vers la position de Golfier.

— En tout cas, souffle-t-il à Brusson, s'il se baladait aussi tranquillement dans le coin, c'est que ses copains ne sont pas loin...

Le géant approuve d'un mouvement de tête. Le guetteur le plus avancé prévient que quelqu'un vient à nouveau. Son chef de groupe, le sergent Leroy, va s'allonger près de lui.

— Là-bas, chuchote le Marsouin, vous voyez?

Delsol fait avancer un peu un fusil-mitrailleur, et fait signe au chef de pièce de la mitrailleuse placée à quelques mètres en arrière de se tenir prêt à ouvrir le feu.

Un Allemand, armé d'une mitraillette, ouvre la marche d'une patrouille très étirée, sous les platanes. Il bifurque soudain vers la porte du jardin. Le reste de la petite colonne s'immobilise. Des rafales trouent la nuit.

— Malapeste ! gronde Delsol en donnant le signal du feu. Ils nous ont vus...

Le premier Allemand s'écroule, touché à mort au pied du mur. Les autres décrochent après un duel de fusils-mitrailleurs. Les balles traceuses de la Browning les poursuivent. Des cris se mêlent au vacarme des armes.

— Ils doivent avoir des blessés, en conclut Delsol. Cessez le feu !

Rameutés par l'accrochage, les deux Marsouins envoyés en reconnaissance de la villa reviennent sur la position où traînent des odeurs piquantes de poudre noire.

— Qu'est-ce que vous avez foutu pendant tout ce temps ? gronde Delsol.

— Il y avait une salle de bains, avoue le caporal-chef qui empeste l'eau de Cologne. On a pris un bain...

D'une bourrade, le sous-lieutenant envoie le caporal rouler au sol.

— C'est malin... Rejoins ton poste... On en reparlera demain matin...

Rien ne vient plus troubler le concert des grenouilles provenant d'un fouillis de roseaux.

L'aube se lève. Delsol va aux nouvelles.

— Nous attaquerons La Mauranne à 7 heures, lui lance Golfier en l'accueillant. Vous opérerez une diversion juste avant...

L'officier précise la manœuvre.

— Vous filerez par la route... Sans vous cacher...

Le Gascon gratte son menton qu'il se proposait de raser en rentrant du P.C.

— Les Allemands vous verront sans peine... Ils vous prendront à partie... Avec la première et la troisième section, nous les prendrons à revers. Nous bénéficierons d'une courte préparation d'artillerie qui sera déclenchée à 7 heures pile...

— En somme, souligne le sous-lieutenant, vous me demandez de faire la chèvre pour attirer les fauves...

Golfier ne répond pas. Delsol prend congé.

— A tout à l'heure, mon capitaine, rendez-vous à La Mauranne... Pour la curée...

Les Marsouins lancés en leurre s'engagent sous les platanes, sur les traces de la patrouille allemande débandée à la nuit. Delsol a posté ses deux mitrailleuses de 7,62 en protection. Il regarde sa montre.

— 6 h 55, soliloque-t-il. Nous avons déjà parcouru cinq cents mètres... Les Boches ne vont pas tarder à nous apercevoir...

Les voltigeurs connaissent le but de la manœuvre. Ils se tiennent prêts à plonger dans le fossé à la première rafale et à fixer les Allemands. Leur chef s'impatiente. Les minutes ne passent pas assez vite à son goût. A 7 heures, il jette un coup d'œil au-dessus de La Mauranne. Pas un obus ne s'abat sur le site tranquille.

« Qu'est-ce qu'ils foutent ? Malapeste de malapeste, voilà les Boches... On va se retrouver seuls devant eux ! »

Une colonne allemande apparaît au milieu des maisons nimbées de brouillard. Le Gascon regarde une nouvelle fois sa montre en arrivant près d'une coopérative vinicole.

— 7 h 10 ! Cette fois l'attaque ne viendra plus.

Des obus de mortiers allemands labourent les abords de la route.

— Heureusement que les platanes nous protègent, prend le temps de constater Delsol en donnant le signal du repli.

Les voltigeurs décrochent sans pertes tout en tiraillant. Les Allemands, certains de ne pas être pris à revers, manœuvrent à la perfection. Le Gascon est fou de rage. Le pistolet à la main il lance une contre-attaque pour éviter l'encerclement.

Les deux Browning de la section font merveille. La première, arrosant les hauteurs du Touar, permet à des Sénégalais engagés eux aussi sans appui de faire quelques prisonniers. La seconde tire au-dessus des voltigeurs de Delsol pour contenir l'attaque.

Le Gascon galvanise ses hommes. Brusson se trouve bien en enfer.

— J'en ai eu six ! claironne-t-il dans le vacarme.

Le sous-lieutenant lui donne l'ordre de décrocher vers la position de la nuit. Le repli s'articule sous les rafales. Jouant adroitement de ses feux, le grand sous-officier parvient à revenir sans pertes.

— A nous, crie son chef de section.

Le groupe, bien couvert par le fusil-mitrailleur de Brusson et les deux mitrailleuses, rejoint la section sans plus de casse que le premier élément sorti du piège. Un Marsouin gît sur le bord de la route.

— Chapelle, le reconnaît Delsol, qu'est-ce que tu es venu faire par ici ?

Le blessé trouve la force d'expliquer qu'il était chargé de porter le message annulant l'attaque. Le sous-lieutenant inspecte sa blessure.

— C'est trop bête, gronde-t-il. C'est vraiment trop bête... On aurait pu tous y laisser notre peau dans cette histoire de chèvre !

Les Allemands, enfin pilonnés par l'artillerie, calment leurs ardeurs. Quelques obus de leurs pièces de 88 ébranchent les platanes. Klipfell, un sergent-chef de pièce, roule sur le bord de la route, l'épaule fracassée par un éclat. Un tout jeune Marsouin tombe lui aussi, une jambe déchiquetée.

— Celui-là, j'ai peur qu'il ne s'en tire pas, grommelle Delsol lorsque le tir a cessé et que des brancardiers ont emmené les blessés vers l'arrière.

Des silhouettes s'agitent sur le Touar enfumé.

— Ce sont des Boches ! peste le Gascon. Ils ont réussi à passer derrière nous !

Les deux mitrailleuses de la section épaulent à nouveau des Sénégalais qui se ruent à l'assaut.

— On a eu chaud ! avoue le Gascon lorsque la compagnie allemande recule en abandonnant quelques blessés aux mains des Noirs.

A 11 heures, il reçoit l'ordre se se replier jusqu'aux positions occupées par le gros de la compagnie.

— Je vais faire un brin de toilette, décide-t-il après avoir rendu compte des événements à Golfier.

Pendant qu'il se rase, des civils enhardis par l'accalmie viennent vendre à ses hommes des melons, du pain frais, des tomates et du vin.

— Vous pensez qu'ils vont revenir ? s'inquiète l'un d'eux.

— Pensez-vous ! s'amuse Delsol. Regardez là-haut, sur le Touar... Nos braves Sénégalais sont en train d'en faire des brochettes...

Les civils se forcent à rire. L'un d'eux tire le Gascon par le bras.

— Justement, lui souffle-t-il, il y en a quelques-uns qui se sont cachés par chez nous et qui veulent se rendre... Mais pas aux Noirs, à des Blancs, nous ont-ils dit...

— Où sont-ils ces saletés de racistes ?

Le villageois se propose de servir de guide. Delsol hésite un instant, repousse l'idée d'un piège, et hèle deux de ses hommes au menton dégoulinant de jus de melon.

— Laborde et Martinez ! Suivez ce gars-là... Et ramenez-moi les prisonniers...

Le capitaine Golfier s'explique pour l'attaque manquée.

— L'état-major l'a repoussée... Nous attaquerons à 14 heures...

A l'heure prévue, les Marsouins de deux compagnies se lancent, de face cette fois, vers les positions allemandes. Un élément composé dc Tahitiens progresse sur le bord de la route. Delsol et les siens avancent à l'extrême gauche du mouvement. Des obus de mortiers ravagent les défenses barbelées des Allemands invisibles.

— Il n'y en a pas un qui tomberait devant nous, gronde Delsol alors que tous les obus explosent loin sur sa droite.

Les Marsouins hésitent sous une pluie de balles. Les Tahitiens prennent du champ.

— Avancez ! hurle Delsol. Tout droit dessus...

Pour donner l'exemple, brandissant son pistolet, il file à

longues enjambées vers les pièces de La Mauranne qui se dévoilent dès que les mortiers ont cessé de pilonner le hameau.

— Malapeste, je suis touché! hurle-t-il soudain en se sentant rejeté en arrière par un formidable coup de bélier.

Brusson s'est aperçu que son chef est tombé. Il arrête de courir pour lui prêter main-forte. Le Gascon le repousse en hurlant :

— C'est rien... Prends le commandement...

Le sous-lieutenant, les yeux fous, ne semble pas s'être aperçu que le haut de son bras droit a été déchiqueté à la jointure de l'épaule par une balle explosive. Il titube, cramponne de la main gauche son membre pantelant, et se lance à la poursuite de ses voltigeurs remis par Brusson sur le chemin du feu.

Il s'effondre au bout de quelques mètres. Il réalise soudain la gravité de sa blessure, ne lâche pas son bras d'où jaillit un flot de sang.

— Il faut que je le garde...

Un Marsouin l'empoigne et le tire à l'abri. Puis il lui bande très sommairement l'épaule.

— Laisse-moi! Va t'occuper des Boches... Vengez-moi!

Le cri dément porte à peine dans le vacarme du combat. Le capitaine Golfier arrive à la hauteur de son chef de section au bord de l'évanouissement.

— C'est fini, mon pauvre Delsol... Laissez-vous évacuer...

Dans un sursaut d'énergie, le Gascon se relève et fait encore quelques pas vers l'ennemi. Un sergent le rattrape au moment où il allait tomber.

— Laisse-moi, bon sang de malapeste! Je suis capable de marcher...

Titubant, se retournant sans cesse pour suivre la bataille, la main gauche crochetée sur son bras droit à demi sectionné, il réussit à rejoindre la cour d'une ferme où gisent déjà d'autres blessés de l'attaque.

— Tenez, mon lieutenant, lui ordonne un infirmier, avalez ça...

Il ingurgite coup sur coup huit cachets de sulfamides.

— Il faudra boire beaucoup, lui conseille ensuite un sergent au bras marqué d'une croix rouge.

Il hèle le fermier qui donnait à boire aux autres blessés.

— Qu'est-ce que vous avez à m'offrir ? trouve-t-il la force de plaisanter.

— Du rosé, mon lieutenant...

— Donnez-m'en un plein verre... Ça ne pourra pas me faire de mal...

Une fois le verre avalé, il se dirige vers la porte de la cour.

— Il faut rester ici, mon lieutenant ! tente de le retenir un infirmier.

Serrant toujours de la main gauche son bras réduit en lambeaux, il ne se retourne pas.

— Foutez-moi la paix ! Je sais où je vais...

Le médecin du bataillon s'est installé depuis la veille dans une maison proche du feu, la villa Beauséjour.

— Le docteur a été tué, lui apprend le propriétaire du lieu.

Le blessé titube. La douleur l'emplit.

— Du cognac, réclame-t-il. Donnez-moi du cognac...

L'homme s'exécute. L'alcool fouette le blessé.

— Je vais rejoindre le poste d'évacuation du bataillon, annonce-t-il.

La bataille gronde derrière sa marche hésitante. Un officier du P.C., le capitaine Moret, court vers lui avec des brancardiers.

— Allongez-vous, lui ordonne-t-il.

Il hésite un instant mais, ivre de douleur, il se laisse transporter jusqu'au cinéma de La Garde transformé en hôpital. Des civils lui offrent encore du cognac. Il boit le verre d'un seul trait. Les visages dansent au-dessus de lui. Il ferme les yeux. Il a envie de vomir. Les bruits ne l'atteignent plus que par échos ouatés.

Le Marsouin qui a pansé le Gascon tout de suite après sa blessure est là, touché au ventre. Les deux hommes échangent un regard où passe toute la détresse du monde. On les emmène en ambulance vers Hyères. Transbahutés de centres de soins en hôpitaux bondés, ils échouent à l'hôpital Saint-Paul. Delsol prend son rang dans une file de blessés à opérer d'urgence et son compagnon passe avant lui sur le billard.

— Il est mort, vient lui apprendre à minuit un chirurgien couvert de sang.

Il accuse le coup, sa main gauche se crispe un peu plus sur son bras blessé qu'il ne s'est toujours pas résolu à lâcher. Un infirmier lui administre une piqûre. Il se sent planer sur un nuage, loin de l'hôpital vers lequel affluent sans cesse de nouveaux blessés.

Il est 3 h 30 lorsqu'on l'étend enfin sur une table d'opération souillée du sang des blessés passés avant lui.

— Malapeste, gronde-t-il, ne me coupez surtout pas le bras ! Jurez-moi que vous ne m'amputerez pas...

Il est manchot lorsqu'il se réveille. Il hurle de rage. Ses cris ricochent sur les fenêtres, réveillent des moribonds. Une piqûre le terrasse, les murs valsent autour de lui. Il revoit en une seconde ses années de guerre, dans un délire de couleurs et de bruits. Il tente une dernière fois de gronder son juron favori et sombre dans le néant en murmurant :

— La France libre ! C'était tout de même quelque chose...

ÉPILOGUE

Trois cent douze Compagnons de la Libération sont morts de juin 1940 à mai 1945. Les sept cent vingt-quatre survivants de l'Ordre, dont les derniers ont été intronisés à la fin 1945, s'en vont au fil des années. Pierre Delsol, le neuvième Compagnon de Quastina, est mort le 2 juillet 1987. Une rue de La Garde porte son nom depuis le 21 août 1988.

Il avait, dès le lendemain de son opération, rapidement appris à vivre avec un seul bras. A la première visite de ses Marsouins, on lui annonça que son bataillon avait perdu plus de cent tués et blessés dans les combats de La Garde et de La Mauranne. De ses chambrées d'hôpital successives, il avait toujours suivi la marche victorieuse de la D.F.L., de la vallée du Rhône aux Vosges, puis en Alsace, avec la folle pensée de rejoindre un jour sa compagnie pour la curée qu'il espérait inexorable en Allemagne. Les médecins en décidèrent autrement en ne le libérant qu'au début de novembre 1944.

Puis on lui avait expliqué qu'il n' y avait pas pour un manchot, du moins à son grade subalterne, de possibilité de remonter au feu.

— Puisqu'on me considère comme un bon à rien, avait-il décidé, je vais aller retrouver ma petite femme en Egypte !

Nommé lieutenant, décoré de la Légion d'honneur, portant par coquetterie son vieux ruban de la Libération démodé, il participa, grâce à la gentillesse du sous-lieutenant Marty qui lui avait cédé sa place, au défilé de la Victoire le 18 juin 1945, à Paris. Compensant à la perfection le déséquilibre créé par son handicap, il avait marché très raide derrière le drapeau du B.I.M.P., seulement précédé par le commandant Magendie et le capitaine Golfier. A sa gauche, tout aussi ému, avançait le sous-lieutenant Anglade et, à quelques mètres derrière, sur la gauche du premier rang de la 3e compagnie, Albert Pivette portait au bout d'un fusil le fanion de l'unité.

Evadée des rangs serrés de spectateurs, une petite fille avait couru vers Pivette qui arborait ses galons d'adjudant conquis en Italie et sa Médaille militaire gagnée à Bir Hakeim. Elle avait glissé dans la main gauche du soldat un petit bouquet de fleurs bleu-blanc-rouge. Pivette avait difficilement retenu ses larmes. Le vacarme l'avait saoulé, comme il avait enivré Malapeste et les autres Français libres de la toute première heure, en écho d'autres vacarmes endurés, à Bir Hakeim et ailleurs.

Pierre Delsol ne s'est jamais résolu à quitter l'armée. Il n'a terminé sa carrière qu'en 1961. Il a vécu depuis à Fréjus, dans sa villa « Bir Hakeim », se tenant avec soin à l'écoute des tumultes du monde, fidèle à ses engagements de juin 40. Il avait été ébranlé dans ses convictions lorsque le colonel Chateau-Jobert, un Compagnon de la Libération parmi les plus purs, choisit d'entrer en dissidence contre le général de Gaulle à la fin de l'Algérie française. Et encore plus lorsque le général de Larminat, désigné en 1962 pour présider le tribunal d'exception qui devait juger les derniers acteurs du putsch d'Alger, s'était suicidé après avoir écrit au général de Gaulle : « Je n'ai pu, physiquement et mentalement, accomplir le devoir qui m'était tracé... Je m'en inflige la peine. »

Une fois à la retraite, capitaine et commandeur de la Légion d'honneur, il avait longtemps présidé les Français libres de sa région avant de passer le flambeau au général Magendie, son dernier chef de bataillon au feu.

TABLE

D'EL-ALAMEIN A TUNIS

LE GARIGLIANO

LA PROVENCE

Cet ouvrage a été réalisé par la
SOCIÉTÉ NOUVELLE FIRMIN-DIDOT
Mesnil-sur-l'Estrée
pour le compte des Éditions Grasset
en octobre 1990

Imprimé en France
Dépôt légal : octobre 1990
N° d'édition : 8341 – N° d'impression : 16294
ISBN 2-246-40981-0